郁金香书系

乐爸爸所乐

邵绡红 著

南京师范大学出版社

图书在版编目(CIP)数据

乐爸爸所乐 / 邵绡红著. —南京：南京师范大学出版社，2017.2

(郁金香书系)

ISBN 978-7-5651-3076-2

Ⅰ. ①乐… Ⅱ. ①邵… Ⅲ. ①随笔－作品集－中国－当代 Ⅳ. ①I267.1

中国版本图书馆 CIP 数据核字(2016)第 324410 号

书　　名	乐爸爸所乐
作　　者	邵绡红
责任编辑	向　磊
出版发行	南京师范大学出版社
地　　址	江苏省南京市宁海路 122 号(邮编：210097)
电　　话	(025)83598919(传真)　83598412(营销部) 83598297(邮购部)
网　　址	http://www.njnup.com
电子信箱	nspzbb@163.com
照　　排	南京理工大学资产经营有限公司
印　　刷	江苏凤凰扬州鑫华印刷有限公司
开　　本	850 毫米×1168 毫米　1/32
印　　张	11.125
字　　数	238 千
版　　次	2017 年 2 月第 1 版　2017 年 2 月第 1 次印刷
书　　号	ISBN 978-7-5651-3076-2
定　　价	30.00 元

出 版 人　彭志斌

南京师大版图书若有印装问题请与销售商调换

版权所有　侵犯必究

自　序

翻开这本小书,你看到我幼时惊恐的大眼睛。一九三二年"一·二八"后的大年初一,老天爷指派我这个"负有使命"的小生命在硝烟中呱呱落地。幼年好哭,豆蔻之年柔弱无能的我,再也料不到自己成年之后会有这么多压力落在肩上。医务职场,我努力完成医疗预防教学、行政,乃至外事、学会、保健、农村巡医培训多重任务;生活里我撑起两个濒临破碎的家。度过艰难的岁月,最终得有安定的晚年,得有宁静的环境,来读书,来思考,来写作,来洗涤蒙尘的古瓷,让它回归原来的色彩;让我在指日可数的晚年发奋,回忆与爸爸共同生活里的点点滴滴,在他自己的文字里寻寻觅觅,倾听他故友同人的回忆,耐着心在一张张泛了色的故纸堆和互联网的资料里寻找出一个"原版"的邵洵美。

在一遍遍细嚼他的文字间,不自觉地感染到他的性格、爱好与幽默;追踪他的所作所为,我犹如重游彼时彼地,探索他所想、所乐、所难;我分析思考,试图解读他的人生观和文学思想。积聚了这些内容,在编辑他的文集,书写他的人生的同时,我写下一篇篇文字,二十年来竟也有百余篇,有探寻出实事的陈述,有对他的作为缘由的分析,有纠错更正,有感想体会。这些说不上是文章,就像我为爸爸写的书一样,疏于文采,大多是读书报告。我不是学人,涉猎有限,其中肯定不乏主观错解,只是把我所知所想与读者分享,共同来挖掘邵洵美这口井。感谢董宁文先生为我结集,让我为自己十年笔耕留下些纪念。

二〇一六年三月于上海

目 录

自　序 / 1

循　迹

《我的爸爸邵洵美》自序 / 3
《天生的诗人——我的爸爸邵洵美》
　　增订本自序 / 10
想起父亲当年祭祖时 / 29
邵友濂祖孙与《使俄文稿》 / 33
洵美长幸 / 39
邵洵美与徐志摩
　　——一部诗的传奇 / 43
《儒林新史》的始末 / 66
邵洵美笔下的巴黎世博会 / 72
洵美的笔名 / 78
邵洵美精心推介的《曹涵美画
　　〈第一奇书金瓶梅全图〉》/ 81
寻寻觅觅《蛇》的源头
　　——原来此《声色》非那《声色》/ 86
邵洵美春秋笔法写《论语》/ 93
黄苗子、郁风夫妇及丁聪谈邵洵美往事 / 113
从《十日谈》开天窗说起 / 126
我所知道的项美丽 / 137
邵洵美与他的外国作家朋友 / 148
邵洵美即兴写就《游击歌》/ 152
最初发表《论持久战》英译稿的杂志 / 158
经叔平与抗日杂志《直言评论》/ 166

邵洵美的出版实践 / 171

解 读
洵美的书 / 181
邵洵美的诗探索 / 185
译述卷编后小言
　　——诗和译的一生 / 214
黄苗子和邵洵美图文同题《真心话》/ 224
邵洵美和漫画家们的渊源 / 230
主编的笔下
　　——看邵洵美的编辑随笔卷《自由谭》/ 248
《半部自传》/ 259
诗人不能只生活在诗里 / 262
邵洵美的文学史观 / 272

错 会
《小姐须知》不是诗 / 291
此画像非那画像 / 295
听杨绛忆邵洵美 / 299
《赌国诗人》之说 / 307
同名同姓的误会
　　——"郭明"考 / 313

感 悟
乐爸爸所乐
　　——读书 / 321
一张牛年贺卡 / 330
一幅揪心的画 / 334
记忆中的诗词意译之美 / 341

循 迹

《我的爸爸邵洵美》自序

我是抱着还事物本来面貌的心意动笔的。我不善写作,不会妙笔生花,我只是试图通过他的作为,他的作品,他在文学道路上的成长,画出我的爸爸——邵洵美,让读者看到他的思想,他的为人,他的一生。妈妈为了不让"邵洵美"这个名字被云雾湮没,以她七十岁高龄斗争了十年。我只是循着她的路走下去,谋求当代乃至后世的读者能对这位曾经醉心于写作,痴心于出版的邵洵美有一分理解;期望还会有人记得这位为推动中国文化发展,为宣传抗日尽过力的老文化人。

爸爸不相信世上只有一个上帝,因为人世间的事物太复杂太矛盾。他相信"人总是半神半兽的,一方面被美来沉醉,一方面又会被丑来牵缠"。他自己也不例外。生活在他那个变化万千的时代,他的一生有可圈可点之处,也有可批可贬之题。但他是个好人,作为诗人,他希望"点化"众生;

作为写作家,他希望对时代作出反应;作为翻译家,他希望给外国优秀文学穿上中国的新装,让读者能欣赏到原著的精彩;作为出版家,他希望让能写能画之士有展示才华的园地,也能让大家有一吐为快的场所。作为一个中国人,他为维护民族尊严尽过一份力。年轻时他爱一切美的事物,他歌颂生,歌颂美,但他在文学道路上的成长时期正是国难当头,百姓遭殃的年代。在严峻的现实面前他不可能继续"唯美",他从"吟花咏月"转为"慷慨激昂",继而厌恶"风花雪月"。但他始终还是一个诗人。诗人对生活,对这个世界总是有期望,有幻想。然而,历史无情,接连的劫难降落在他的头上。爸爸走得太早了!

一九九九年,我来美探亲前,又一次去拜访了老作家施蛰存,九十多岁病弱的施老伯重听,但记忆清晰,看着我写下的问句作答。他倚在叠高了的棉被上仰着头回忆往昔:"你们搬到霞飞路后我才常常去你家。以前静安寺的老宅也去过多次,和洵美一谈总是到深夜。有一次刚要走,徐志摩来了,大家又接着谈下去……"忽然,他神情严肃地说:"你祖上两家和近代史都有关系。你太爷爷的《邵友濂日记》上海图书馆有,镇江博物馆也有。我建议你,复印了点注出版。"谈到我太外公盛宣怀的"愚斋"藏书,后来捐了出来,华师大分得一部分,施老伯有其油印目录。他又跟我谈爸爸的文章和诗,他说:"谈文学,不能说色情不色情的";"洵美早期是个诗人。他留英时正是十九世纪,王尔德、史文朋等唯美主义流派在英国盛行。洵美早期是唯美派,后来就不是唯美派了,就是现代的了。他跟徐志摩在一起,受徐志摩的影响；后来跟林语堂在一起，受林语堂影响。"施老伯不无深情地说："洵美是个好人，富而不骄，贫而不丐，即使后来，也没有没落的样子。"当听我说已收集到爸爸许多诗和文章时，他焦急地对我说："赶快！出一本《邵洵美纪念册》，一本《邵洵美文集》，赶快！"他的嘱咐给我信心，也给我压力。当时他答应出书时为我写序。遗憾的是，我来美一住五年，书还来不及付梓，施老伯却已仙逝！

其实那时我正在做这个工作。最初有让世人对我爸爸有个完整的了解的念头，是在一九八二年。那是在见到爸爸的"平反书"的三年前。当我给妈妈看《新文学史料》上一篇文章提到"研究中国现代文学史，对当年的文学家、文学流派应作客观的实事求是的分析和评价"，其后列的名单里有邵洵美的名字，妈妈喜上眉梢，她马上翻出一大堆自己的日记本和资料来。妈妈对爸爸是有信心的，她深信终有拨开云雾的一天。出乎我的意料，从不执笔的老妈，为南师大《文教资料简讯》写的《忆邵洵美》一文居然一炮打响。在帮助妈妈整理稿件时，我才知道，爸爸办过中英文两份抗日宣传刊物；也是自妈妈珍藏的诗集《诗二十五首》和几张《天下》月刊的散页上那篇 *Poetry Chronicle*（《新诗历程》）中，我才第一次读到爸爸的诗和文章，这才认识到爸爸文学事业中抗日爱国的一面和他推动中国新诗发展的执著。那时我便滋生了要全面了解爸爸的想法，开始有意无意地收集资料。我不时缠着妈妈讲"老辰光"的故事，每与前辈或亲友见面与通信，总请他们忆旧，特别是有关爸爸文学方面的。施蛰存、秦鹤皋、许国璋、方平以及《论语》半月刊的编辑之一的林达祖和跟随我爸爸办出版几十年的助手王永禄都给我很多帮助。我姑婆毓华、星华和堂哥伯礼、堂弟邵林、邵立也曾为我寻找资料。远在台北的老姑妈芸芝一次次让表妹小芸代笔作答。一九九五年我去纽约,在老姨妈盛冠云(毓青)及爸爸的老友 Emily Hahn(项美丽)府上小住,与她们深谈,获得许多资料,充实了当时我将完成的《运命》书稿(那是应一位日本出版商之约,写爸爸,也写我的一生)。

那年,上海《世纪》杂志刊出我的《最初发表〈论持久战〉英译稿的杂志》一文,不久编辑部转来读者辛南生的来函,指出我将译者杨刚的笔名音译成"士敏"不当,因为杨刚原有个中文笔名叫"失名"。他说老作家萧乾知道。为了核实,经南师大杨苡先生介绍,我给萧乾先生去了信。萧老接信立即回复,并将我给他的信转给《世纪》编辑部(他本人也是该刊编委之一),可见老作家的认真。后来,《世纪》破例,在当年第四期刊出了"更正"。自此我与萧老不断通信,当时八十六岁高龄的老人对我这个陌生的晚辈每信必复,爱护有加。他信中说:"我不曾有幸会过令尊洵美先生。他似应长我一辈,而且三十年代初我在北平。"(他没见过我爸爸,而爸爸一向对他十分推崇。在我上中学时,就听爸爸不止一次提起过他的名字,说萧乾中英文都好,写的战地通讯极棒,没人比得上。)萧老还欣然为我答疑:关于我爸爸办的英文刊物 Candid Comment 的译名,他认为有"直话直说"之意,为此,我把原先译的"公正评论"改为"直言评论"。一九九六年五月五日他在信中写道:"我建议你把所掌握的有关令尊的事写成文章,交给《上海滩》杂志,因洵美先生是上海闻人,对文化文学事业贡献均很大。《上海滩》是一份受人重视的刊物,可附多帧照片。你也可附上我这封信,作为推荐。一定是篇好文章,题目可作《我的爸爸邵洵美》。北京的《人物》或《传记文学》也会愿意刊登。除了附照片,最好再附一页手稿,他的字也秀丽出色。希望你用心写,篇幅可略长,但宜利落。"他还特地抄下《上海滩》和《人物》杂志社的地址给我。当时他听说《上海滩》杂志社搬家,怕地址不确,没隔两天,我又收到他一封短笺,是他刚接到最新一期《上海滩》,确定原址未变,特地告诉我。七月十一日萧老又来信,信中写道:"希望你鼓起勇气来,有杨苡作第一读者,就更有把握。建议你先写个提纲,把特别与文学艺术有关的事迹列出,有了骨再长肉,一定可以写好,可以给人民文学出版社的《新文学史料》主编李启伦,也可给《上海滩》,前者更有学术地位,一般读者均永久保存……"每读萧老的信,我总激动良久。这位素昧平生的老前辈对我的期望如此殷切,如此谆谆教导,为我考虑得如此周详!这既是对晚辈的无私提携,也包含着对邵洵美的尊重与理解。我实在不可辜负其所望,应当用心写。

由此,我在《运命》稿的基础上以爸爸为主线进行改写,书名遵照萧老之意改了。我钻进故纸堆,寻找爸爸的足迹,进入我原本不知道的他的生活、他的思想中去。读着爸爸的一篇篇文字,他的音容笑貌一次次重现在我眼前。我和爸爸一起回到那个岁月,与他一起笑、一起乐、一起愤慨惆怅,沿着历史的脚步一路走来。

资料是那么丰富,有限的时间内我读了近二十种刊物,近百本书,本本都有爸爸的影子。因赴美在即,来不及更广泛地去翻其他报刊,遗漏的肯定不少;但就我手上有的,已足以反映邵洵美一生文学事业的印迹。资料不完全,只好以后补遗了!

完成了《我的爸爸邵洵美》一书和第一辑文集五卷,绡红心情舒畅在三亚(二〇〇八)

然而要厘清发生在前四十年至一百年间的往事实非容易。年代久远了,记忆有时不一定可信。为了尽量使内容具体真实,我不惜花费很多时间把自己耳闻目睹的、亲友提供的资料与哥哥祖丞一一核对,与当年出版的书报杂志对照印证,以图去芜存真,重要的事件都做到有据可查。我翻史书、县志、家谱;亲自去南京市档案馆查阅一九二七年南京特别市政府秘书处清册;电邮英国剑桥大学查阅一九二五年学生档案;委托好友查阅联合国教科文组织旧档,等等；也为了证实毛泽东的《论持久战》的译文刊于上海 *Candid Comment* 的真实性，求助于项美丽，她应我之求，委请美国专门收藏她作品的 Lilly Library 的好友代为复印该刊寄我，以资确凿。

在我写这本书的过程中，哥哥祖丞、妹妹小燕和邵阳、吴立岚夫妇及弟弟小罗为我提供不少资料，他们又花好多时间读我的初稿，提出修改补充意见。尤其是哥哥，他的记忆力惊人，告诉我大量往事的细节，为此他给我的信件超过百封，还专门分题写了一本备忘录送给我参考。侄儿邵潜助我将照片、图片制成光盘。钱佼汝、王志刚教授为搜寻资料费心费力。在此，谨向所有帮助我写这本书的前辈和亲友致谢。虽然其中好多位已于近年作古，但他们对我的支持和鼓励我将永远铭记在心。

我虽然力求资料翔实，但终究有许多事并非我亲身经历，还有不少实属口耳相传，失实之处，盼知情者不吝指正。

这本书从动笔到如今已整整十年，感谢完颜绍元先生的热忱鼓励和鼎力支持，这本书才得以出版。书中包含着我们兄弟姐妹对爸爸妈妈的思念，就当是一本《邵洵美纪念册》。我现已七十二岁啦，希望不久《邵洵美诗文集》也能和读者见面，我会继续努力的！

写于芝加哥
二〇〇四年二月十四日灯下

《天生的诗人——我的爸爸邵洵美》增订本自序

我的爸爸是什么样的人？生活里一次次在"拷问"。

一九五五年，我在大学申请入团遭拒，理由是："你崇拜你的爸爸。"我很诧异。我爸爸是个整天埋头书报的人，解放前写文章编杂志，我是知道的；也听说他年轻时是个诗人。我暗忖，自己从来没有以此向同学夸说什么，表现出我对爸爸的"崇拜"呀！因为我从来没读过他的作品。不过，沦陷时期他拒绝日伪拉拢，没有跟我几个叔叔一样落水做汉奸，我颇为他骄傲，但是我也没有向人炫耀过啊。政治课的教育使我认识到自己"出身"很不好，因为我知道爸爸是书店、印刷厂的老板，在故乡有祖传田地和祠堂。虽然因经济来源不靠农业收入，"成分"定为"工商业主"，可是，过年时看到墙上的神像穿着晚清的朝服，我疑虑不安。后来学习了毛泽东的《延安文艺座谈会上的讲话》，我明白，爸爸属于"小资产阶级知识分子"。我想，他写的诗和文章必然跟无产阶级文学格格不入。好在我学医，不搞文学，不会受他的"坏影响"吧。"出身不能选择，道路可以自己走。"

那个时候爸爸以翻译外国文学作品为业。说实话，我从来没看过他在翻译什么书。一九五六年我毕业了，分配到南京工作。次年夏天回家，爸爸给我看他刚出版的雪莱的诗剧《解放了的普罗密修斯》。那时他手头上还在译拜伦的政治讽刺诗，等等。他兴奋地告诉我，《诗刊》又出版了，他写了一篇文章。我为爸爸重又拾起笔杆高兴。——万万没有料到，一九五八年秋他被捕入狱！真是飞来横祸。家里被抄了个底朝天。接着，因"犯人家属"必须离开上海的政策，大弟弟远赴青海。家破我承担，从此妈妈和小弟弟来南京跟我一起生活。这时我默默地问，爸爸究竟是什么样的一个人，他是个"反动人物"吗，他有什么历史问题？

我们在狱外苦熬，爸爸在狱内苦熬，那正是全国饥饿的年月。一九六二年春他回家了。家，早已没有。凄苦饥饿寒冷的牢狱生涯令他身患重疴。严重的肺气肿、心脏病，呼吸窘迫日夜咳喘，挤在我哥那家徒四壁仅有一桌一榻的屋里。他不提狱中遭的罪，只有一句话："我是无罪释放的。"——出版社又送来要译的书，他带病伏案。当病情逐渐好转，生机复现之际，突然，翻天覆地的动乱袭来！全乱了。造反派掐断了他的收入，缺医少药，三餐不继，他病情加重。加之运动失控，一个个噩耗传来，否极泰来已完全无望。哀莫大于心死，他选择了放弃。

黑暗终于过去，一九七八年，春风又回大地。妈妈素来悲喜不形于色。她对我爸始终抱有信心。然而，直到一九八五年二月我们才收到上海市公安局给邵洵美平反的"决定书"。前一年我单位领导对我宣布："你的老案,现在结了。"原来,爸爸的问题,对我有这么大的影响!妈妈不愿邵洵美的名字不明不白被蒙尘被湮没。一九七八年,译文出版社要重新出版过去的书。她便向出版社力争,《玛丽·巴顿》依然署上了爸爸的笔名。因爸爸入狱的变故搁置未出版的译作——拜伦的《青铜时代》和雪莱的《麦布女王》,也因妈妈的争取先后于一九八一、一九八三年问世;还有人民文学出版社的泰戈尔的《家庭与世界》,一九八七年也得以出版。当获悉中国现代文学史的研究将实事求是展开,她便从自己写好了的回忆文字里摘要写成《忆邵洵美》,一九八二年在南京师范学院的内部刊物发表。为了写这篇文章,妈妈翻出她珍藏的旧物。我第一次读到爸爸印成铅字的诗文。不意妈妈的文章一出,激起的反响不小,多地报刊出现忆邵洵美评邵洵美的文章。不少声音述说邵洵美之"被埋没了数十年",缘于他跟鲁迅的纠葛。他们摘出鲁迅著作里的语句。我于是一一找来捧读,鲁迅先生确实有不少篇文章道及我爸。毛主席称鲁迅是文化"旗手";那么,我翻着书页第三次寻思:我的爸爸邵洵美到底写了些什么?做了些什么?是不是真如鲁迅写的那么不齿于人?

二十年了!我自六十到八十,埋头于爸爸的文字堆,回溯他短短的六十二年人生,旨在从他文学道路的足迹里,探寻他的思绪,他的作为,来认识他到底是什么样的一个人,也想从收集到的各种资料来证实他的言行是否不悖。这艰巨的工程始于妈妈病重时对我的嘱咐。当她意识到自己已病入膏肓,便语重心长地对我说:"有人要写你爸爸的传记。我写了三十万字的日记,都在里面了。再写,就应当写他文学方面的。"她写下两位辞典编辑的名字,叫我记得和他们联系。之前,她已经把爸爸两本诗集《诗二十五首》和《花一般的罪恶》交付上海书店影印出版。生活拮据的她将爸爸译作的稿酬买了许多书赠送爸爸的老友,并央请老友撰写回忆文章。做这些,是她在尽力为被歪曲被埋没的邵洵美正名。妈妈所做的这些触动了我,我开始着意向她,向家人、长辈,向爸爸的老友、同人打探往昔的家事,爸爸的故事。一九八九年夏,妈妈病逝。三年后《中国现代作家大辞典》和《中国文学家辞典》(现代第五分册)相继出版,妈妈没来得及看到。为配合这两本辞典的出版,在找不到当时合伙人的情况下,她努力回忆,请爸爸的朋友帮助回忆。给辞典提供的资料虽然不够周全,甚至还有点错误,但想想,妈妈当年并不介入爸爸的出版业务,能够理出这么多内容,已经十分了不起了。就是这些,为我寻找爸爸的足迹引领了一条捷径。我是解放后成长的,在爸爸身边二十多年,但对他的著作和出版事业,可以说几乎一无所知。动乱的十年致使我大女儿精神分裂,我丈夫又患上抑郁症,我个人的家庭乱麻一团,待到一九九五年,我老伴病逝,我方才抽得出身来,解我心中的疑团。

花了四年时间宁沪往来,搜集资料。一九九九年因我儿在美国,带了半箱资料我去了芝加哥。临行哥哥专门为我写了本备忘录,题为《家事》,分题叙述。他越洋答复我问题的信札过百。我在照顾孙孙的同时完成了初稿。经过不少前辈、朋友的帮助、指点,特别是上海书店的完颜绍元先生一再鼓励和竭力支持,一本试图记录爸爸一生的书——《我的爸爸邵洵美》终于问世,那是十年前,二〇〇五年。书到手,欣喜和遗憾同时涌上心头:检读全文发现有很多错,不少事情没有写清楚,疑点重重。

妈妈的三十万字"日记"已由我妹妹邵阳、吴立岚夫妇整理在前一年出版,书名《盛佩玉回忆——盛氏家族·邵洵美与我》。我没有读过妈妈的原稿。没有想到,历历往事她记得如此详尽。从她的叙述,她珍藏的爸爸的诗文,留下的爸爸片纸只语的手迹,从她描述的百十位友人的交往,我看到爸爸一生的轨迹,看到爸爸的追求和爱憎。我也从这本珍贵的回忆录读到许多资料印证我的记述;同时也发现我漏却了许多内容,有的细节的描述略有误差。两书对照,哥哥提供的大量资料许许多多是实情,但极少数亦有出入,还有一些属于口耳相传。书成后这些年,对邵洵美的回忆者和研究者逐渐多了起来,我有机会读到许多文章,还有不少旧书刊重版,可以补充或纠正我原先获得的素材。我还获得不少资料来自前辈和爸爸的老友、同人;来自热

幼女邵阳夫妇为盛佩玉整理,二〇〇四年出版

心的朋友们,有作家、画家、藏书家、翻译家、教授、研究员、编辑、研究生以及读者。十年过去,我的书页上补缀斑斑!

从七十我迈过了八十。这十年,我的脚步没有停留,一面,我继续搜集到爸爸遗落的作品,多达百余。一面,整理了"副产品"(为写书集得的成箱复印件)。二〇〇八年出版了《邵洵美作品系列》第一辑五卷:诗歌卷《花一般的罪恶》、小说卷《贵族区》、散文卷《不能说谎的职业》、艺文闲话《一个人的谈话》和回忆录《儒林新史》;二〇一二年又出版了第二辑四卷:译作卷《一朵朵玫瑰》、时评卷《时代讲话》、邮话卷《谈集邮》、和编辑随笔卷《自由谭》。妹妹邵阳夫妇和弟弟邵小罗大力协助我,尤其是邵小罗为整理爸爸那七十篇集邮文章大费周章。那一摞《中国邮票讲话》的复印件因为原载报纸年代的久远,字迹模糊;当年的编辑校对质量又给我们带来很多困难;加之,爸爸这部稿子不是六十讲写就了付梓的,常常一篇篇赶稿,因而不时有文字或图片错置,隔几天发表更正。图片核对是一桩头痛的事,图片模糊更需要费心思去辨认,去别的资料里寻找同样的邮票拍摄或扫描来替代。这本《谈集邮》的编纂工作着实让他花了很多心力。——第三辑,包括诗论卷、书话卷和拾遗的作品,我们也在争取近期出版。

为出版爸爸的文集,这十年里我一篇篇阅读,一篇篇细嚼,结合他的所作所为,逐步从认识爸爸到了解爸爸。我体会到他读书做学问之认真,寻找到他的文学思想的转变,探索到他的诗探索之路,领会到他办出版的奢想与计划,他对推动文化进步的一贯热情。沿着他一生的足迹,品味到他的为人之道,处世哲学,他的天真,他的风趣幽默,他的理想主义,他对真理的信念,也获知他和众多友人间的故事,以及他的爱国热忱与抗日情结。同时也在他的文字里感受到战争的残酷与时代的变迁对他的理想的打击。逐渐,一个完整的邵洵美隐约地显现。我越来越感到厘清新的资料把邵洵美写得更清楚一些的必要。

是天时地利人和,造就这个机缘。"天时"者,时运也。造化让我活到八十,思维尚清晰。二十一世纪中国大环境开放,随着现代史、现代文学史的研究,对上世纪三十年代上海滩文学社团的客观评价,关注到邵洵美这个人物在其中的活动,涌现了实事求是评说邵洵美的声音。人们正视邵洵美,报刊上出现许多文章述及他;传记类书籍将邵洵美成章收入的不在少数;有相当多的年轻学者在做"邵洵美研究"。从中国知网看到各地大学研究生以"邵洵美"为课题的有三十多,这是可喜的。老天爷眷顾我这个老妪,居然学会上网,足不出户能知天下事。在网上我读到许多有关资料,了解许多有关人物;还能听到读者对我的工作的反响和质疑。更为高兴的是,找到了必要的知情人。

地利和人和:二〇〇四年我回国了,回到上海,又能钻进图书馆,收集到更多资料。并幸得上海书店完颜先生和上海图书馆的张伟先生的鼓励,出版邵洵美文集的巨大工程得以启动。意想不到的是,在上图巧遇当时在华师大读硕的王京芳,她的研究课题正是"邵洵美"。多年来她一直不厌其烦地给我很多很多帮助。再没想到,年底我离开上海,到北京定居。我的天地更宽了。环境变了,有机会见到爸爸的老友、老同事,有机会读到与他同时代的老作家的文章和研究那个时代与那时代文学艺术作品的文章。这是在国外无法企及的优势。于是我重新检视自己参考的资料，发现自己的疏忽、误解和无知。我不能以爸爸一生遭遇之复杂，文学活动之丰富，造成的资料杂多来原谅自己；也不能以我动手晚，缺少第一手资料或是当时身在国外无法一一考证为借口。读者会以为"传主"的女儿执笔，内容应当全部翔实。更令我不安的是，读到不少评说邵洵美的文章书籍，以拙作的内容为蓝本，尤其是拙作被研究者当作重要的参考资料。我担心，以讹传讹，因我的失误贻误他人的研究。如今，到了该出版这一本书的时候。完颜绍元先生为我争取了这个机会。

许多盘旋在我脑海的疑问在这本书里大多已经得到了解答，我应当向读者说明：

一、他的文学道路怎么起步的？

一九二四年他就有诗文、译作刊出，并尝试结社办刊的乐趣。那时他十八岁。第一份他主编出版的《狮吼》名"复活号"，有其曲折的故事。金屋书店是他办杂志从初执牛耳到后来大展宏图，积累写作、翻译、办刊经验和积聚人脉的重要基础。

二、为什么他不屈不挠倾其所有办出版？

追本溯源，在法国结识的那批中国留学生，对法国交际社会推动文化进步的方式颇感兴趣，促使他以文化事业为理想。中国笔会的工作也就成为他揽在自己身上的责任。

幽默杂志《论语》半月刊是他文学事业的成功之作，也是他广交友朋的重要媒介。前辈回顾《论语》创办的原始计划没有得到全面落实的缘由；母亲回忆胜利后《论语》复刊，她独当一面实施的经过；挖掘资料证实了我目睹《论语》撕页发行的是一九四七年的第一二一期。为了《论语》继续生存,保留这一借"春秋笔法"为民众泄愤的刊物,爸爸立决撕页发行,同时,这无声的抗议,也为以后进一步发声作必要铺垫。

从他创办的十四份刊物和他主编的七份刊物的编辑随笔类文章,看到他在编辑学方面会聚的学问;同时也明了了他在这几十年中为《新月》《十日谈》《人言周刊》《时代漫画》和《论语》等刊物与当局新闻审查部门周旋斗争的经历。

三、鲁迅先生有不少文章涉及邵洵美,是广为人知的。邵洵美是否一如他笔下所述?

本书还原一个真实的邵洵美。至于他在狱中对贾植芳先生说:"我的文章,是写得不好,但实实在在是我自己写的。鲁迅先生在文章中说我是'捐班',是花钱雇人代写的,这是天大的误会。我尊敬鲁迅先生,但对他轻信流言又感到遗憾。"我注意到,在一九三六年鲁迅先生离世前,我爸爸步入文坛将近十年,他发表的文章(除诗歌、小说、译文)已达三百余,包括时评政论八十多篇。那时,他正担任《人言周刊》和《论语》半月刊的主编;而鲁迅先生提到"捐班"的那篇文章写在一九三三年,其时爸爸已经有《狮吼》《金屋》《诗刊》《新月》《十日谈》和《时代画报》的编辑经验,各类文章发表一百多篇。"捐班"之说,从何说起?何理之有?

四、追踪我爸爸与画家的结交,初始是在法国,回国后美术界的朋友圈日益扩大。一九二九年举办第一届全国美术展览会,文坛画界分工负责具体事务。在几个月的相处中,张光宇与邵洵美彼此印象加深,趣味相投,开启了他们往后合作创业的渊源。

漫画家黄苗子回忆往昔,认为"如果没有洵美,没有时代图书公司,中国的漫画不会像现在这样发展"。令我惊讶的是,回顾爸爸的一生,无论是他的爱好、他的作品、他的友人、他的事业成就、他的历险故事,乃至于他艰辛投入半生精力的出版事业打上句号,总有与漫画、漫画家相关的事例。我想,"没有那批漫画家朋友,爸爸的一生不会有那么多欢乐和精彩"。

五、看爸爸出版的画报,结合他与漫画家们交往的情节,深感他们交情甚笃;也了解到漫画家们当年在上海与恶势力斗争,用他们的画笔,用他们秘密集会组织漫画家协会,辛勤举办全国第一届漫画展览会,乃至"八一三"烽火起,他们迅速组织起来,奔赴抗日救亡各条战线,体会到那些作品令人捧腹的漫画家们有一颗颗严肃的心灵。

六、爸爸和画家们多年合作愉快,又为什么他要写一篇《一个艺术家的劝告》?张光宇兄弟脱离"时代"去创办《独立漫画》又是为什么?而今,听到了知情人的说法。

七、众所周知邵洵美早年是个唯美诗人。为什么他后来坚定地怀有抗日情结?

原来,是"一·二八"的战火迫使他从唯美、纯文艺转身到现实。他忧国忧民,写了许多文章,分析国内外局势,呼吁警惕日寇入侵。"八一三"事变使他个人遭受莫大损失。国家的危难、百姓的灾殃、日军的暴行、租界上敌伪的罪恶行径,以及大批外国访华作家传来目睹日军施虐我百姓遭害的讯息,不啻加深了他的国仇家恨,令他自觉地担当起宣传抗日的使命。纵然他经济上已捉襟见肘,仍力争外国友人支持,创办抗日杂志,并参与身边国共两方抗日的地下活动。

八、一九四九年爸爸没有离开上海,他依然继续他的出版事业。时代书局还出版了大批书籍,没料到栽了个大跟斗。印刷厂为什么遭"军管"?全家人为什么去北京?听老工人——道出。

九、为什么上世纪五十年代有人请我爸爸写稿评论毛主席的《关于诗的一封信》?当时他是在译书,自从一九三三年他已经不再写诗,令我不解。

这些年我居然找到这不再写诗的诗人在上海孤岛期间发表的一系列诗论,多达三十一篇。显而易见,有人读过这些文章。

十、纵观他的一生,他从来没有放弃对诗的膜拜。从收集到的资料里我厘清了他的诗路历程:战前他经历了懵懂的第一个时期,模仿的第二个时期,掌握了自己特色的第三个时期。在上海"孤岛"期间,他认清抗战中诗人的使命,那是他的第四个时期,与此同时进入他的第五个时期——新诗理论研究熟稔出笼的时期。晚年他悉心翻译英诗,乃是其诗路的第六个时期。

十一、爸爸一生锲而不舍推进新诗的发展,然而在他风烛残年,家书里却抄录了好些他的旧体诗。为什么?

在细读他过去的文章之后,我发现,在他推动新诗发展,钻研新诗理论的同时,旧诗的魅力始终盘旋在其心间。许多文章里他都曾经刻画过。他始终迷恋旧文学的"神趣"。

十二、他之所以"堂吉诃德"般的忙碌,之所以有"文坛孟尝君"之誉,搜集诸多事例,明白那并非他一时之念,而是他爱书爱友爱才爱国的观念使然。

另外,还有不少细节需要补充更正,如:辗转寻找,发现了他的诗歌《蛇》与《新嫁娘》的首刊处;曾祖《使俄文稿》后记是谁写的,谜团终于破解;找到知情人,得以了解《自由西报》编辑部的组成,弄清了钱锺书与该报的关系;藏书票上的画像究竟是谁作的;《小姐须知》和《民间情歌》的混淆;《爱的叮嘱》的误读,等等。

最最重要的是弄清了"我的爸爸邵洵美是什么样的一个人"。他从一个富家子弟对诗歌、文学的爱好步入编辑出版的爱好;从慷慨助人办出版到全心投入出版,即或是"衣带渐宽"也还坚守做"文化的护法",做他所谓的"第六种人"。他从一个崇尚唯美的新诗人转身而为一个独立投身抗日宣传的爱国者。说到底,他其实是一个认真做学问的读书人。他写书评,写文章,办杂志;同时总在思考,推敲新文学发展路上的问题。他,这个不再写诗的诗人,关切诗友的作品,新诗的历程;进而潜心研究新诗理论。他编刊物,写的编辑谈话几成一本编辑学。他批时弊,评政局,为说"人言"惹是非;文章连连,宛若一个时评家。他钻进邮学,写出邮话七十篇,跻身集邮界。他译书,针对不同读者用不同译笔;翻译外国古典文学寻觅参考资料一大堆;出妙招,吴语翻译,把个姨太太出演得活龙活现,妙趣横生,读译文如同看电影。然而,终其一生邵洵美是个诗人。他写诗,译诗,出版诗友的诗。他关注诗坛的发展,研究新诗理论。抗战时期他谈诗人的使命;解放了,议新时代诗人该如何写诗。他对诗歌的膜拜是从踏上文学道路到生命的尽头一以贯之,并确有建树。纵观他的一生,他看事物,待人处事,做生意,乃至他作为编辑,对作者对读者,他都是像在写诗一般的在抒情。一无所有的困顿中,仍然在怀念杜甫;即连身处囹圄之内,重病垂危之际,他还有雅兴作诗。他是一个"天生的诗人"。我以此纪念他,作为书名。

十年修订,《天生的诗人——我的爸爸邵洵美》出版(二〇一五)

然而,我个人虽然为这本书操心了二十载,但这本书并不能视为"邵洵美传记",而是追溯他的一生的足迹,挖掘了他绝大多数的笔迹,从他的文字他的作为企图诠释他的思想。不过,我的能力我的眼界我的知识太局限,我无力了解和剖析他走过的年代,他遭遇的环境,他所接触的人与事,他和他的同辈、朋友们对当时种种事件、思潮的观点和应对。我不是研读文学的,实在才疏学浅;更何况我们后人又如何能重现当时的实情?先人留下的文章,字里行间,有时并不完整;文学的笔触不一定是实况记录,甚或不足为凭。再者,作为邵洵美的女儿,来写邵洵美,难以避免主观上有意无意地溢美,而对他的缺点,会有意无意地作不切实际的辩解。我自知,对所有的一切,不能妄加评说;但有时,我又掺杂了自己的理解和想象。我所力求的是向读者提供的资料比初版本更多些,谬误和遗漏更少些。我只能在自己有限的涉猎范围里和可能的机遇里搜寻文字的见证。我明白,看邵洵美不能局限在邵洵美的文字里。我的视野应当更宽阔,还应当多读与他同时代作家的文章,至少他办的刊物,他的朋友们的刊物上的文章;更进一步,当时的文学圈里与他无甚交往的作家的文章,也要读。是后人把当年的作家分成"左""右"。毕竟,邵洵美作为主要人物之一涉足多个文学社团和国际笔会中国分会的活动,是中国现代文学史的部分史料。应当说,我所收集的资料不足以真实反映史实。当初动笔写这本书,为的是纪念爸爸,没料到有那么多事情要做,资料越现越多。那时就深感自己动手太晚,前辈多已作古,只好从遗下的资料里觅线索。而今我已届耄耋之年,自知涉猎局限,又是文学的门外汉,无力完成此浩瀚的工程。这本书只能当作投石问路。拙作只是贡献给有兴味挖掘这口深井的学者一些参考。谬误不足之处,万望识者指正。

在此衷心感谢帮助过我的诸位长辈亲友和单位:丁聪、

王京芳、王永禄、王志刚、方平、毕克官、吴中杰、李文俊、李辉、陈子善、杨苡、杨绛、郁风、张培基、张伟、施蛰存、赵毅衡、贾植芳、耿守忠、唐薇、钱佼汝、黄苗子、谢其章、韩晗、解志熙、Emily Hahn、Carola Vecchio、Wen-ling Liu,以及上海图书馆、现代文学馆、南京市档案馆、剑桥大学伊曼钮尔学院、盛档研究中心办公室、镇江博物馆等。

二○一四年春节于北京

附:

生女当如邵绡红
—— 写在《天生的诗人》出版之际
完颜绍元

一九九六年,我从业余作者转身为上海书店出版社的编辑。报到当天,金良年总编辑捧出几大包用报纸裹起的民国老期刊《论语》:"看看有啥好做的。"于是我的编辑生涯就从编选一套十卷本"《论语》选萃"起步。新书上市不久,便引来了邵绡红造访出版社,同行的还有她妹妹邵阳、妹夫吴立岚。初见印象,淡妆薄施,气质优雅,不仅看不出六十许人,依稀还能捕捉当年"大人家小姐"的风采。我尊称"邵老师",让座敬茶,聆教邵洵美斥资办《论语》的故事。听说早已退休的她正想尝试写点关于爸爸的文字,我当即建议写一本《我的爸爸邵洵美》,并一口承诺:"我们给你出书!"

大概阿末一句有点激励作用,往后的通信中,我得知邵老师或埋头读书,搜集资料;或抬腿跑路,频频拜访与爸爸有交集的老人,完全进入了状态。接下来便是长达五年的旅美,其间飞鸿所传,从提纲构思到材料寻访,从史实核准到进度通报,尽是写书的烦恼和欢乐,偶尔也流露一点因交稿旷日持久而致出书承诺过期的担心。面对如此执着勤奋的邵老师,除了劝勉劳逸调剂和始终鼓励外,我还有啥可说。

多年心血浇灌终于结了,看到书稿那一刻,我才顿悟邵老师"我没有写作经验"的一再表白绝非自谦:洋洋几十万言,都密密麻麻、正反两面连接地手写在横条线的笔记本活页纸上,而且时有跨页面的抽换修改提示。更令人挠头的是,据说最难辨识的文字有三种:道士的符箓,当铺的典据,再就是西医写的病历,盖因本来就不想让你弄明白——偏巧邵老师改行写作之前的专业是口腔科医生。尽管她肯定欲使编辑看懂,但几十年的职业习惯焉能一朝洗尽。放在别人,肯定请他按照"齐、清、定"的要求在方格文稿纸上誊抄一遍交稿,然而对邵老师不能。于是我们就在这样的稿面和字体上实施三审三校作业。最辛苦的是最初的责任编辑郑晓方,为了给后审、校对和排版减少障碍,不少页面都是复印后再剪贴拼接,乃至成段成段在旁边抄清,可惜后来调职,后期工作由别人完成,所以版权页上没留下姓名。另一个大给力的就是百忙中披阅全稿又赐序言的现代文学专家陈子善教授。

《我的爸爸邵洵美》出版后,马上引起媒体、书友和学界关注,香港有个导演一下子买了二十本送人,不少人利用该书做课题、写文章,采访作者的邀约不断,邵老师高兴地说此为"掀起了研究邵洵美的热潮"。这时她已回国定居北京,欣欣之际又提出了要为爸爸编集的打算。平心而论,邵洵美半世笔耕,留下编著译述无计,以邵老师从无受过这方面学术训练,以及体力、精力、能力、实践样样受限的条件,要做兹事谈何容易?然而待我请准领导,表示可以试试后,她马上就付诸行动了。已经奔七的邵老师开始学电脑,学打字,学上网,从那时迄今,在她兄弟姐妹的支持协助下,居然完成了洋洋十一卷邵洵美作品系列的编纂,其中九卷已由上海书店出版社出版。对一个八旬老人而言,成果背后的艰辛付出,不言可知,而她在通信中慨然宣称:"为爸爸完成他作品的集合问世,是我老年生活的动力。"在这项绝对可称填补空白的工程中,许多专家都给予她宝贵的指导与支持,仅我所知就有华东师范大学的陈子善教授,清华大学的解志熙教授、唐薇教授,上海图书馆的张伟研究员,四川大学的赵毅衡教授,上海出版博物馆的王京芳博士,中国社会科学院的韩晗博士等,很多隐身在陈刊旧报中的邵洵美诗文佚作,就是靠他们发掘或提供线索的。再则贾植芳、陈子善、吴中杰、李文俊、李辉、张伟、谢其章、耿守忠、赵毅衡等四海之内这么多名家应邀作序,也令我感佩无任:老太太要花多少精力才能编织起这些人缘!

历近二十载寒暑的撰述与编纂,邵老师自己也熬成了"邵洵美专家",在报刊上发表的专题文章累计已有几十篇约二十万言,同时密切追踪一切有关邵洵美研究和评介的动态,甚至哪个大学的教授在讲授邵洵美的诗歌和文学活动,哪个大学有研究生在做邵洵美课题,俱在"声声入耳""事事关心"。某日发来电邮:"最近《中国图书评论》有一篇文章贬斥邵洵美的诗,已为年轻作家博士韩晗在博客里痛批之,接着上海译文出版社副社长赵武平、武汉大学陈国恩、中山大学朱崇科、作家止庵和陈子善纷纷响应。"我忍俊不禁,这是八十岁的老太太吗?

事态并非到此为止。二〇一二年春节,欢度过八十大寿的老太太又写信给我,极言在不断收集爸爸作品、不断学习中,进一步了解他的经历和思想,发现当年那本《我的爸爸邵洵美》存在不少错误和遗漏,加之这些年来从上海到北京,有机会见到许多爸爸的朋友和共事之人,增加和核实了许多新的资料,因而热切期盼能重修该书:"我担心因我的失误以讹传讹,这是唯一的救赎机会。"坦率说,从市场化视角看,"邵洵美"实在是个太"文艺"的题材,叫好不叫座,《我的爸爸邵洵美》首印五千册,三年后物流要清库时,还有一千五百册躺在垫仓板上。分两个批次推出的九本邵洵美系列作品,更是印数一减再减,仍旧"亏得答答滴"。这些年我社陆续出过一些作家文集,多有资金援助,唯独对散尽家财贡献出版事业、最后两手空空离去的邵洵美,我们不但不忍心向他后人要赞助,还要撑起体面略致稿酬。当邵老师把话讲到"恳求给我机会"这个份上,我们还有"还价"吗?且喜正式立项开始运作后不久,全靠陈子善、解志熙二位专家力荐,使我们获得了"文汇·彭心潮"优秀图书出版基金的鼎力赞襄。获悉此讯的邵老师正面临左眼眼底黄斑变性加重,却在来信中英气十足地宣称:"我必须完成这件有意义有价值的工作,我必须眯着眼睛,克服疲劳,尽快做完这些工作。"于是就有了这本《天生的诗人》。

邵洵美不幸,在贫病交困中离去;邵洵美有幸,儿女个个事业有成。特别是邵绡红,邵洵美绝对不会想到,为了让爸爸继续活着,女儿看似柔弱的身躯内竟能迸发出如此蓬勃的生命力,从而也为自己营造了无限美好的晚年!

想起父亲当年祭祖时

我常记不得人家的生日,但亲亲眷眷却不会忘记大年初一是我的生日。小时候,年初一上午,我爸爸的妹妹"亲爹"和"蒯家干娘"(爸爸嗣母的女儿)总会带着她们的女儿来。因为爸爸是长房长子,祖宗的神像在我家供奉。她们进门,先朝

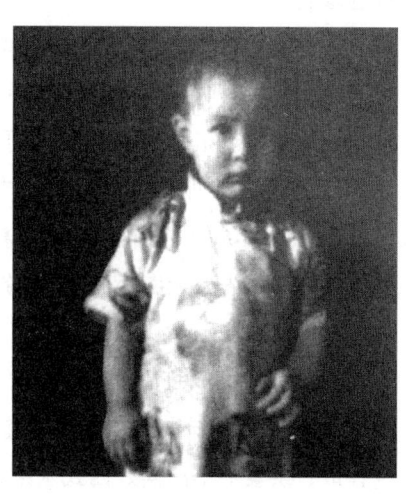

幼年的绡红

神像叩头,而后妈妈请她们坐下,老阿妈端上碗盖上放青橄榄的清茶和银盏盛的冰糖莲子羹。我们七个外甥排着队向她们跪下拜年,接过拜年钿。她们立起身来,总会拿出只喜

封放进那南瓜形的银果盘,那是赏给老阿妈的。随后登楼,爸爸这才放下书报,楼上就传出阵阵笑声。年初一的午饭照例是面条。长辈拿起筷,总会朝我看一眼。"哦,今朝是三毛头生日。""——比去年高了。""标致了——"

过年的节目是从腊月廿四"送灶"开场,重头戏是年夜的"祭祖"。今年我七十六岁。十五岁那个年夜的情景印象最深。因为那个年过得最开心,最热闹,留下的记忆可触可摸。"祭祖"是非常郑重的。大餐台缩成方形。三面各摆四副筷碟酒盅,南边台沿系上红缎绣花的桌围。菜肴摆好,红烛点好,我赶快上楼找妈妈。但见她手里拿着小剪子,在给爸爸修胡子。

爸爸长袍马褂,面色凝重,拿起三支棒香点着插进香炉,朝着隐身的列祖列宗行三跪九叩首的大礼。阿哥也这样叩头。我跟着姐姐学妈妈,两只手放在肚皮一侧上下移动三回,然后跪下叩头。后面的弟妹胡乱拜拜就算了。爸爸右手持酒壶,左手挡着袖笼,十分精确地朝一只只小酒盅里斟酒。总是先敬朝南坐的,其次敬左边的,右边是末座。每敬一轮酒就叩一次头。酒过三巡上饭,再来一番。过一会,大概估计老祖宗们都吃好了,就去挪一下椅子,爸爸拔出棒香朝老祖宗作个揖,走到神像前的供桌面前,把香棒插进香炉。供桌上早已摆好四式水果,一对大红蜡烛火光耀眼。众人又随爸爸朝神像叩拜一番。这第一幕才收场。早已饥肠辘辘的小辈方能狼吞虎咽地去享用丰盛的年夜饭。

祖宗们每日上午由孙辈敬茶叩头。那幅神像几乎占了满布西书的大书架的一半。上面画的穿着朝服的三个人是爸爸的嗣父寿卿公与他的两位夫人,他们代表列祖列宗与我们一道过年。直到正月十五,供上元宵,再请他们到大餐台边坐下,饱餐一顿。饭后,爸爸叩过头,送他们回天:他拔出棒香,把它放到院子里堆满锡箔的盆上,接过酒壶,朝燃着的锡箔洒洒,必须面朝南,酒水得洒成"心"字,表示列祖列宗永远在我们心中。"祭祖"闭幕,孩子们雀跃地去抢那四盘早已干了的水果。

这样的祭祖早习以为常,但就在这个年夜,我第一次发觉爸爸那样郑重其事,有异于平日的言行。平日里他衣着随便言谈风趣,西书满架饮食西化;年前刚从美国回来,正在编复刊的幽默的杂志《论语》。这种现代与传统的矛盾,中西撞击的现象,令我不解。

直到整理爸爸的作品一篇篇细读之下,才恍然大悟。邵洵美,早年是个诗人。他自己出版的诗集就有三本;帮助徐志摩出版《诗刊》,帮助朱维基出版《诗篇》月刊;又赔本出版《新诗库》;埋头研究新诗理论。然而他对旧诗却更为欣赏,在《忙蜂诗话》里他说:"我读诗毫无成见,新诗读旧诗也读,中国诗读西洋诗也读。说也奇怪,我读西洋诗选本《金库诗选》,不时感到它已陈旧,调子熟且俗;但是中国的唐诗三百首却真使我百读不厌,读一次有一次新的发现。"一生致力于新诗发展的他,老来以旧诗怀怀。他出版过十三种刊物,九种是为推动新文学的发展,然而他却更欣赏旧文学的"神趣",说"我们始终没有一个对旧文学的系统的研究,及透彻的欣赏,真是新文学界一个最大的羞耻"。

我译他的《新诗历程》,读到他介绍诗人徐志摩的一番话:"——他相信中国文学有很多东西需要向外国学习,把东方和西方的血液混和在一起就会创造出一个新的种族。"

在引介西洋文化方面他确实做了不少工作。他向中国读者介绍外国作家画家,翻译外国文学著作,向外国读者介绍中国的文化习俗、中国人的思想习惯,等等。然而在《一年在上海》里,读到的邵洵美却是个重视旧传统旧礼教的人。他为此付出过沉重的代价。

(原载《扬子晚报》二〇〇八年二月十一日)

邵友濂祖孙与《使俄文稿》

《文物》杂志一九七六年第十期有篇镇江市博物馆发表的《邵友濂使俄文稿和家书中的沙俄侵华史料》。作者介绍其内容为：

一八七八年（光绪四年），二品衔道员邵友濂以头等参赞随吏部侍郎崇厚出使俄国，交涉归还沙俄狂妄侵占我国的伊犁地区。一八七九年，受沙俄胁迫，昏庸的崇厚未经朝廷同意，擅自画押签订所谓的"里瓦几亚条约"。据此条约，我国将失去伊犁以西以南大片土地，允许沙俄经新疆至西安、天津、汉口陆路经商，俄商在新疆、蒙古贸易免税，还要赔偿兵费等等；而中国收回的仅是一座要塞尽失，三面土地皆被沙俄霸占的伊犁孤城。消息传来，全国舆论大哗。清政府迫于舆论压力，拒绝承认这个条约，命崇厚回国，革职下狱。邵友濂留俄，署理使俄钦差大臣。俄方竟为崇厚"说情"。他们公然干涉我国内政，采取威胁挑衅等手段，企图达到进一步掠夺我国领土的阴谋。一八八〇年,曾纪泽接任钦差大臣。邵友濂协助他,据理力争,重新与俄修约,订立了《中俄伊犁条约》,要还了大片土地和主权,但沙俄贪婪,我国仍然丧失大片领土和巨大权益。

邵友濂身与其事,在镇江博物馆这批资料里对沙俄的贪得无厌和崇厚的昏庸卖国有所流露。这批资料是他一八七八年十月(由北京动身时间)至一八八一年二月间所写,共有文稿十六篇,其中七篇是为崇厚起草的照会、奏折、呈总署函,九篇是邵友濂本人写给总署及朋僚等的函稿。(除《使俄崇厚奏行抵俄京并谒见外部摺》已见于《清季外交史料》,余均未发表过。)还有家书五十八封。作者说这些文稿与家书"所透露的某些情况,是揭露老沙皇无耻侵略中国的极好材料"。他提到,文稿稿本封底有邵友濂后人的"跋记"。写的是:

> 光绪初,先祖为伊犁画界事,随崇厚使俄,有日记四本,记述见闻事实,但对伊犁订约改约经过,或系保密故,略而不详。此本乃当时公私函件草稿,甚多流露,洵可宝也。

我认为从几点可以假定那是他的长孙,我的爸爸邵洵美所写:

爸爸原名邵云龙,十七岁更名为洵美。那时际他还不知道世间有唯美主义之说。只因他那时正暗恋着表姐佩玉(也就是我妈妈)。他像所有心里有了爱的年轻人一样,爱好读诗。一九二三年的他还不知有胡适之等人在为中国现代诗做着开垦的工作,他还是在读古诗。他喜欢借古人抒

邵友濂祖孙与《使俄文稿》

《文物》杂志一九七六年第十期有篇镇江市博物馆发表的《邵友濂使俄文稿和家书中的沙俄侵华史料》。作者介绍其内容为:

一八七八年(光绪四年),二品衔道员邵友濂以头等参赞随吏部侍郎崇厚出使俄国,交涉归还沙俄狂妄侵占我国的伊犁地区。一八七九年,受沙俄胁迫,昏庸的崇厚未经朝廷同意,擅自画押签订所谓的"里瓦几亚条约"。据此条约,我国将失去伊犁以西以南大片土地,允许沙俄经新疆至西安、天津、汉口陆路经商,俄商在新疆,蒙古贸易免税,还要赔偿兵费等等;而中国收回的仅是一座要塞尽失,三面土地皆被沙俄霸占的伊犁孤城。消息传来,全国舆论大哗。清政府迫于舆论压力,拒绝承认这个条约,命崇厚回国,革职下狱。邵友濂留俄,署理使俄钦差大臣。俄方竟为崇厚"说情"。他们公然干涉我国内政,采取威胁挑衅等手段,企图达到进一步掠夺我国领土的阴谋。一八八〇年,曾纪泽接任钦差大臣。邵友濂协助他,据理力争,重新与俄修约,订立了《中俄伊犁条约》,要还了大片土地和主权,但沙俄贪婪,我国仍然丧失大片领土和巨大权益。

邵友濂身与其事,在镇江博物馆这批资料里对沙俄的贪得无厌和崇厚的昏庸卖国有所流露。这批资料是他一八七八年十月(由北京动身时间)至一八八一年二月间所写,共有文稿十六篇,其中七篇是为崇厚起草的照会、奏折、呈总署函,九篇是邵友濂本人写给总署及朋僚等的函稿。(除《使俄崇厚奏行抵俄京并谒见外部摺》已见于《清季外交史料》,余均未发表过。)还有家书五十八封。作者说这些文稿与家书"所透露的某些情况,是揭露老沙皇无耻侵略中国的极好材料"。他提到,文稿稿本封底有邵友濂后人的"跋记"。写的是:

> 光绪初,先祖为伊犁画界事,随崇厚使俄,有日记四本,记述见闻事实,但对伊犁订约改约经过,或系保密故,略而不详。此本乃当时公私函件草稿,甚多流露,洵可宝也。

我认为从几点可以假定那是他的长孙,我的爸爸邵洵美所写:

爸爸原名邵云龙,十七岁更名为洵美。那时际他还不知道世间有唯美主义之说。只因他那时正暗恋着表姐佩玉(也就是我妈妈)。他像所有心里有了爱的年轻人一样,爱好读诗。一九二三年的他还不知有胡适之等人在为中国现代诗做着开垦的工作,他还是在读古诗。他喜欢借古人抒发情感的诗词来抒发自己的情感。当他翻《诗经》,读到《郑风·有女同车》一节,赫然看见意中人的名字。那一句"佩玉将将",像是她走近他,连她衣裾上佩的珠玉摆动的声音都能听得,心里一阵激动。又见另一句"洵美且都","洵"意为"实在","都"意为"漂亮"。当时云龙读着"洵美"二字,感到正好和"佩玉"二字对应。他拍案叫绝:"多么凑巧,真是天作之合!'洵美'对'佩玉',太妙了!"他于是决定改名,以诗寄情。邵云龙只作学名。次年去剑桥,仍以云龙入学。但去法国,他就是以邵洵美与"天狗会"的一帮中国留学生结识的。回国在文坛活动以及后来的几十年,"邵云龙"这个名字便不再使用。

邵洵美与盛佩玉订婚(一九二三年)

有时"洵美"二字他一词二用:如他的诗《洵美的梦》,既有"邵洵美的梦"之意;又有"实在美的一个梦"之解。又如"洵美的书",这四个字写在他自己设计的藏书票下端,既作他的藏书标志;又指这本书实在好,为他所爱。我发现他的这个名字可能还另有一个用途,我藉此试图澄清一个历史谜团——

"洵美的书"藏书票图

一、我哥哥邵祖丞告诉我,父亲邵洵美作为长子长孙,邵氏宗谱、李鸿章、盛宣怀、曾纪泽等同僚致邵友濂的信函以及一篇含有邵友濂遗训的《家传》,原来都由父亲保存,我亲自看到过家里有一本曾祖邵友濂的日记。所以这批史料可以肯定原来也在他的手里。

二、对祖上的经历如此明了,写出这样的文笔的邵氏后人,只有邵洵美。

三、我哥哥祖丞告诉我,那些信函和日记后来卖给了上海图书馆。我在上图读到过一本《邵友濂日记》,是曾祖记述使俄的部分经历(那是别人抄录的)。说明爸爸确实把祖先的部分遗物卖给了图书馆。也说明了镇江博物馆获得的这批史料源于邵洵美是完全可能的。

四、施蛰存先生告诉我:"邵友濂有三本日记。一本在上图,一本在镇江博物馆。"施老伯是爸爸的终生挚友,是可以倾吐肺腑之言的。爸爸会无顾忌地与他谈自己成了把祖传文物卖给上图、镇博的不肖子孙。镇博的文章里提到"日记四本尚未发现"。或许是施老伯缠错了,或许日记在镇江图书馆?

五、更重要的是:此跋记的末句"洵可宝也"四字,透露了这个秘密。"洵"作"实在"之意,可能一般人并不会注意。这四个字,既可谓"实在可珍视的资料",也可谓"洵美视若至宝"。

可以断定邵洵美不能在这跋记末签名,作为邵友濂的孙子,穷得出卖祖父的遗物,特别是如此珍贵的历史文物,实在有辱门楣,无以面对先人。他煞费苦心,只能玩文字游戏,暗藏执笔人的名字。难能可贵的是:贫病交加的他,在拮据得出卖最后的珍藏的窘境下,没有卖给私人收藏者,他是经过慎重斟酌的。

然而,我却是历史的罪人。"文化大革命"中,掀起一股抄家风,人人自危。妈妈翻出一本毛笔字的文稿递给我问,"这个要紧不要紧?"我粗略地读了几页,见是曾祖邵友濂的日记,内容有关"伊犁条约"。疾风暴雨的运动中,我无法冷静思考,没敢多翻几页,不知所以,唯恐那是"罪证":我们这些"地主官僚的孝子贤孙",竟敢把祖上可耻的卖国行径,当作珍藏,那是"变天账",还了得!妈妈也害怕。我急忙一张张撕下,连同一套李鸿章的立体照片一起扔进炉膛(中堂大人身穿朝服,端坐竹帘前。这是二十世纪初洋人制作的一套立体照片,因为爸爸的嗣母是李鸿章的侄女,所以我家才有这套照片)。三十年后,我为了写《我的爸爸邵洵美》一书,在上图翻阅史书,读到曾祖使俄那段历史:崇厚昏庸无能,未得朝廷同意就擅自签约,被召回国重办。邵友濂不跟崇厚同流合污,协助曾纪泽与沙俄重开谈判等。我真后悔!当时惶恐没有细读,曾祖的那本日记,其实不是什么"罪证"。虽然这段历史在史书上有记载,但是邵友濂是当事人。无知的我不假思索,亲手焚去的那本日记可能是最重要的一本,因为它是爸爸没舍得卖掉的一本。它是那段外交史实的旁证,极有史料价值的。里面究竟写了些什么,永远无法知晓了!对于研究中国近代史的工作,着实是无可挽回的损失。

如今,古稀之年的我,不可能自己去镇江博物馆查看跋文的字迹,只能作如此推断,祈望以后有机会看到原件,如若是我错,望识者指正。

(原载《文史知识》二〇〇九年第十二期)

洵美长幸

爸爸作为诗人、写作人、出版人,以文会友,高朋满座是广为人知的。一九三六年鲁少飞因而画了张漫画《文坛茶话图》。然而画中人仅是他部分文坛友人,不及其友众之一二,他的朋友众多,在刊出这幅画的《六艺》创刊号发刊之后不久,他在《辛报》刊出的长篇半自传小说《儒林新史》的小序中写自己"深知浅交数十百"。年长于他九岁的篆刻界巨匠钱瘦铁就是他的莫逆之交之一,二人有终生之谊。钱瘦铁早年师从吴昌硕等名家,是位著名的画家、书法家、篆刻家。由于太爷爷邵友濂爱好书法,收藏碑帖砚台,还自制优质墨块,上印"姚江小小村人藏墨"(因其字为"筱邨")。他还藏有不少印谱和优质石章,其中不少名家篆刻,出自吴昌硕的也有几枚。他还将自己的书房题为"碑砚斋"。长子邵颐有共同的爱好,作为他的嗣子,爸爸闲来喜欢翻看碑帖习字并以篆刻自娱,虽然技艺说不上好,也还有些门道。钱瘦铁来访,两人时常手捏印章对着印谱切磋研讨。他们的结识最早可以追溯到一九二七年一月。在爸爸和妈妈新婚三朝,钱瘦铁随徐志摩夫妇和江小鹣、常玉、王济远、刘海粟等画家到邵宅祝贺。据说钱瘦铁与其夫人喜结良缘还是陆小曼牵的红线。一九二九年蔡元培、刘海粟等在上海举办的全国第一届美展,其会刊、目录等编印工作的负责人名单里可以找到邵洵美和钱瘦铁。一九六二年,爸爸蒙冤入狱,妈妈已被赶出家门,携我幼弟小罗到南京与我相依为命。三年多后爸爸"无罪释放"出狱,家财尽失,身缠重病的他只能在我哥哥家栖身。往昔邵府宾客接踵,而今众多友人生怕受牵连不敢登门,可谓"门前冷落车马稀"。然而,患着肺气肿的钱瘦铁自己是个"脱帽右派",却不避嫌疑寻访老友,还带来一枚白寿山印章赠送给我爸爸,上刻"洵美长幸"四字,以慰老友铁窗之苦并为他祈福。一九六六年"文革"之初,爸爸还在译书,钱瘦铁时常将自己的作品带来给他看。有一次带来一张印谱给爸爸,上书:

毛主席诗词三首篆刻拓以

洵美兄清赏　　叔厓

他用二十四枚石章篆刻的三首毛泽东诗词为《七律·和郭沫若》《满江红·和郭沫若》与《七律·到韶山》。

我的小弟弟自幼聪慧,闲暇在爸爸指点下习书法刻印章,这时中学毕业,篆刻略已入门,也刻了几枚毛泽东诗词的印章。钱瘦铁看在眼里,觉得小罗的作品颇有妙趣,一天他来访,特地送来一把自己用得很顺的刻刀送与小罗,勉其不断磨砺。再也没有料到,没多久不幸降临他自己头上,受辱挨斗,难以承受的迫害,致使他心脏病加重。一代篆刻书画大家含冤亡故。那是一九六七年,是年七十。次年五月爸爸离世。那枚铭记二人深厚友情的"洵美长幸"印章不知去踪。

一九七六年《文物》杂志第十期有篇《邵友濂使俄文稿和家书中的沙俄侵华史料》述及底页有其后人写的一段文字,末句为:"洵可宝也。"

这是谁写的?文章没有提到。我看了心头存疑。我应当抓紧到镇江博物馆去翻阅查证,然而那时我已年迈,无力远行;曾经拜托在镇江的堂弟,无奈他患有严重足疾,不能到地处高坡的博物馆去。多年以来,我捉摸着这"洵可宝也"四个字。

跋记没有署名,从几点我可以假定那是他的长孙,我爸爸邵洵美所写。

邵洵美原名邵云龙,十七岁更名为洵美。那时际他还不知道世间有唯美主义之说。只因他那时正暗恋着表姐盛佩玉。当他翻《诗经》,读到《郑风·有女同车》一节,赫然看见意中人的名字。那一句"佩玉将将";又见另一句"洵美且都","洵"意为"实在","都"意为"漂亮"。当时云龙读着"洵美"二字,感到正好和"佩玉"二字对应。他于是决定改名,以诗寄情。邵云龙只作学名。

有时"洵美"二字他一词二用:如他的诗《洵美的梦》,既有"邵洵美的梦"之意;又有"实在美的一个梦"之解。又如"洵美的书",这四个字写在他自己设计的藏书票下端,既作他的藏书标志,又指这本书实在好,为他所爱。我隐隐地感到这一个历史谜团或可能藉此一字破解——

"洵可宝也",可以是"实在足以宝贵的",也可以是"洵

循迹

美视若珍宝"。

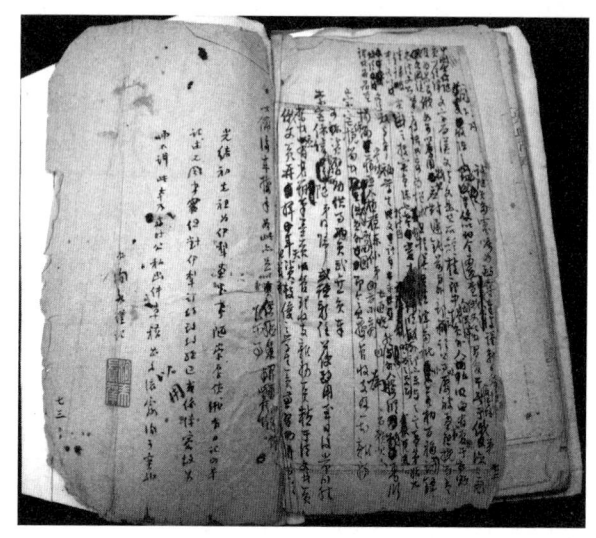

《使俄文稿》文末邵洵美跋记

二〇一三年我托表弟承志到镇江博物馆,幸得工作人员热心帮助,终于取得那份"使俄文稿"的原件的照片。发现文末添加上去的一段文字真的是我爸爸的笔迹,原文为:

> 光绪初,先祖为伊犁画界事,随崇厚使俄,有日记四本,记述见闻事实,但对伊犁订约改约经过,或系保密故,略而不详。此本乃当时公私函件草稿,甚多流露,洵可宝也。
>
> 孙　洵美谨记

其下,那枚"洵美长幸"的印迹赫然在目。

邵洵美与徐志摩
——一部诗的传奇

> 我爸爸邵洵美与志摩伯伯的相识是一段奇缘。他们交往仅仅六年,但二人相交之深,感情之笃非比寻常。这里,我只是记录下家人、友人的回忆和我粗浅涉猎的资料。望知情的前辈和文学研究者不吝补充,不胜感激。
>
> ——作者

人们总以为邵洵美与徐志摩的深交缘于他们二人都是三十年代写新诗的诗人,他们一起创办《诗刊》,又都是"新月"人。其实,邵洵美与徐志摩间的交情远远超出写诗办刊等表面的合作关系,那是鲜为人知的。

故事从一九二五年开始。邵洵美十八岁离国,负笈英伦。那时出国留洋的学子大多数攻政治或经济。洵美出身清末达官望族,祖父邵友濂官至上海道台、台湾巡抚;外祖父盛宣怀是邮传部大臣,洋务运动的大员。这样一个世家子弟奉父命赴剑桥大学报考经济系,将来走上仕途或经商成巨贾,那是再自然不过的了。洵美自幼爱好文学,十一岁他读《唐诗三百首》,就觉得每一首都好,每一首只要读几遍便背得出。先生开始教他写诗,他的希望便大了,他希望将来有一本三百零一首的诗选。① 后来他上中学,在教会学校里读到许多外国诗,便用通俗语言来试译。(《诗二十五首·自序》,邵洵美,一九三六年上海时代图书公司)就这样,他开始学写新诗。他在留学前就为未婚妻盛佩玉写了首《白绒线马甲》,发表在一九二四年十二月五日的《申报》上;他还在一九二五年五月的《妇女杂志》上发表了他的一首散文诗《二月十四日》。

他的心底里早就蕴育着诗意,然而,他去剑桥选择专业时,对"英国文学系"想也没想。他寄宿在导师慕尔先生家,听从先生的教诲,认真补习,准备参加考试。没想到,平淡枯燥的生活突然有了一段插曲。

命运奇突地把邵洵美与诗人徐志摩联结了起来,是徐志摩决定了邵洵美一

邵洵美赠导师 Moule 先生夫妇,剑桥大学图书馆手稿部收藏(一九二六年摄于巴黎)

---

① 邵洵美:《一个人的谈话》,上海第一出版社,一九三五年。

生的命运。①

起因是,和洵美同住在慕尔先生家的另一位中国留学生刘纪文接到广东来电,派他去大陆国家考察市政。他先要去巴黎,但这位毕业于日本某大学,在剑桥政治经济系旁听的同学并不能讲几句英语,更别提法语了,他便请洵美充当他的秘书同行。他们只带了一张写有地址的小纸条,找到了当时在法国学画的张道藩,从而他们结识了一批在法的中国留学生。有学画的徐悲鸿与其夫人蒋碧薇,有研究法国文学的谢寿康等人,他们拉洵美加入留学生们课余的一个组织"天狗会"。稀奇的是,徐悲鸿等人一见洵美就说他长得极像徐志摩,一个中国诗人。洵美感到"一定是天要把他和志摩拉在一起"。早先在剑桥市中心广场一个摆旧书摊的老大卫每次见他总说,有个要翻译《拜伦全集》的中国人和他有同样的面貌。到了巴黎,每一个新的环境里总会有人提到志摩,而每次听人提到志摩,洵美就感到,无形之中他和志摩又接近了一步。一天,来了个朋友名严庄的,一见,他就很熟悉地拉着洵美的手说:"洵美,明天我带你去见你的哥哥。"不几天,居然在路上巧遇志摩。志摩一见洵美,就双手拉住他的双手说:"弟弟,我找得你好苦!"志摩对洵美说徐悲鸿怎样讲了许多关于他的事,以及志摩又怎样四处打听他的那些事。一听洵美是从剑桥来的,志摩脸上更显出一种他乡遇故知的神情,两人便谈论剑桥的各种事。当听洵美说想学政治经济,志摩说:"真奇怪,中国人到剑桥

---

① 邵洵美:《儒林新史》,上海《辛报》一九三七年六月十八日至八月三日。

总是学这一套。我的父亲也要我做官,做银行经理,到底我还是变了卦。"洵美仔细地对志摩看,觉得"我们是有相像的地方:我们的长脸高鼻子的确会叫人疑心我们是兄弟;可是他的身材比我高一寸多,肌肉比我发达,声音比我厚实;我多一些胡须。他多一副眼镜"。第二天志摩就回国了。这是志摩第二次来欧洲,匆匆来,又匆匆回去了。洵美回忆说:"说也奇怪,我和他虽然只交了一个多钟头的朋友,这一个钟头里又几乎是他一个人在讲话,可是他一走,我在巴黎的任务好像完了。往常走在街道上,我心里总有一种期待着什么奇迹的感觉,现在却逐渐地发现眼前的事物的陈旧。天天是一样的声音,天天是一样的颜色:原来我已经看到我所要看的东西了。"

洵美回到剑桥,心思再也不能回复到原有的书籍上。下午在图书馆里,也只是在诗歌的架子边上徘徊。每天从寝室的窗口看到隔壁礼拜堂后面的墓碑,他似乎感觉到一伸手便可以触到真理,隐隐地明白自己有改行的必要。每一样不重要的事情都会把他领进回忆里,他于是追怀着过去所忽略的愉快和没有重视的幸福。这种萦绕心头的思虑,他全拿来写成压了韵脚的句子,竟然相信自己是一个大家所等待着的诗人了。

有一天,他在书堆里发现自己在罗马买的一张希腊女诗人莎茀像的印刷品。这画像为他造出许多离奇的幻想,于是,写满了诗句的草稿越积越多了。他对这位女诗人发生了极大的兴趣;从此他最重要的工作就是用新诗的自由体裁去译她的《爱神颂》,新诗成了他的信仰和将来了。莎茀的诗被人发现的一共只有五六十个断片,洵美在正式课程之外,凭自己的想象把它们联系起来写成了一出短剧。经慕尔先生的介绍交海法书店印刷发行。那册剧本印得特别讲究,纸张是剑桥大学出版部转买来的手造纸,封面的图样又是请英国木刻名家吉尔先生设计的。但是,这本小册子上柜,竟然一本也没有卖掉。

洵美没有完成他的学业就归国了。因为家里一处房产失火,三十多宅房子焚去了一大半。那时候他还住在老宅——静安寺路(现南京西路)的邵家花园。徐志摩的前妻张幼仪的娘家就在邻近,她的兄弟们张嘉铸、张嘉墩(张公权)等与洵美是幼时好友。这时志摩虽然已和张幼仪离婚,但与其大舅子们仍是好友,有时也随他们到邵家花园来玩。不过,在洵美回国的第二天,他们就在"一品香"餐馆见面了。那天刘海粟做东,不少文学界、艺术界的人士相聚。志摩还没走到洵美跟前就大声喊道:"咦,弟弟,你怎么也回来了?你为什么不早几天到中国?你为什么不上北边来吃我的喜酒?我和小曼结婚了!"他介绍吴德生(吴经熊)给洵美。那时他和小曼借住在吴家,两人约好隔几天洵美带其未婚妻佩玉一同去看小曼。①

一九二七年一月十五日,邵洵美与盛佩玉举行婚礼。婚后三朝,由江小鹣、徐志摩、陆小曼、丁悚、滕固、刘海粟、钱瘦铁、常玉、王济远等发起公份,在邵宅欢宴做堂会庆贺,江小鹣等还演出京剧《戏凤》。(《上海画报》一九二七年一月二十一日)新婚满月那天,洵美请朋友们来聚,有徐志摩、

---

① 邵洵美:《儒林新史》,上海《辛报》一九三七年六月十八日至八月三日。

郁达夫、滕固和画家刘海粟、常玉、丁悚、王济远、钱瘦铁、张水淇和张光宇、张正宇兄弟等。他们以画志喜,有的一人画,有的两人合画,后来大家又一起在一张扇面上画,最后志摩写字。他写了"洵美"二字后停下笔问佩玉:"佩玉嫂嫂,还是称你'茶姐',好吗?"后来,徐志摩一直是洵美的朋友们中间惟一称佩玉为"茶姐"的。这件诗人和画家合作的扇面集各家才华,洵美视为珍宝,可惜,"八一三"日寇袭沪时,洵美一家仓皇逃离杨树浦时,未及带走,不知落在何人之手。①

那时正值北伐成功,国民党政府建都南京,南京成立特别市。刘纪文任第一任市长,特地来沪邀请洵美任市府秘书。但洵美看不惯官场的腐败,当了三个月官就回上海,开始他的写作出版生涯。他办了金屋书店,从接手办《狮吼》复活号到创办《金屋月刊》。洵美那时才二十三岁,文学的才华开始迸发,他在这两本刊物上发表不少新诗、散文、短篇小说和翻译作品。他着重介绍英国作家乔治·摩尔

《金屋月刊》创刊号

---

① 盛佩玉:《盛佩玉的回忆——盛氏家族·邵洵美与我》,人民文学出版社二〇〇四年。

(George Moore),他和这位心仪的老作家有通信之谊。摩尔赠书给他,他将这本自传 Memories of My Dead Life(《我的死了的生活的回忆》)译后印成单行本出版回赠。当时志摩从德国写信给洵美说:"我已见到乔治·摩尔,他叫我代他问候你。此老真可爱,我但愿能将他有趣的谈话写出来……"(《狮吼》复活号第九期,上海金屋书店)一九二八年志摩在《金屋月刊》也发表过诗:第二期的《在不知名的道旁》、第九、十合刊上有两首,《为的是》和《给小郭》。

徐志摩和朋友们一九二七年在上海创办新月书店,一九二八年三月,《新月》月刊创刊。因志摩,洵美结了《新月》的编辑们和不少老作家,他们都比洵美年长。《新月》是一本成熟的文学刊物,在此刊发表文章的多为著名作家。在学识上洵美是晚辈,不敢贸然投送稿件,他只发表过一篇译文《谈自传》,还以笔名"浩文"在"书报春秋"栏发表了三篇书评。

第二年新月书店因亏空太多,资金周转不灵,向洵美招股。洵美为与志摩的情谊,结束了自己的金屋书店,将资金投入新月,以"邵浩文"的名义作为发行人。自己的《金屋月刊》办到年底停刊。一九三一年一月,志摩与孙大雨及

《新月》月刊

洵美创办《诗刊》,也是新月出版的。洵美帮助志摩做征集稿件、编辑、设计封面等工作。他在前三期的《诗刊》上发表了几首诗:《洵美的梦》《女人》《季候》《小诗一首》和《人曲》。这个时期洵美和志摩交往很多,除了商量办书店出刊物,切磋作诗写文之外,还有合作翻译的计划:一是邀友人们一起翻译《莎士比亚全集》。志摩先选中了《罗密欧与朱丽叶》,译了一段。洵美懒,又没有耐性埋头苦干,便挑了《仲夏夜之梦》,因为那是全集里最短的一个剧本,同时又是比较容易的一个。可惜里面歌词太多,大半注重在字面的美丽与音调的甜蜜,译成另一国文字,原文的精华会完全失掉。譬如最有名的第二幕第二场"众仙子的催眠歌"便无论如何不能译得满意,洵美于是始终未敢动手。二是两人合作翻译赫理斯(Frank Harris)的《我的生活与恋爱》一书。当时,他们二人在上海某西书店发现这部书,因为定价三百五十元,志摩想和洵美合资购买,但最后想想实在太贵没有买下。[①]

洵美被志摩深深吸引,认为中国新诗界没有一个及得上徐志摩的。洵美比志摩年幼十一岁,他将志摩尊为老师,视作兄长。志摩参加的活动,洵美常常跟随。志摩是国际笔会中国分会的发起人之一,任理事,洵美便积极参加笔会活动,一度任上海笔会的会计、秘书。志摩是中英文化基金会委员,洵美也与有关的那些人士熟悉,后来也参与其事。

---

① 邵洵美:《我的生活与恋爱》,《六艺月刊》一九三六年第一期,上海六艺社。

志摩喜欢搓麻将,有时"三缺一",洵美也去奉陪。洵美回忆志摩搓起麻将来异常激动,似猛虎攫食。他摸到牌,眼睛就发光。他手大,打牌的时候使你憧憬他体内的力量。从他拿起第一张牌起,每一张对于他似乎是一个新发现的奇迹。他每拿一副牌,眼珠只一滚,就好像全盘的阵势已注定了,以后的工作,不过是调兵遣将去凑合这一首史诗的韵节而已。他上场总是输,讲定搓十六圈,到了十五圈开始,他那著名的"老虎尾巴"便竖了起来,不知是一种什么力量,牌和人似乎全被他一个人支配了。这一副三番,那一副四番,最后一副和掉,结账总是他赢。赢了,他就发狂地拉住你的手,说:"你看,我的老虎尾巴!"①

印度的文学泰斗、诗人泰戈尔与志摩是好友。一九二四年泰戈尔第一次访华,志摩和林徽因陪伴他去各处演讲,志摩与林徽因为他做翻译。泰戈尔曾赠志摩一件印度袍子、一顶印度帽子,还给志摩取了个印度名字:"SooSim"。一九二九年泰戈尔第二次访华,政府机构不接待,志摩私人招待他,请他住在上海自己家。洵美夫妇去徐府拜会这位文学界的老前辈。小曼告诉佩玉:"志摩为了让老人不觉得在客地过夜,特地将一间房间布置得有印度风格:室内不放家具,壁上挂放了毯子,地上铺厚毯,放了大垫子作靠枕。谁晓得这老先生情愿睡在我们的中国式卧房内,我们俩只好自己去睡那间特地为客人布置

---

① 邵洵美:《几种赌与几个人》,《时代漫画》一九三四年第二期。

的印度式卧室里……"①

志摩夫妇也常去邵府做客,他们喜欢夜间来访。施蛰存曾忆及邵家花园改建成弄堂房子——同和里之后,他常去邵府夜谈,有一次刚想走,志摩夫妇来了,四人又接着谈到深夜。

洵美十分了解这位诗友,说志摩是诗人,一头平常的鸟,假使在他窗口多叫了几声,他就会快乐得发了疯,说这头鸟一定有灵性,许是仙人豢养过的,他相信。他多次对洵美说,他住的福煦路上有夜莺,每天夜半蹲在他那印度房间的窗边,可以听到大天亮。他描写说:"声音越来越响亮,调门越来越新奇,情绪越来越热烈,韵味越来越深长,像是无限的欢畅,像是艳丽的怨慕;又像是变调的悲哀的发痴的鸟。"洵美不喜欢鸟,也从没听到过夜莺叫。听了志摩的描述:感到那是一种深渺的梦思,一种神仙的歌乐,只有去幻想,去羡慕,去从人家的诗文里去意会了。但是要想去从人家的诗文里意会,又得听志摩骄傲的自鸣:"你们没有听过夜莺,先是一个困难。"既然自己家里听不到夜莺,洵美便下了决心到志摩家去,反正志摩夫妇睡得并不早,要是有兴致,便跟他们谈到天亮也不叫你走。他们又全是能讲话的,管叫你听得不想睡,便连疲倦都可以不觉得。就这样洵美一连去志摩家两天,却没听到夜莺叫。洵美几乎怀疑志摩所听到的不过是诗人的幻象,是梦,是他自己的诗。但他家

---

① 盛佩玉:《我和邵洵美》,《浙江文史资料特辑》,浙江省政协文史资料委员会编,浙江人民出版社一九九二年。

里竟还有旁人听得的,他们又都不是诗人,怕是听夜莺也得有福分。有天夜里,洵美读着劳伦斯的新诗,令他放弃去想夜莺的调子的念头,竟伏在桌上睡着了。忽然佩玉把他推醒,他听到了夜莺的叫声,一面联想着……不知道为什么这种调子会使他快乐得发颤。他觉得听夜莺的曲调似乎是听了一段动人的故事以后心灵上所感受的刺激。他十分兴奋:志摩已不是济慈以后惟一的听到夜莺的人了。①

有一天,朋友们在志摩家聚,大家为他们题诗作画。洵美也去,临行匆匆画了张画,只是用毛笔尖勾出了一只茶壶,一只茶杯,旁边题了两行字:"一个茶壶,一个茶杯,一个志摩,一个小曼。"那天,洵美还当场信笔画了一张,粗看像是胡乱涂的几笔墨团,旁边写着:"长鼻子长脸,没有眼镜亦没有胡须,小曼你看,是我,还是你的丈夫　洵美。"细看,还

邵洵美为徐志摩、陆小曼所画(一九三一)

---

① 邵洵美:《夜莺》,《金屋月刊》一九二九年第十二期,上海金屋书店。

真是画了张脸呢。这些许多朋友们留下的画作诗作后来印成一本小册子,题为《一本没有颜色的书》。陆小曼是个才女,自幼习油画、国画,又通英法两国外文,曾翻译泰戈尔的小说,文笔秀丽,她的小楷也娟秀。志摩与小曼还合著剧本《卞昆冈》(新月书店出版),曾由戏剧协社编排公演。①

志摩当时在上海光华大学和南京中央大学两处任教。有一次,志摩要回家乡硖石探亲,时间较久,约个把月,请洵美去光华代课。志摩在英文系教授英国文学史、英诗、英美散文、文学批评等课程,这些内容洵美都熟,无须费劲备课,只是担心自己年轻,上讲坛压不住阵。他特地去买了副金丝边平光眼镜,让人看起来年纪大一些。不巧那几天他扭伤了足踝,走起路来一瘸一瘸,倒是帮他加上几岁。没想到洵美代课,大学生们十分满意。后来办良友图书公司的赵家璧就是这班上的学生之一。

洵美对志摩了解深刻,在他的《一个人的谈话》里谈道:"有高尚趣味的人,对于一切都极诚恳,都极认真;他能知道自己的力量;他能佩服人;他不说含糊的话;他不爱有使人误会的装饰;和天才一样,他不比较便能判断;他简单……志摩能不做官,也便是因为他有高尚的趣味。"

有一次,九个月里洵美只写了两首诗,他以为自己决不是一个诗人,说自己缺乏灵感,自己的诗完全是做出来的。也许毛病是出在当时太崇拜史文朋(Swinburne)等一般前

---

① 《狮吼》复活号第十一期,上海金屋书店一九二八年。

拉斐尔派的诗人,太把他们的话当作金科玉律了。史文朋说:"我不用格律来决定诗的形式,我用耳朵来决定。"洵美就曾经为了一个字的音调,把大半首诗的字句给改了。他又佩服摩理斯(Morris)的一句话:"我不相信有什么灵感,我只知道有技巧。"由于太相信技巧,便为自己造下了一座囚牢。有一晚,他把这些话对志摩说了。志摩说:"也不一定,你写不出诗,恐怕还是因为你生活太满足了。"洵美说志摩的话不对,原来他有个从不告人的秘密:"我喜欢幻想,幻想竟然叫我把一切事情想穿了。我的诗便只剩了一线生命!那全靠我忽然有什么要求而没有空闲去幻想的时候。近两年写诗,大半在这种际会里写成。"

志摩太爱护洵美了,两人有了深交之后,从志摩那里洵美只得到过分的奖誉。一九二八年洵美出版诗集《花一般的罪恶》。后来洵美听人说志摩当时曾在背后对一位朋友讲:"中国有个新诗人,是一百分的凡尔仑。"洵美一九三六年说:"这几句话要是他亲口对我说了,我决不会到五年前方才明白自己的错误。"

第一期《诗刊》销路非常好,再版。第二期就赔了本,第三期更其如此,原因是:诗稿来得多,志摩他们喜欢极了,挑来挑去,几乎都不忍舍下,刊物出来,比计划的厚得多。物价涨,成本算起来,该五角,但刊物定价不能涨。无怪乎书店经理着急,说:"真是一班诗人,一点生意的常识都没有!"

洵美与志摩合作编《诗刊》,自是受到志摩的指点熏陶,有人提到《诗刊》时说:"……邵洵美、孙洵侯、尺棰的诗作更是步志摩的后尘。"也有人说:"名字出现在《诗刊》的年轻一辈诗人如卞之琳、方玮德、邵洵美、方令孺是徐志摩在文学花园里栽培出来的花朵。"更有人说邵洵美"……和徐志摩一样,寻求解脱中国古诗的道德束缚,以感官美来从事诗歌创作……"①

由于家庭开支太大,入不敷出,志摩心情也不好。当时在北京大学任校长的胡适请志摩去北大兼课。志摩往返两地十分辛苦,他为了节省开支,乘坐免票飞机往返。没料到一九三一年十一月十九日,志摩在去北京的途中,飞机在济南党家庄附近遇雾触山坠毁。洵美闻讯痛哭不已,悲恸中写了一首长诗悼念他,题为《天上掉下一颗星》,刊于《诗刊》第四期(志摩纪念号),那是洵美含泪与陈梦家等一起为志摩张罗出版的。在那一期终刊号里收集了志摩未入集的两首诗《领罪》与《难忘》以及他翻译的莎剧《罗密欧与朱丽叶》的第二幕第二场。同一个时候,《新月》月刊的第四卷第一期也出版了"志摩纪念号"。志摩走了,洵美和朋友们仍执着地继续为志摩的《新月》出力。第四卷第四期起,洵美加入了编辑小组,仍以邵浩文为出版人,新月书店为发行者,由洵美的时代印刷厂印刷。不言而喻,洵美是出大力的,包括财力、物力和精力。失去了徐志摩这个凝聚"新月人"的中心人物,《新月》勉强出到第四卷第七期。洵美为让志摩创办的这份工作做到有始有终,他把全部《新月》集合,出版了《新月》合订本。

---

① 许芥煜:20*th Century Chinese Poetry:An Anthology*,*New York Cornell University Press*,1963.

第二年,结束了新月书店。

志摩逝去之后,洵美一直十分怀念。次年,他的《时代画报》第三卷第六期刊出志摩的遗著——新婚日记《眉轩琐语》。他和朋友们去志摩家乡硖石组织了志摩逝世"周年祭",拍了六张照片送交好友施蛰存,发表在其《现代》杂志上。

一九三二年在浙江硖石徐志摩故乡举办"志摩纪念周",左四为邵洵美

一九三四年,洵美因事回家乡余姚,离沪半月回来,天还未大亮,他怕吵醒家人,步行回家,故意在路上慢慢转悠,买了份刚出版的报纸边走边看。他路过一幢高楼,忆起"那不过是三年前的事,志摩站在一座七层楼的窗口,指着远处没有云也没有景物的天边,说生命的永久;可是,诗人和他的夸口现在都已消灭在太空里了……"①

"八一三"前上海的局势还较稳定,洵美抓紧这个时机大办出版。除接办的《时代画报》外,他同一个时期还创办了《论语》半月刊、《时代漫画》、《时代电影》、《文学时代》、《万象》、《声色》、《十日谈》旬刊和《人言周刊》。这个时期洵美创作的激情犹如汹涌的洪流,他写了几十万字。自从失去了亦师亦友的徐志摩,他难有心思再作诗,他埋头文学理论的研究与评论,包括新诗的理论与发展的研究。"一·二八"的炮火催醒了洵美,促使他从纯文艺观点转向现实。他在《十日谈》《人言》《时代》和《论语》等刊物上发表了大批时事评论、呼吁抗日救国的文章。与此同时,他承担很多编辑出版的具体事务。然而,如此忙碌的工作中,洵美还惦记着要为挚友志摩做好他未了的事。

一九三五年他在《人言周刊》上重新刊出志摩一九三〇年刊于《新月》月刊第三卷第十一期的一篇未写完的小说《珰女士》。接着他发表了《徐志摩的〈珰女士〉》一文。文中说:"志摩有许多工作只开了一个头。《万牲园里的一个人》他译了不上二十页,以后就没兴趣去完成。这篇小

---

① 邵洵美:《感伤的旅行》,《万象》一九三四年第一期,上海时代图书公司。

说讽刺得真深刻,好在有原文,将来一定有人会翻出来。《珰女士》是志摩更奢侈的尝试,他想写个长篇,可是只发表了十六页半,连标点不过一万多字。这是他朋友的一段故事,当时最感动的是他。这故事我们全知道,不过后来情节变得更奇怪,只有志摩的笔才能对付。这一万多字发表在《新月》月刊,下一期没有续稿,读者也就没有想起。一万多字只开了一半场,这是志摩的老脾气。他是诗人,有故事他先捉它的神韵,情节本来不是他希罕的。诗人心思简单,是新闻都会叫他惊异。这珰女士影射一个朋友,她自己也会写文章。志摩见到会写文章的人总爱。珰女士的文章倒真可爱,她情感丰富,听到一句动心的话,始终不会忘;把一切都记了下来,人家便感动。她记忆力好,人又细心,在一篇日记体的文章里,她描写了一切的琐碎,谁都佩服她的勇敢。尤其是志摩,到处对人唱,说这位小姐的胆子大得惊人。其实平常人写小说,尤其是新文人,太讲意思忽略了故事。珰女士把事实展览出来,反而有精彩。但是珰女士自身的故事比她写的文章更动人,志摩以外也有人拿来写过小说,可是简单的头脑看不到故事的正反面,全太浮浅。"洵美又说起"我和她也有几年不见面,这次特地去找她,她比以前胖了,说话比以前要圆转,心神不能集中,她好像已记不起自己来……提起志摩的《珰女士》,她不肯承认是她。我说不继续下去可惜,她也说可惜……"洵美接着写:"今天又读《珰女士》,我想为什么我不去继续写?志摩一定也愿意。志摩的文笔不能学,我只想去讲完那段故事……这故事开展起来,牵涉的人真不少,希望他们看在文学面上,不要见怪。我们并不有取笑人的意思。假使我续文的笔姿能有一些志摩的意味,那是我敬仰他的原因;假使完全不像,那是我能力的薄弱。谨在此先求大家的原谅。"

《人言周刊》从第二卷第十五期到四十期刊出了《珰女士》(徐志摩未完稿,邵洵美续)。可是,洵美也没有最后完成这篇小说。在第二卷第四十期刊出的"为停刊珰女士启事"中说明:"原先写这本小说计划分成三部,每部自成首尾。第一部七万余字,自珰女士听到繁被捕的消息起,至谣言的真相显露为止。现在结局将近,但本刊自四十一期起,对编辑方面,略有改革,当将《珰女士》停止继续登载,明春出版第一部单行本……"(按:至今作者没有发现《珰女士》第一部的单行本。)

《珰女士》的原型就是女作家丁玲。这篇故事就是讲:珰女士(丁玲)的爱人繁(胡也频)突然失踪,珰女士和她的好友黑(沈从文)四处打听,焦急异常,后来得知繁被秘密逮捕,其他消息一点也没有。珰女士找廉枫(徐志摩)帮忙,廉枫托辛雷(洵美)想办法打听繁在狱中的情况……真实的后续故事是沈从文找邵洵美想法营救胡也频。洵美打电话给当时国民党上海市党部主任委员刘建群,要求保释胡也频,刘建群不允,洵美与之争执起来。刘不敢得罪洵美,(因刘是C.C.的人,C.C.指陈果夫与陈立夫,他们与洵美相识;洵美的结拜兄弟张道藩也是C.C.的人;而且洵美是上海知名作家与出版家)最终刘不得不把胡也频已被枪决的真相告诉洵美。洵美不信,刘只好把照片送来。洵美通知沈从文来看照片——如此,秘密枪决胡也频的真相就此公之于众了。

这样,丁玲也处于危险之中。她决定把婴儿送回湖南老家托母亲照应。但是何来盘缠?急公好义的徐志摩助丁玲卖了本书稿给中华书局,但远远不够,志摩自己手头也不宽,只好请洵美帮助他们[沈从文《记丁玲》(续集),良友复兴图书印刷公司一九三三年]。洵美与丁、沈也素有交情,就拿出一千元,这不算借,谈不上要他们归还。沈从文这才陪丁玲母女动身回湖南。

一九三六年,洵美又为志摩完成另一个心愿。他买了志摩生前极想要的那部《我的生活与恋爱》,摘译了第一册的内容,发表在上海的《六艺》月刊第一期,向读者介绍赫理斯著的自传。同时他写了篇英文的文章 *Poetry Chronicle*（《新诗历程》）刊于一本英文的月刊 *T'ien Hsia*（《天下》）第三卷第三期,介绍新诗在中国的发展概况。他一开始说胡适之,"他从白朗宁（Browning）,可能也从华滋华斯（Wordsworth）那里寻求到很多灵感"。接着就介绍徐志摩,"年轻的诗人之中,桂冠无疑应归于徐志摩。他不仅证明了新诗可以和旧诗有所不同,而且证明了新诗本身就很伟大。他和传统决裂,他的诗作背景不再像中国画那样,单单是几张平面的风景;就其人物而论,他们讲起话来有时就像外国男女一样。要说洋,确实洋,而志摩对此全然不觉可羞。他喜欢洋化,他要求做到洋化,因为他相信中国有许多东西需要向外国文学学习;把东方和西方的血液混合在一起就会创造出一个新的种族。但许多和他同时代的人为了达到剽窃的目的,却把他的这种信仰当作借口,若不是这样,他也许已经在洋化方面取得成果了。他们那些人厚颜无耻地把那些越晦暗越好的外国诗看成他们食粮的主要来源。情况就是这样,因而当哈罗德·艾克顿(Harold Acton)先生告诉我们,当他在翻译《现代中国诗选》(Modern Chinese Poetry,达克渥斯书店一九三六年出版)的过程中认出许多身穿奇装异服的熟面孔时,我们就觉得一点也不奇怪。尽管如此,志摩过去是,而且将永远被人们看成是中国新诗的一位勇敢的先驱者。他死了,一去不复返了,但是人们认为他现在正置身于那些不朽的人物中间"。"志摩之死,使我们不仅失去了我们最有前途和最敬爱的诗人,而且也失去了我们最好的评论家。他的鼓励之词全都受到我们的珍视。"他在文中介绍写这篇文章之前,冒着赔本的风险出版的《新诗库》第一集。① 洵美最后写道:"……在我看来,中国诗虽然充满饶有前途的迹象,却还需要走很长的路才能达到它最后的目标。与此同时,我们只能怀着希望进行学习。"

那个时期洵美亲自编辑《论语》半月刊,一份幽默杂志。他将志摩的几则日记刊于第九十三期,给它一个别致的题目:"儒林新史之一页。"洵美把当时活跃的文坛称作"儒林"。在前一期的"编辑随笔"中,洵美写道:"上次我们曾预告有徐志摩先生遗著一篇,这期为了稿件拥挤,所以只好留

---

① 并未出版第二集。第一集为十位诗人各出一本,包括方玮德的《玮德诗文集》、梁宗岱的《一切的峰顶》、陈梦家的《梦家诗存》、金克木的《蝙蝠集》、邵洵美的《诗二十五首》、朱湘的《永言集》、罗念生的《龙诞》、侯汝华的《海上谣》、徐迟的《二十岁人》和孙洵侯的《太湖集》。

给下期了。志摩先生散文的美妙已有定评,他日记的文笔更是这几十年来的珍宝。上月良友公司曾发行了他的《爱眉小札》,最近商务又有刊行《志摩全集》的计划,已由陆小曼女士着手整理。我藏有他的日记两册,是小曼三年前交给我的,为了种种的关系我未能把它出版,现已还给小曼,以备加入全集。本文似乎也是他的日记,原稿在我处,乃最名贵之文坛逸话,里面讲及胡适之、郭沫若、汪精卫、陈西滢诸先生,兹请鲁少飞先生绘得插图,准于下期发表。"后面又写了两段有关志摩的事:

"志摩先生去世到现在,已好几年了。他文笔的影响,我们还是随处可以看到这种不朽的证据。他的灵魂至少已得到了相当的安慰。但是更使我们不能忘怀的是他潇洒的态度,真挚的感情,我们朋友每次聚会,几乎没有一次不要谈到。在最近我们预备征集关于他生活的文章来作他逝世五周年纪念,希望志摩的好友和仰慕他的诸位都来襄成这个盛举。

"我们当时有为设立'志摩文学奖金'的决议,但是为了环境的关系,到今天尚不能成为事实。去年沈从文先生曾有一个提议,后来也没有成功。我们现在有一个'代替的方法'正在讨论中,不久当即公布,先在此地报告个消息。诸位如有好的意见,亦望告知,不胜感激。"(按:或许是作者涉猎的局限,以上两项活动,未见报刊再有记载)

一九三七年,淘美在上海《辛报》连载了他的自传性小说《儒林新史》,讲的就是他在欧洲留学期间的故事。重点记述他与志摩的相识以及与志摩的一席谈使他下决心走文学道路的经过,一直写到他回国后在上海又一次与志摩相遇。《儒林新史》刊到八月三日停止刊出。洵美一家于"八一三"上午才从杨树浦家逃到法租界,一夕之间,他几乎成为无产者。在"孤岛"蛰居一年之后,他借外国友人之名义出版抗日杂志《自由谭》,又与外国友人合作出版其英文姐妹版 *Candid Comment*（《直言评论》）。

《自由谭》创刊号

抗战胜利之后,《论语》复刊,直到一九四九年五月共出版一七七期。而更使洵美欣喜的是,又有《诗刊》与读者见面了。那是一九五七年,当时洵美正从事翻译外国文学作品的工作,《诗刊》的再度出现使洵美兴奋,也使他格外思念故友志摩。他的女婿方平说:"每每提起徐志摩,爸爸的眼眶就湿润,话语就哽咽。"

新的《诗刊》的主编臧克家先生来访,谈及毛主席写的一封信。洵美写了《读了毛主席关于诗的一封信》,刊于《上海文艺月刊》一九五七年七月号。在文中他指出目前新诗作品中的问题,也分析了原因,写了满满两大页纸。他对新诗的发展怀有极大的希望。推广并发展新诗原就是洵美与志摩当年共同的心愿和曾为之精心开拓的事业啊！

洵美与志摩的夫人陆小曼一直有往来，解放后还曾一起参加政协组织的活动。有一次，听说小曼要来，洵美囊中羞涩，只好托好友秦鹤皋将一枚祖传印章转让给钱君匋，筹得宴请小曼为她祝寿之款。那枚白色的寿山石印章上刻有"姚江邵氏图书珍藏"字样，是清末篆刻家吴昌硕亲制。

突然晴天霹雳，一九五八年秋，洵美被捕。三年多后释放回家，重病缠身，家徒四壁，贫病交迫中继续从事翻译。一九六五年陆小曼病故，得知噩耗的两天后洵美写了一首诗，抄录在给幼子小罗的信中：

> 有酒也有菜，今日早关门；
> 夜半虚前席，新鬼多故人。

附注：唐诗有"可怜夜半虚前席，不问苍生问鬼神"之句。

这两句唐诗洵美曾题在《论语》半月刊第九十期封面上，注有"李义山诗"。那一期正是他在筹划出版"鬼故事专号"，考虑将志摩的那几则日记刊登其间之际。他是读到此诗令他思念志摩不已呢，还是思念志摩才用此诗句题封面的呢？而今小曼又离人间，怎不叫他倍思故人！

洵美于一九六八年五月五日撒手人寰。

命运使这两位天生的诗人握手，他们的友情延续四十余载不减。天上人间隔绝了三十七年的挚友又复相会了。

（原载《新文学史料》二〇〇六年第一期"邵洵美专辑"）

《儒林新史》的始末

邵洵美喜欢挖空心思想出题目来吸引读者,"儒林新史"便是其一。这个题目初见于一九三六年幽默杂志《论语》半月刊的第九十三期,是他接手亲自主编后的第一个专号,"鬼的专号"。不知什么缘故,徐志摩有几页日记会留在他的手里。他把那几页从未公之于众的遗墨刊出,命其题为"儒林新史之一页"。他把当时那班读书人活跃的文坛称作"儒林"。志摩的四页日记记载他和张君劢、瞿秋白、胡适之、郭沫若、田汉等交往的情节,涉及汪精卫等廿余人。另一页则是"回国周年纪念",文中思念亲情,思念故友"冠"。"独自地吁嗟,独自地流泪。"洵美介绍说:"志摩先生散文的美妙已有定评,他日记的文笔,更是这几十年来的珍宝。"

一九三七年洵美在《辛报》连载二十八期的《儒林新史》则是他自己的回忆录。记述他和后来成为中国文学界艺术界骨干的朋友们在英国、法国结识的经过,一个个人物和一件件趣事的描述中可见其观察的敏锐,笔触的生动。可惜的是,战争打断了他的创作思绪,这篇极有价值和趣味的杰作没有机会再继续写下去。我把它收进了《邵洵美作品系列》的回忆录卷。① 可是由于我的粗心,竟然漏却了它的《小序》和两段《插曲》!

十年前,为了还原历史,为了让现今和后世的读者记得邵洵美,这个曾经迷醉于写作,痴心于出版,一心推动新诗新文学发展的文化界前人。我,一个牙科医生,贸然动笔写书,写《我的爸爸邵洵美》。之前,我几乎从没读过爸爸的作品;家里只有妈妈当作纪念品珍藏的两本诗集,两篇文章;过去我也从未见过。钻进图书馆,埋入故纸堆,我惊喜地觅得诗歌文章数百。一九九九年,还没来得及翻读,我去了美国。原以为短期就会回来,谁知在芝加哥一待五年。临行拜访施蛰存,施老伯听说我的计划,焦急地说:"赶快!出一本《邵洵美纪念册》,一本《邵洵美文集》,赶快!"他的嘱咐给了我信心,也给了我压力。我不敢浪费时间,一大包资料塞进行李带到了美国。别人四处旅游观光,我则抓住一切空闲伏案疾书。当读到《论语》半月刊第一一五期的"编辑随笔"末段,爸爸写道:"本人最近受约为《辛报》撰著《儒林新史》,逐日分段发表,竟然也有人喜欢看。——"我好后悔,没在行前细读这篇资料,当时远在千里之外,无法找《辛报》,不知这《儒林新史》写的是什么,只好猜想是篇引人入胜的长篇小说。

二〇〇四年书稿要看清样了。我回到上海,一头钻进上海图书馆。喜出望外,我找到了当年那份小报《辛报》。邵洵美的《儒林新史》赫然在目。一读之下,我呆了,哪是小说!我急忙择其要点,征得上海书店责编的同意塞进清样里。怪

---

① 编者按:此文刊于《新文学史料》二〇〇六年第一期。

我大意,书出版,第十九页上《儒林新史》归在小说那半句,我忘了删去!

今年年初,爸爸的作品终于在他离世四十年后再度问世,《邵洵美作品系列》的第一辑五卷一次性出版了。我十分高兴。这篇《儒林新史》收在他的《回忆录》卷,并以之作为卷目。忙着继续整理下一批的资料的同时,古稀之年的我学习用电脑写作。无意间在网上看到上海图书馆的张伟先生有一本《满纸烟岚》。张先生多年致力于邵洵美研究,对我的帮助鼓励极多。故而我央人买来。读到他的《邵洵美笔下的留学生涯》,文中介绍《儒林新史》,提到该文有篇"小序"。我急急写信请教。张伟先生热情地为我寄来拍摄的"小序",还有两篇"插曲"。他在信里写道:"这次没和《儒林新史》编在一起,挺可惜的。好在还有补救的机会。"我真感谢张先生。然而我实在愧对读者!

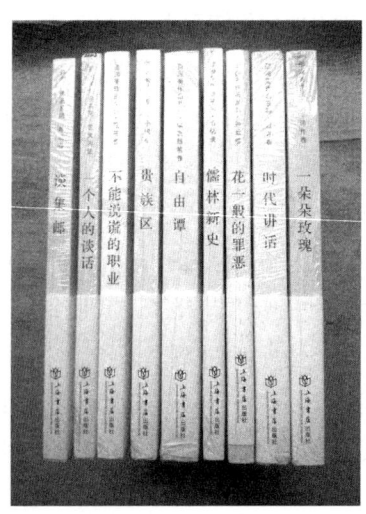

已出版的邵洵美作品系列九卷

获得张伟先生寄来的资料时,第一辑稿件已经付印,来不及收进《儒林新史》卷了!我想,我应当把因我的粗心而漏刊的资料,及早奉献给读者。下一批的几卷出版最早也得一两年后。在此,先摘要介绍如下:

《小序》发表的前一天,《辛报》编者刊出一段广告:

邵洵美:《儒林新史》

邵洵美先生有《儒林新史》之作,所述皆近十二年来目击之文坛实景;旧刊他报,甚博读者欢迎;惜未及旬日,即以故中辍;今徇本报之请,特为续撰,自明日起,按日发刊。(为读者得窥全豹计,其已在他报刊过之数节,仍予前引。)此稿内容精警,多道人所未道,必为本报读者所欢迎也。

(按:因我涉猎局限,没能找得上述"他报",《辛报》既已将二十四段全部刊出,我就不再去搜寻了)

洵美那篇《小序》刊在一九三七年六月十七日,说的是他交了许多写文章的朋友。十二年来(编者按:一九二五至一九三七年)文坛上的大将小卒,和他成为深知浅交的,数目着实可观;同时又因为他是"以友会文"的,所以平时谈话,关于生活方面的多,关于文章方面的少;他又是一个极好的"听众",不论别人的故事是快乐的,悲伤的,失望的,还是得意的,他完全记在心里。"朋友都知道我肚里藏有这样一部日新月异的史料,于是都希望我能有一天把它记录下来,他们便可以免掉许多写日记的麻烦。"大概从一九三〇年起他就开始动笔,写在一本旧式账簿上,约有两万多字。那时张若谷正在《大晚报》上发表一部长篇小说,看见爸爸这些草稿,便借去参考。爸爸因为张伯伯的作品的性质和他的大致相同,便索性把草稿送给张伯伯,自己便不再继续写了。可是后来爸爸读到张若谷那篇写了十二三万字的作品,觉得和自己本要写的完全两样,他想来想去,觉得把自己的写出来还是有相当的趣味。"若谷用的是小说体裁,所以穿插大部分是虚构;我的是回忆录,人物俱用真姓名,措辞的轻重与显秘当然要经过极谨慎的斟酌;实事也许比小说更奇怪,假使成绩平凡,乃是我才力的薄弱。世界上多一部回忆录,文坛上便添不少谈话的资料;茶余酒后不致相对无言,那么,也未始不是一项功德。这便是我最大的希望了。"

他写了二十四段留学生涯的趣事,接下去要写回国了,忽然住笔。读者来函询问,七月二十九日他便写了篇《插曲》来说明原委:一是他碰到一件令他懊恼的事,一个受人哺养,受人教育,受人为他安插位置的人,忽然见财起意,恩将仇报。这使他对于人类的良心发生怀疑,对于人类的同情受到摇动。他说:"要写一部像《儒林新史》这样牵涉的范围极广的作品,同情心是绝端不能缺少的。我对于写作本来有个成见,我以为一部认真的作品是决不能没有同情心的。——有同情心的作品像是个知己的朋友,他和你的交谊决不是片忽的,而是永久的。他尊重他自己的人格,也尊重别人的人格;这种作品才会叫人百读不厌,随时翻阅,你随时会得到他的伴侣与安慰。我当时既然为了那一个无情无义的人而气愤填胸,《儒林新史》便只好暂缓继续了。"

第二个原因是回国后,"这部戏里的角色,百分之九十都是现在我们天天可以碰见的朋友,说错一句话,使他们受到相当的影响;或则好意的叙述,会使他们疑心到是恶意的中伤;同时太顾忌了又会使真实打折扣:这种都是我当前的困难。"他又说,写了那二十四段以后所得的教训是:"除非把真的事情完全写出来,作品便没有灵魂。所以我决定,除非不再写下去;若是写下去,那么,决不有丝毫的隐瞒。"

我们从这篇《插曲》还看到他是十二万分重视这部回忆录的。他写道:"这部《儒林新史》本来是我一生最愿意完成的作品,它对于我本人便有莫大的意义,不写下去我会对不起自己;不过写下去,我又会对不起别人,因为我们中国人的气量是狭小的,没有接受幽默的天赋。"他说:"思前想后,自私心究竟胜过一切的顾虑:现在决计接下去写了。假使天气或是时局不使我闷出病来,我是决不愿再有什么间断的。"

七月三十日他又写了篇《插曲》,谈的是从法国回来的船上的见闻,和《儒林新史》没有关系。①

然而,归国后的内容只有四段,他仅仅写了个头,最后一段是一九三七年的八月三日发表的,只写到回上海起初的几天;进家门首先谒见祖母,跟父母兄弟见面;又急急约未婚妻相会。第三天在刘海粟的宴席上,有张道藩、江小鹣、徐志摩等老友;也结识了王济远、滕固、吴德生(即吴经熊)。末了一段讲的是几天后拜访郑振铎。正读得兴趣盎然,文章却戛然终止。很明显,十天后就发生了"八一三"淞沪战役,战争的阴霾侵上心头,邵洵美又如何能够再坐定在书桌面前构思呢?他主编的《论语》半月刊也同时停刊。

(原载《新文学史料》二〇〇八年第四期)

---

① 张新民:《〈儒林新史〉补遗》,《新文学史料》二〇〇八年第一期。

邵洵美笔下的巴黎世博会

读幽默杂志《论语》的"编辑随笔",无意间瞥见爸爸的一句"《儒林新史》颇受读者欢迎"。当初,还以为那是小说,心心念念想一读那篇佳作。但刊在何处无从知晓,那时际出版物那么多!一天,细读他的《一年在上海》,提到他的朋友姚苏凤、陈福愉编的《辛报》。我急忙钻进图书馆去找《辛报》。果不其然,《儒林新史》本文连刊二十八段,还有序,还有插曲。爸爸那浓情有力的四个毛笔字没有逃过我的眼睛。令我喜出望外的是,这是一篇回忆录,填补了我对爸爸在欧洲那一段生活认知的缺失,也破解了我心里的许多谜团:他,一个传统家族的富家子,学业基础不佳,十八岁留学英伦,是个稚气的孩子,如何会两年后归国,成长为一个英语熟稔的文学青年,带回的诗文足够出版三卷?他如何会结交不少文坛艺界有成之友,归国后即跻身文学界出版界?他,一个诗界的新人又如何会一度落入政界?这篇文章里都有答案。最重要的是,《儒林新史》解读了邵洵美如何会下定决心步入文学殿堂。

这是他回国十年后发表的,故事情节确有其实,人物描画恰如其人。短短一篇内容之丰富,居然还有这一班"天狗会"青年学子游览巴黎世博会的情景描述。他是这样写的:

> 这时候巴黎正举行着国际装饰美术展览会。这在法国是每二十五年一次的盛典。政府特别在交通便利的区域划出一块空地,世界各国都租赁若干公尺的地基,聘请著名的建筑师在上面盖造起房屋来,所以你去参观这个展览会,正像看见了一个全世界精华的缩影。
>
> 万花楼(注:中餐馆)离开展览会没有多少路,大家决定不雇街车。我们一共八九个人。——老谢(注:谢寿康)和我两个人走得最慢,我们于是有了谈话的机会。——不知经过了哪一条有名的桥的时候,远远地已经望见各种颜色的灯。我们的谈话也已经从文学转到中国古时候一个有名的厨子叫做易牙的身上了。
>
> ——讲着,我们已走到了展览会门口,红白蓝三种颜色的电灯在牌楼上镶出了各种的图案,悲鸿(注:徐悲鸿)和道藩(注:张道藩)正在赞美这些图案画作有东方的情调。碧微(注:蒋碧微,徐悲鸿的妻子)还说这图案可以织成花边滚在袖口上。走在最前面的几位已经买好了门票招着手催我们进去。
>
> 这般大规模的展览会我还是第一次见到。虽然夜里看不远,但是从天上反映的红光估计起来,从前门到后门至少有五里路。这会场是沿着一条叫做金凤桥,也不知道是金马桥相近的莱茵河两岸建筑的,桥上还

造着许多小房子。最使我喜欢的是一家香水铺,门面完全是翠绿色的,光洁得像是宝石,中间嵌着几个细长的黑字,大概是店号;它给你的印象是芬芳幽雅,简直可以刺激你的嗅觉。这座小建筑也许是某一位大建筑家的设计。展览会纪念品的摊子上竟然有专为它摄制的明信片出售。我便写了两张。预备回国时要开什么店铺时,门面的装饰可以完全模仿它(按:妈妈的珍藏里确实有世博会纪念明信片,还贴着纪念邮票呢)。

进门,两旁便排列着许多大建筑,每一所代表一个国家。说也奇怪,这些建筑的式样的确都能代表每个国家的艺术个性,你用不到看上面挂着的旗号便可以指得出来。棕黄色而门窗都用铁制的是德意志;深灰色大石块砌成的是苏维埃俄罗斯的;净白粉刷,大门上面有一些简单浮雕的是英吉利的;完全木料叠成的当然是日本的;意大利的好像夹杂着许多颜色;法兰西本国的则是精致小巧。

我们始终找不到一所中国的建筑。这事情本来并不出乎我们意料,可是我们都表示一种诧异而气愤的样子。

粉白墙壁,乌黑大门,也不会有什么好看。我不得不想一句话来改换一些空气,但是老谢却很严重(注:严肃)地责备我说:

"这一点你不明白了。我们中国艺术的高贵便在这上面。你以为它单调,可是单调到了艺术的境界便变成最可佩服的拙朴了。拙朴为你也许是一个新名词,这是现代艺术的精神。看前世纪的艺术,复杂到了奢侈,华丽到了鄙俗,正像一只苹果,太熟了会有一种腐味,带生些咬上去便有一股清香。艺术也是这样,所以原始艺术,经过了这许多年代,总不惹人厌烦。中国建筑的线条形式千百年来一成不变,自有它不朽的价值。"

每个人都赞成老谢的议论。他看到没有什么人和他辩论,反而有些失望。我们便找了一处清静些的地方,大家坐了下来。道藩却乘我们不注意的时间,在他的小手册里,早已画好了一所中国房子的图样。

那是一所宫殿式的建筑,层楼加增了些,窗户减少了些却又放大了些。粗看像是一座宝塔,经他详细地解释,才明白每一处有每一处的实用;这宅房子里连小剧场都完备。

我们依次地看过了,最后轮到了悲鸿,他于是用了艺术家的眼光批评起来。人声嘈杂,听不出他讲些什么,我们只见他的嘴唇动得很忙,一只手指在那张图样上,一忽儿移到这里,一忽儿移到那里。道藩拿了支铅笔跟了他的手指搬动,大概是照了他的话在修改。隔了好久,他们方才讨论结束。我们拿来一看,却见那所改良了的宫殿,外形方面又回复到了传统式的宫殿模样。原来他们不是在商量建筑式样,而是绘画技巧,所以在光暗方面已经画到完全合乎透视学原理,栏杆边上还添了个执着柄团扇的古装美女;可是这张图样却和万寿山上的建筑完全没有分别了。

碧微的感觉的确敏锐,她一看便明白,于是怪着悲鸿:

"真是缺德,跑到此地来画画。我们还是去看看有没有旁的有趣的东西吧。"

读了这段,倒引起我的兴致。我到网上考证到,这一九二五年在巴黎举行的"建筑艺术展览会",正是法国举办的第六次世博会。一张模糊的黑白照片呈现了当年的盛况,但见桥上人头簇拥,很可能我爸爸那一班留学生正徜徉其中。桥的一头装点着一座长虹般的花架,那就是爸爸所指的三色牌楼吧。有资料写道:那一届世博会的主题是"装饰艺术与现代工业",也就是从那次世博会"开创了建筑史上非常重要的装饰艺术派建筑,把艺术装饰风格推上国际潮流舞台。甚至一九九八年上海建成的金茂大厦都是受这种建筑风格的影响"。

这班留学生为那届世博会没有中国馆而失望与气愤,竟然现场合作设计了一座他们理想中的中国馆的图样。那时他们不可能预想到八十五年后,与他们有渊源的上海滩会举办这一届规模前所未有的世博会;他们不可能预想到这届世博会各国展馆如何煞费心思地呈现他们的艺术特色,表现他们的环保理念;他们再也想不到这次中国馆主馆的建筑是如此的别出心裁。他们无缘看到这届盛会,他们早已百年,其中最年少的邵洵美如果在世,也已一百〇五岁。

这些留学生,把初次到巴黎的邵洵美拉进他们课余半开玩笑组织的"天狗会"。关于这有趣的组织的宗旨,爸爸在回忆录里做了简单的说明:

> 天狗的大本营便驻扎在别离咖啡馆。天狗并不曾住在巴黎,一大半都在附近的乡村里租着房子,所以每天下午总到这里来聚会。天狗的行当不一,有学医的,有研究政治的,有弄文学的,有画画的;可是大家的趣

味相同,谈话的题材便脱离不了文学和艺术。

这是法国交际社会的一种风气,不论男女,见了面总会谈到最近出版的一本小说或是最近上演的一出戏剧,或是最近举行的一个展览会。这种谈话既高尚风雅,又可以避免单调与重复。——无形中他们竟变了提倡文化的大功臣。天狗便也想在中国的交际社会里造成这一种风气。

爸爸在英法游学时跟"天狗会"活动最积极的谢寿康、徐悲鸿、张道藩结拜兄弟。他们曾豪言壮语要在祖国开这种先风,推动祖国文化发展。回国后的几十年,徐悲鸿成为一位知名的美术家,确实为中国的艺术发展承前启后,培育了无数后人。当年也在法国学画,颇有艺术才华的张道藩却扔弃了画笔,投身政界,虽也属文化的范畴,却踏进了他"素所鄙弃的集团"。赴欧十余年,研究文学戏剧的谢寿康,归国后一度在中央大学任文学院院长,可是后来却也背离了自己的诺言,离开文学研究,一直就任外交使节。爸爸认为,他们改变了志愿,真实的自己失踪了。

邵洵美是个理想主义者,他坚持做自己。他热衷做"文化的护法",想方设法,要把人们从麻将扑克引向文化艺术。他写诗,作文,翻译,把有才华的中外作家画家介绍给中国读者。为推动中国的新诗、新文学发展,推动中国漫画的发展,他开书店、印刷厂,出书办刊。即使在艰苦的抗战时期,即使在病魔困扰的时期,他的笔也竭尽所能。他是尽职的"天狗"。

(原载《文汇读书周报》二○一○年七月二十三日)

洵美的笔名

在他的近百诗歌、五百多篇文章和著作译作里,我看到他用过的笔名化名达二十四个之多。他的文章各种题材,用不同的文体写,用不同的笔名发表。他为自己编造笔名很用心,我试着结合他的生活来解释它们的用意。

不少笔名很有意思:早年他崇拜英国诗人史文朋,用过笔名"朋史";"浩文"是表达自己要成多产作家,常用于一般文艺评论,短篇小说,不太在意的小诗和一些短篇译作;他和项美丽合作写的一篇篇短文,发表在美国 *New Yorker*,后来集成一本 *Mr. Pan*,书中主人翁 Pan Heh‐ven,原型就是邵洵美,其谐音 Pen Heaven 作他化名,他有"笔天下"的雄心;以开国祖先"唐尧虞舜"之"唐尧"作笔名,可能是想以《贵族区》作为他发奋写长篇小说之始;纪念他的母亲和祖母用"荆蕴",有负荆之意,他深感失去亲人后作为长子长孙重任在身;"郭明"是"国民"的谐音,写了数十篇忧国忧民的文章;而"明言"乃"郭明"所言;在抗日杂志上他用过"钟国仁"即"中国人"之意;"辛墨雷"是"洵美"的谐音;杨刚翻译毛泽东的《论持久战》发表在 Candid Comment, 用其笔名"失名"的音译, 邵洵美便效仿她, 在《自由谭》里的《游击歌》用"逸名"发表;集邮的文章用"护封",他以为邮票的珍品也应与名著一般加"护封"收藏;"初盦"表示他在邮学的领域里初出茅庐;中国通信使用邮票始于清光绪年间,票面图案为标志大清帝国的大龙,后才以人物头像为图,有人头的邮票当时人称"人头",有龙的邮票称作"龙头",洵美研究国邮,谈龙票,故自称"龙头楼主"。

有些笔名很有趣。一九二九年,初出道的邵洵美时常为出版和写作向《真美善》杂志社的曾孟朴讨教,二人成了忘年交,洵美竟然与老人家开玩笑,冒充名叫"刘舞心"的女读者跟曾老通信。曾老故意让"她"的小说《安慰》发表,又把二人来往信件登在《真美善》上,一时非常热闹。邵洵美以为自己玩笑得手,十分得意。谁知,老先生深有谋略,以此扩大杂志的销售。邵洵美热心,常为帮别人的忙而忙,自称忙得像堂吉诃德,可能太太说:"一天到晚忙,你忙疯了!"于是"忙蜂"出焉。一九三八年太太生下第五个女儿,女儿太多,取名"小多"。正编着抗日杂志《自由谭》,写了文章想笔名,"多人"——变成了"都仁"。家里老大,人人喊他"大哥","八一三"后,相对说,他比以前闲得多,就有了"闲大"。在《自由谭》的英文版杂志 Candid Comment 里,索性用"Big Brother"。有个笔名"邵年",发表过《访华外国作家系列》十篇,在《论语》常以"年"发表短评。"年"字,不知何意?此外他的笔名还有不少是以上笔名衍生出的,如明、明言、月言、文、闲宝。早年他曾以"绍"做笔名,与"邵"谐音,发表过诗。他也曾化名"记者"刊登多篇文章。解放初期曾用"荀枚"笔名刊在他翻译的英美文学著作封面上。

我如此解释他的笔名,难脱牵强附会之嫌,望识者指正。

(原载《文汇报》二〇〇八年六月六日,此文刊出后有增补)

邵洵美精心推介的《曹涵美画〈第一奇书金瓶梅全图〉》

《水浒传》里武大郎之妻潘金莲与西门庆偷情的故事五百年来国人耳熟能详。明嘉靖年间才子王世贞,即王凤洲,把它写成小说《金瓶梅》。这本小说长时间因"诲淫"的恶名遭禁,其实它是一本写实小说,揭露明代社会黑暗残暴荒诞,写出富商西门庆勾结官府剥削穷人、蹂躏妇女、荒淫无耻,由发迹到灭亡的故事。如此一部奇书世人争睹为快。然而古版的插图不能令人满意。

一九三六年上海时代图书公司发布了一则"曹涵美画《金瓶梅全图》出版预告",提到古版的插图说:"酒楼茶坊和秀阁深院,贫富难别;虔婆淫僧和荡妇浪子,啼笑同式;身段既太呆滞,请问风姿何来?眉目未能传情,自然生气全伤;毋说心绪不见曲曲达出,就是姿态也一一无神;不失之笔墨稚嫩,即患结构简率,无怪识者都认为缺陷,是艺林中一大憾事。"而画家曹涵美以其精湛的笔法勾勒出这本奇书的精华,几十页简洁的线条图把全书的梗概呈现在读者眼前。

曹涵美是上海上世纪三十年代杰出的画家张氏三兄弟中的老二,因过继舅家而姓曹。一九二九年,他们仨和叶浅予合作,雄心勃勃创办《时代画报》。第一期成功的喜悦却遭到资金不足的拦路虎。张光宇、张正宇找到正在办《金屋月刊》的邵洵美。邵洵美爱文学也爱艺术,他器重这几位才华出众的艺术家,同时抱着"画报可以走到文字走不到的地方"的观点,相信从办画报开始办出版能达到他推动文化进步的目标,所以他愿意出资,并出大力和他们一起办好这份刊物。一九三二年成立了时代图书公司。继《时代画报》之后又出版《时代漫画》,和图文并茂的《万象》月刊。出版的其他刊物还有《十日谈》旬刊、《人言周刊》、《时代电影》、《文学时代》、《声色画报》、《声色周刊》和幽默杂志《论语》半月刊等,在当年上海滩影响较大。为"时代"撰稿的画家队伍越来越壮大,到一九三七年"八一三",《时代漫画》被迫停刊时,编辑鲁少飞抄录的漫画家名单有一百人以上,他们成为各条战线抗日救亡漫画队伍的骨干。

张氏兄弟分别负责时代公司的管理,他们三兄弟在艺术上都有造诣,各具特色,在"时代"这块阵地上大显身手。洵美对他们的创意全力支持,对他们的成就赞赏不已。光宇、正宇的漫画别有新意,都是大手笔。时代的书刊封面大都是光宇的杰作。一九三一年洵美和张光宇合作过一本风趣的《小姐须知》,洵美文,光宇绘,翻看之下不禁莞尔。那本小书印数不多,然而当年的读者与画家们,如黄苗子等对之记忆犹新。

曹涵美不画漫画,他擅长以国画、工笔画的笔触画人物、屋宇、器物、风景。他画的《红楼梦》插图刊在时代出版的《声色周刊》封面上;他为《金瓶梅》所配的画连载于《时代漫画》。《金瓶梅》插图深得读者喜爱。不但读者为之争相购买《时代漫画》,频频要求出版单行本,邵洵美也是极力赞捧,鼓励画家,将之集合成册,他为这本画册选了个吸引人的名字:《曹涵美画〈第一奇书金瓶梅全图〉》,并亲自为之写序。他还兴奋地参与广告词的拟写,认为它笔致精工:每一人物,眉挑目语表情生动,又合各自身份,妙手写来吹毫欲活,嬉笑怒骂曲尽其态;布局奇特,华厦深院街坊茶舍一目了然,另物杂件各有交代,一张有一张的情绪;且独出机杼,自成一家风骨,虽用旧章法,确有新创造。更难得可贵的是:根据书意逐节绘图,不读原文就知全书详情。

广告词有:

文固奇书,画也佳作,
曹画而无金瓶梅原文,
便不能显曹画之能;
金瓶梅原文而无曹画,
便不能穷金瓶梅原文之妙!
读曹画,不读原文则可,因已传神得一目了然;
不读曹画,读原文,则不可,好比瘾没过足也。

画册十开本,重磅米色铜版纸双色套版精印,丝线中装,古色古香。后有作者的"跋",前有"序"两篇,其一出自画家贺天健,其二为邵洵美亲笔草书手迹。

附：
曹涵美画《第一奇书金瓶梅全图》（第一集）

对于书本的插图，我们平常有两种见解：一种是说插图可以帮助人对于书本的理会，一种是说插图会阻止人对于书本的欣赏。我却以为插图有它自身的价值，它是画家借题发挥的一种意境的表现，它可以脱离书本而单独存在。我相信当一位画家制插图时，假使他忠实于自己的艺术的话，他决不会有要帮助人或是阻止人的企图，或是对于书本有什么借光。大凡真正的插图画家，他非特对于书本有透彻的领悟，而且有深刻的同感。记得法国大雕刻家罗丹曾为大诗人波特雷尔的诗画插图，画完以后，他忽然不承认这是和那些诗有关系的。这样看来，那么，书本对于插图画家又不过是一种启发了。再有西班牙画家珂佛罗皮斯，他曾为了要为史摩莱脱的作品制插图，他竟跑到书本中所道及的岛上去住上两年；过后，他说，他要写的书让史氏写掉了，所以他只能画图了。这种都是关于插图的故事，可见插图画家的真正态度，他不是要解释，他是要表现。

涵美画金瓶梅插图也有这种的灵性，他简直不知道是否自己即是王凤洲，而用另一种方法来表现；或是自己即是西门庆，潘金莲，而作自身切实的描写。所以人家的插图很多是死的，而他的是活的。

涵美画金瓶梅插图的动机，还在十多年以前：给他灵感的究竟是金瓶梅小说本身，还是以往别人所画的插图，我不知道。他收集不少的古本，收集不少有插图的古本；不要说是书中人的动作表情，便连他们的服装，房间的装饰，建筑的结构，甚至每一个茶杯，每一张纸角，他都用尽了苦心。

我不知为了什么原因,从来没有把将《金瓶梅》全书读完的决心,篇幅过长的书本每每使我畏缩。涵美的插图更使我觉得没有再去读原书的必要。我们读书,本来是要去欣赏一种情调;从涵美的插图里,我们已能得到了我们所需要的一切。

所以,在此地,我要加涵美一个"罪状"。那便是说,他并没有照一般人的见解帮助人去理会原书,或是阻止人去欣赏幻想;他却用了自己的创造而有戕害原书生命的可能。

邵洵美

中华民国二十五年五月十五日

(原载《博览群书》二〇〇九年第十二期)

寻寻觅觅《蛇》的源头

——原来此《声色》非那《声色》

十几年来,我集得邵洵美的诗百首。读到他在《诗二十五首》的自序里说道:"十年的诗,只有这二十五首勉强见的来人。"也就是说那二十五首诗是他自己认为比较满意的。我尝试寻找这二十五首诗的首发刊物。寻寻觅觅,只找到二十三首。《蛇》和《新嫁娘》始终寻不到。

那首《蛇》比较受重视,一九三五年,当时在北京大学任教的哈罗德·艾克顿和陈世骧合作翻译了它,题为 *The Serpent*,刊在英文的学术性刊物 *T'ien Hsia Monthly*(《天下》月刊)第一卷第一期。陈梦家将它辑入《新月诗选》,那是一九三一年出版的,可见《蛇》发表得早于一九三一年。我几番翻阅《诗刊》和《新月月刊》,没有它的踪迹。也曾经寻找过其他一九三一年前出版的刊物,失望中我很迷茫。

前年七月读到《新京报》的一篇专访——《胡从经:收藏是为了掌握第一手资料》。我欣喜地见他写道:"我在杭州的一家旧书店淘到这本《声色》杂志的创刊号。封面淡泊素雅,翠绿的底色上镌有"声色·创刊号"两行美术体字,封皮与书芯的用纸相当好。里面有邵洵美的论文《水晶的符咒》;诗有邵洵美的《蛇》——"

原来,有这么一本《声色》杂志!我所知道的另一本是《声色画报》,那是一九三五年,美国作家项美丽来上海之初,为促进中西交流,她和邵洵美合作创办的一份双语刊物,只出了三期,后来改为《声色周刊》。这一本《声色》是什么样的呢?我急切地想了解。感谢《新京报》记者李健亚热情帮助,我能有机会跟胡从经先生通话。胡先生是香港"中国文化研究院"的院长,他很高兴,答应回香港时为我找这本《声色》。可是在他香港研究院多达几十万册的书库里去翻找这么一本薄薄的小书,无异于海底捞针。

我等不及,四处托人寻找。同时我再次阅读胡先生口述的文章,他提到:"当时新月派出了一本《声色》杂志,研究现代文学的人知道它的不多,因为各大图书馆都未入藏。不过翻查当年的报刊倒有线索可寻,如一九三一年十月十九日出版的《文艺新闻》第三十二号第四版刊出了署名'V.T.'《现代文坛百观百感:猫样的温文》就是批评《声色》的文字。这是瞿秋白写的。瞿秋白引了《声色》中的一首诗,带有色情意味,他把账算在徐志摩身上——那是个历史的误会。"

关于瞿秋白这段批评文字,我的好友王京芳告诉我,解志熙的《美的偏至》一文里有所提及。我于是冒昧地给清华大学的解志熙教授去信求教。解教授的回信说,他也就是读了瞿秋白那篇文章,并没有看到过那本《声色》杂志。——这条线索又断了!

真是天从人愿!李辉先生来访的那天,我竟会突然想起这本东西。他想了想说:"你或许可以问问现代文学馆,那里有唐弢等老作家的藏书。"他的指引令我茅塞顿开。我想到《现代文学研究丛刊》的傅光明先生,我与他素未谋面,但是他和我多年在"伊眉儿"上通话,对我写的稿子热心修改,鼓励和帮助。

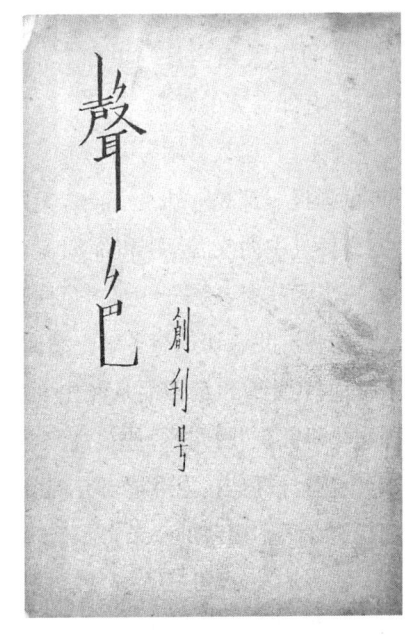

《声色》创刊号

在他的引荐下,现代文学馆资料室主任宋怀冰同意帮助我。唐弢先生文库里真的有!终于今年的四月,我踏进巴金先生创导的现代文学馆,我摸着巴金先生的手模推开那扇寻求至宝之门,终于目睹了这一珍本。实在是珍本,只能允许我轻轻翻动,需要仔细看的几页只可以拍摄后制成光盘。在赵金凤和施摄影师的帮助下完成了我的心愿。

那是本瘦长的小本书,很薄。时光掩盖了封面原有的色彩,看不清是淡绿还是淡橙色,"声色"两个细长的艺术字和它右下角的"创刊号"三字却保留着原来的紫红色彩。翻开书,目录上面印着"声色第一期"。目录如下:

水晶的符咒(论文)	邵洵美
蛇(诗)	邵洵美
Rondeau(诗)	朱维基
过旧园门(诗)	朱维基
神奇(诗)	朱维基
黑渊(诗)	朱维基
唱龙头水者(诗)	朱维基
一个诗人(散文)	徐志摩
红(散文)	林微音
一个色彩的素描(散文)	芳　信
我爱我的孤步(散文)	芳　信

其下印着"每月一册　每册大洋二角"以及"总经售处上海新月书店"。

稀奇的是：两行邵洵美的"邵"字的"刀"印得不一样！

我欣喜地找到了《蛇》的源头，同时，又发现了爸爸一篇文章——《水晶的符咒》。原来此《声色》非那《声色》！我赶紧翻到封底，令我有兴趣的是这里印上了出版"自己丛书"的预告，内有：

志摩诗集	徐志摩著
舞	林微音著
花香街	朱维基著
Blues 底忧郁	芳　信著
诗与女人	邵洵美著

循　迹

可是十分失望的是其下只印上:"新月书店发行"和"上海四马路望平街口"两行字。既没有发行人姓名,也没有出版日期。这简直不像是邵洵美办出版的一贯作风,他素来追求出版物的完美。它好像是由一个没有出版经验的人经手的。不过,从胡从经先生介绍的载于《文艺新闻》上瞿秋白那篇评论看到时间是在一九三一年的十月。可见这本《声色》是在徐志摩罹难之前。从目录和出版预告看来,这本刊物是邵洵美、朱维基、林微音、芳信几个张罗的。那时《诗刊》还在。它是一本季刊,一共出了四期。第四期是《志摩纪念号》,一九三二年出的。第一期一九三一年一月出版,第二期四月出版,而第三期它就拖了期,十月五日方才现身。这本《声色》似乎与《诗刊》的第三期同时出版,为什么?我设想其缘故:

一、《诗刊》是由徐志摩创办的,邵洵美、孙大雨等诗人协助。第三期之所以没能按时出版是否与徐志摩不在上海有关?他那时京沪两地疲于奔命,经济上又是有捉襟见肘之愁,顾不到《诗刊》的编务?诗稿积压,这些诗人耐不住了,自己想另起炉灶?二、那些散文怎么会在一起发表?是不是《新月月刊》的编辑没有采用?三、当时,这几位人士是不是跟《诗刊》或《新月月刊》的主编有一些分歧?——出版这本《声色》的起因我们现在实在无法追溯!

为什么刊名叫做《声色》?这倒是可以肯定是邵洵美的主意。因为一九三五年他和美国作家项美丽合作,实验性地出版的那本双语杂志也叫做《声色》。可是"声色"之意又何在?英文编辑项美丽在其社论里也没有谈及。它的英文刊名 VOX 的意思,一九九五年与项美丽在纽约相见时我曾经问过她。她说,那是 Voice of "X——"。那个 X 开头的字很冷僻,我当时没有记住。而今翻阅字典,X 起头的字只有两个有人文意义。其一,xenophobia 意思是喜欢外国人及其文化的;另一个 xenophobic,是仇视或恐惧外国人的意思。这本刊物是以中外交流为目的,那么就可能是前面那个字了。中文编辑邵洵美在创刊号的"编辑谈话"里竟也忽略了解释刊名的意义。推测起来,当然不可能是"声色犬马"之意,或许是"有声有色"之想吧?如今只好存疑。

这本《声色》是月刊,写明是第一期,可是我们如今没有发现有第二期。以当时的情况分析,大概没有出版第二期。因为十一月十七日发生了徐志摩空难,接着又是"一·二八"事变,自然打断了这些诗人的兴致。直到一九三三年,朱维基和邵洵美等人才又聚在一起,创办《诗篇月刊》。朱维基在《十日谈》旬刊第十六期"新年特辑"里的《二十二年的新诗》,说到办《诗篇月刊》,"是邵洵美和朱维基办的,他们想兴起对于纯粹诗的趣味,除了登载创作的诗以外,他们还想介绍西洋最最好的诗歌——"可是这本诗刊大约也只出了四期。邵洵美为它的失败做过总结,在他的《一个人的谈话》里有所述及:

> 一首诗能被一切人欣赏,当然也是诗人的愉快;正像是一个创痛可以由人家代替你去忍受一样。有许多诗人曾经为了要满足这一个奢望,转过种种念头,他们相信只有"纯粹诗"可以达到这个目的:纯粹诗绝对摒除主观的成分,一切的情趣既然不限于某种独特的人类,被人欣赏的可能性便自然扩大。但是诗究竟不能

有任何种的限制,诗人除写诗以外也不应有任何种的企图;所以纯粹诗的结果,只是遗下给我们几滴珍贵的心血。

此后,邵洵美自己便没有再发表诗作,一九三六年他把自己历年的诗整理了一下,挑出二十五首,集成《诗二十五首》,纳入为十位诗人各出一本的"新诗库"。那时他很忙,忙于写文章,办出版;不过他并没有对诗冷淡,他一直关心着新诗的发展,埋头于对新诗的理论研究。他一直以这份工作为己任,在淞沪战役之后的一九三八到一九三九年,自己最困难的时候,他在孤岛上海的《中美日报》(张若谷编)一连发表三十一篇《金曜诗话》;解放后,他唯一的一篇文艺评论也是关于新诗理论的,那就是刊在上海《文艺月刊》一九五七年七月的《读了毛主席关于诗的一封信》。

我对他那些自认为较好的诗很感兴趣,在编辑《邵洵美作品系列》的诗歌卷《花一般的罪恶》时,特地找出它们首次刊出的刊物名及期数放在脚注里。我骄傲地在《蛇》这首诗的后面注上了"首刊于一九三一年《声色》杂志第一期"。但是感到遗憾的是,那第二十五首《新嫁娘》的脚注依然留下了空白![1]

(原载《出版博物馆》二〇〇九年第四期)

---

[1] 后来我在一九二八年三月出版的《狮吼月刊》第二期找到了诗歌《新嫁娘》。

邵洵美春秋笔法写《论语》

"论语"这两个字对于我,别样亲切。它不仅是我幼时国学启蒙的一本经书的书名;它还是我爸爸案头一沓沓稿纸的代名词,是爸爸那些谈笑风生,促膝长谈的友人嘴里的常用词。十六岁的元旦,翻开裹着淡绿布面的"论语日记",读到一页页下端"每日一笑"里的"中外幽默小品",我才明白爸爸埋头灯下翻阅那些文章,为什么时而摇头点头时而叹气发笑的缘故。他是在编一本叫做《论语》的幽默杂志。这本《论语》是和我一起成长的。它创刊时候我刚半岁。

《论语》是他出版的十四本杂志中,投入心力最多、最引以为傲的一本出版物。他为《论语》写了五十二篇"编辑随笔",从中可以看出他经手执编的九十五期《论语》的路数心绪,了解《论语》的大概,品出《论语》的滋味。在这里,我试图把我所知的《论语》,向当今的读者约略做一介绍,不确之处,望识者不吝指正。

一、《论语》创刊到停刊

一九三二年夏日,朋友们三三两两拜访邵洵美。他们愤懑地谈论日寇挑衅制造的"一·二八"事变,对商务印书馆遭日军轰炸损失之剧犹为愤慨。他们为徐志摩罹难伤怀,为"新月"的溃散无奈。失去了徐志摩这个中心人物,失去了凝聚力和活力,虽然邵洵美仍旧执着地为《新月》出力,包括财力、物力、精力,但稿件的征集编选拖拖沓沓,月刊一再拖期,看来《新月》月刊办不下去了。一些作家都有意推动邵洵美另外来办一本文学杂志,让大家有一处恣意倾吐表露文思,而又是一本不同凡响的杂志。经过和朋友们几番切磋,看众人谈论的趣味意向比较集中了,邵洵美便邀请一班志同道合的朋友来他家正式讨论,来客有:林语堂、李青崖、全增嘏、沈有乾、林微音、章克标、潘光旦、叶公超、郁达夫,都是些博学多才、笔下生辉的才子。参加的还有张光宇、曹涵美、张正宇三兄弟,他们是才华横溢的漫画家,也是邵洵美的图书公司的合伙人。大家多次会聚,在谈谈笑笑中想出点子。他们想出版一本幽默杂志,效仿英国的老牌幽默杂志《笨拙》(*Punch*)——半本文字,半本漫画。杂志的名字叫做《论语》。它虽然借用了那本严肃的经典名著的书名,其实与之毫不相干,除了引用了孔老夫子的一句话"乐而不淫,哀而不伤"作为他们借题发挥的手法之一。当时推举编辑工作由林语堂负责。印刷发行都是现成的:邵洵美有时代印刷厂、美术刊行社(时代图书公司的前身)。发行人是张光宇,艺术设计是曹涵美。没想到出师不利。林语堂宴请漫画家黄文农来主编《论语》的漫画页面,一时失着,请束上把名字错写成王元龙(名演员),气得黄文农甩手辞请,半本漫画的计划从而落空。一九三二年九月十六日,幽默杂志《论语》半月刊创刊号问世。它是当时中国唯一的一本幽默杂志,深受读者欢迎,第一期一连重版数次。

《论语》是时代图书公司出版的九份杂志里唯一不赔本的,销路逾万(前期《论语》印数多达三四万)。从一九三二年九月《论语》创刊到一九三七年"八一三"淞沪会战被迫停刊共出版一一七期。抗战胜利后一九四六年十二月《论语》复刊,到一九四九年五月上海解放停刊,共出版六十期。前后历时七年多,出刊共计一七七期。《论语》在各地的代售处覆盖大半个中国,还远销南洋,甚至转销到英、美、日等国。

人们提起《论语》,总以为其主编一直是林语堂。其实,这本杂志的编辑人员先后多次更迭。在第一四二期的"编辑随笔",邵洵美写的《一年论语》道出《论语》的简史——

> 最先的几期是章克标先生编辑的。后来他为了要专心撰著《文坛登龙术》,于是由孙斯鸣先生负责。到了十几期以后,方由林语堂先生来接替。这时候《论语》已日渐博得读者的爱护,销数也每期激增。林语堂先生编辑以后,又加上不少心血,《论语》便一时风行,"幽默"二字也成为人人的口头禅了。此后林语堂先生又与徐讦先生合编《人间世》,接着又与陶亢德先生合作《宇宙风》,为了外来的稿件不易分开,于是只得与《论语》脱离。我们便请郁达夫先生来继任编辑。不久郁达夫先生到福建去做官了,便由洵美约请林达祖先

生合编。抗战军兴,时局紧张,政府的精神已完全两样,百姓的情感也已极度改变,我们便决计把《论语》停刊。

胜利以后,感到还应有像《论语》这样一种刊物,于是决计复刊。这时洵美正远去美洲,遂由我的老婆作主,去邀请了一般《论语》老友来共商大计,并聘定李青崖先生编辑。所以复刊的工作完全是李青崖先生的大力。大家用尽方法,向各处打听《论语》老友的踪迹,一个个分头联络,《论语》便再生了。这时李青崖先生同时担任京沪几个大学的课程,实在忙不过来。洵美于十二月回国,李青崖先生便坚请辞职,洵美只得暂代编辑,并仍约旧友林达祖先生一同帮忙。这是《论语》自创刊到今天的一个简单的历史。

(一)林语堂对《论语》的编辑工作确实用心,第一期《缘起》是他写的,"编辑后记"署名"记者K"(章克标)。封面上抄录的名句是邵洵美的手迹。扉页上刊登的《论语社同人戒条》,是林语堂、邵洵美等精心制定的,也是邵洵美的手迹。头上几期有林语堂亲自作的漫画。他为《论语》写了许多阐述幽默的文章,着实花了许多心血。尤其他在"群言堂"专栏写的许多随感和散文,十分精彩。曾任论语社经理的章克标在《十日谈》旬刊第四十三期的《林语堂先生台核》一文有:"《论语》创刊,第一期的编排既全出我手,且在创刊当时,画家与文人中间已起了意见,几乎破裂,——先由时代印刷所承印,纸张一切均归时代办,发行也归时代代理。——各人大家都认定了股子,而事实上始终没有人拿钱出来过。这时语堂和洵美是大股东各占十分之二,其他一股半股等。出到第十期时,又议定条件,让给邵洵美个人承受,编辑的支取编辑费却仍照旧,而稿子则支付稿费,以千字三元计算。十期以前之稿,以自办故,均不付稿费,计议将来有利益时再算作股份。——画人与语堂之意见,虽经洵美之调解,终不消除,其时语堂只得央一俄人作画,又自洋报剪取,以装点门面,计亦良苦。稍后方有六平、嘉音、静生等投稿——"

(二)林语堂脱离《论语》编辑职务,《论语》由陶亢德主编是从第二十七期起。见《论语社启事》与《林语堂启事》,那是一九三三年十月十六日。他脱离《论语》,但仍关注《论语》,留下《我的话》专栏,写了许多有趣的文章。事实上,一九三四年林语堂创办《人间世》,一九三五年林语堂创办《宇宙风》,陶亢德都是他的大帮手,所以"外来稿件不易分开"。陶亢德原是《生活周刊》的编辑,邹韬奋和邵洵美是好友,陶亢德到《论语》来,是邹韬奋向邵洵美推荐的。

(三)郁云在《我的父亲郁达夫》一文提到郁达夫一九三六年"到福州不久,二月十三日突然接到邵洵美从上海来电,请他立刻到上海去共同主持《论语》半月刊的编辑。由于郁达夫时任福建省政府公报室主任,不能离去。但在邵洵美执意要求下,只好答应做个挂名编辑。于是《论语》第八十二期刊出《郁达夫启事》。同时刊出《本刊陶亢德脱离论语启事》。其实郁达夫那时候没有承担编辑工作,只是每期寄上一二篇稿件。他说:'我虽在几千里外的闽中,一时不及赶回上海去埋头苦干,但拉拉稿子,陈述陈述编辑的意见,或者一时来得及,也写篇把不三不四的文章的责任,想来总是不得不负的。'担任了一年之久,一九三七年二月《论语》第一〇六期,除去了郁达夫的名字"。因而,从第八十三期起,编辑《论语》的重任实际上落在邵洵美的肩上。

(四)林达祖是苏州人,在圣约翰青年会中学任教,是《论语》杂志的热心读者。那时只有二十五岁。因其国学功底好,文章幽默,邵洵美不拘一格识人才,从第一一〇期起邵洵美情邀林达祖与他合编《论语》。后期《论语》有一段时间,还有个青年陈一滢(江上风)助编。

(五)抗战胜利后《论语》复刊,第一一八期是一九四六年十二月一日出版,邵洵美是圣诞节后才从美国回来。聘请李青崖担任主编,组织老朋友撰稿,筹集资金等工作都是其夫人盛佩玉谋划和大力促成的。

(六)李青崖之所以坚决不再担任《论语》主编的原因,事出第一二一期的一篇文章。这期《论语》印好,已经装订,正待发行。突然接到当局新闻审查部门的通知:孙敷的《中华官国宪法》一文禁刊。洵美考虑再三,连忙命书店把它们全部送到自己家里。发动全家人配合厂里来的师傅一起动手,撕去那几页,然后再运回去发行。洵美望着散乱在桌上、地上、床上那成千上万张印就的文章,满心愤慨。缺页的刊物与读者见面,是极其出格和鲜见的荒诞之举,其中也正含着邵洵美无声的抗议。然而,撕页出刊引起编辑李青崖的愤懑,他决然拂袖而去。第一二二期《论语》主编就换上邵洵美的名字。知道林达祖仍在苏州老家,便请他来上海,邵林二人重拾编务。

(七)到一九四九年五月《论语》最末一期是第一七七期。邵洵美写的"编辑随笔":"《论语》自复刊以来,从未停过,甚至没有脱过一期。非至万不得已,不愿破例,所以还是继续出版。——从本期起,我约请明耀五君助我主持编务。——"但是我们未见一七八期。据《盛佩玉回忆:盛氏家族·邵洵美和我》提到《论语》:"——被当局勒令停刊,这是尾声。"

二、"论语朋友"与"论语文章"

这是一本有趣的杂志。读着那些有特色的"论语文章",会让你发出"会心的微笑"。邵洵美称写"论语文章"的作者为"论语朋友"。在他五十二篇"编辑随笔"和林达祖《沪上名刊〈论语〉谈往》提到经常来稿的作家有:

曹聚仁、储安平、陈铨、陈子展、丰子恺、傅彦长、傅斯年、顾仲彝、郭沫若、海戈、何芳洲、何容、何仲英(种因)、胡适、简又文(大华烈士)、老舍、老向、李青崖、梁得所、梁实秋、林达祖、林庚、林微音、林语堂、刘半农、刘大杰、鲁迅、茅盾、潘光旦、彭学海、全增嘏、沈从文(巴鲁爵士)、沈有乾(哂友前)、施蛰存、宋春舫、孙斯鸣、孙伏园、孙福熙、盛成、孙福熙、吴宓、徐懋庸、徐蔚南、徐訏、徐仲年、许钦文、姚颖女士、燕曼人、叶灵凤、郁达夫、俞平伯、曾迭、曾今可、章克标(李之谟等笔名)、赵景深、赵元任、周谷城、周劭、周作人(知堂)、朱光潜、朱自清等。蔡元培和宋庆龄有过一篇,鲁迅有过四篇,第十三、十四期曾刊张学良的两首诗。

徐訏谈论语文章,说《论语》之所以吸引许多人愿做它的读者和撰稿人是它与别的杂志不同,"——它既非学术刊物,又非文艺刊物,也不是时事刊物;然开口微中,常及学术,涉笔见俏,亦带文心,引证觅据,不出时事。有趣而不肉麻,乐而不淫。讽刺而敦厚,笑人亦笑己。"

曹涵美作为艺术设计,起先一小块一小块的漫画只能填在文章的留白一角或是刊在封面上。林达祖回忆刊出漫画的画家有胡同光、陈静生、黄嘉音、丰子恺、华君武、曹涵美、鲁少飞、张乐平、廖冰兄、萧虎、阿礼、余忘我、陈惠龄等。早期,黄嘉音作品较多。后期《论语》的封面多为漫画,丰子恺的作品占多数,也有丁聪的作品。

《论语》早期曾发明了一些"简字"。当时林语堂希求得到写作者的便利。到第九十二期邵洵美宣布不再用了,因为《宇宙风》并不用。现在有人主张拉丁拼音。第二〇七号《独立评论》上有周作人和胡适之讨论函件"。这种简字倒是可以供当今我国汉字简化研究部门参考。

三、专栏与专号

《论语》的专栏有:"论语"对时事和当时社会现象的述评,"群言堂"与读者讨论一些问题。"雨花"为当代名人的行踪点滴,"月旦精华"转载其他报刊的幽默奇文,"幽默文选"摘录中国古代幽默趣文,"卡吞"刊载中外幽默漫画,《古香斋》刊载当时各地记述荒谬事件的新闻和文字,还有"半月要闻""书评"等。"我的话"是林语堂离开《论语》时留在《论语》上的一个专栏,从第二十七期起,直到一九三六年第八十期止。邵洵美接手之后,开辟了"你的话"专栏,后来他太忙,林达祖接着写,改为"他的话"(陶亢德主编时候有"哑巴的话",李青崖主编时候有"今人之语")。

《论语》出版的专号是读者最期待的。起初有"美术批评专号""萧伯纳游华专号""阳历新年专号""西洋幽默专号""中国幽默专号""现代教育专号"。邵洵美执编后动点子出的专号一期比一期精彩。有"鬼故事专号""家的专号""灯的专号""癖好专号""吃的专号""病的专号""睡的专号"。临到一九四九年春,解放军势如破竹,国民党政府面临崩溃。蒋介石第三度"引退",他带头溜回奉化,继而逃到孤岛台

《论语》"鬼故事专号"

湾;南京上海一团糟,有钱有势的都在逃难。这时《论语》居然敢冒天下之大不韪,第一七三期出版了"逃难专号"。封面上是丰子恺画的漫画:两条鱼在逃,题目是"城门失火"。

四、"论语丛书"、"论语小册子"与《论语日记》

为了让读者明白"什么是幽默",论语社出版了"论语丛书"。一九三四年出版的有:《论语文选》林语堂选编,《幽默诗文集》老舍著,《庶务日记》老向著,林语堂撰"我的话"集成《行素集》。一九三六年郁达夫选编了第二本《论语文选》,林语堂后来撰的"我的话"集成《披荆集》,邵洵美选编了《幽默解》。待到一九四八年,再版了上述"论语丛书"之外,出版了海戈的《蒙尘集》。一九四九年邵洵美又选编了《论幽默》。

"论语小册子":一九三七年幽默杂志《论语》半月刊夹带了两本文字迥然不同的"论语小册子"赠送给订户。

一本是《和议不屈》。

一九三六年十月十日,正是"国事紧张,杀机已伏"之时,也是"和议的风声极其紧张"之际。邵洵美翻出家藏古籍南宋郑忠愍公的《北山文集》,发现这是千古不朽之作,文章不但言之有理,而且有先见之明。他觉察当时的局势与彼时的情景何其相似乃尔。郑公反对秦桧与金议和,冒死一再奏谏,主张"议和不屈"。因而邵洵美写了一篇文章刊在《论语》第九十八期"你的话"专栏,发表自己对国是的意见。次年翻印了郑忠愍公十四篇奏疏和两篇传记,出版论语小册子第一种《和议不屈》,此文作为序。

另一本是《〈蒋委员长西安半月记〉、〈蒋夫人西安回忆录〉读后感》,是邵洵美"花了五个整夜写出来的",他透过版本的研究,文字的琢磨,袒露自己对张学良兵谏的敬意和担忧。

一九四八年元旦《论语日记》面世。它是三十二开竖式,布制封面。每一页下端狭长的空间印有"每日一笑",内容是中外幽默小品。一九四九年又出版《论语日记》,平装本外还有精装本,封面是锦缎的。

五、邵洵美在《论语》上发表的文章

《论语》创刊之初邵洵美的文章很少。他正忙着《时代画报》,及创作长篇小说《贵族区》,同时他在做一件别开生面的工作——用苏州话翻译英文小说。原作 *Gentlemen Prefer Blondes*(《绅士喜爱金发女郎》),作者用美国姨太太的口吻,叙述游览英法奥诸国的感想,妙趣横生,实在是讽刺姨太太心理最成功之作。邵洵美挑了最有趣的第四章来译,就花了好几个月。他别出心裁用苏州话来翻译这篇趣文。这可是一个大工程!他自己不会苏州话,妻子盛佩玉虽母亲是苏州人,说得也不太地道。因而洵美这样来翻译,常常必须讨教老太太,还要借助佩玉从中帮助,他先用国语通篇译好,让佩玉熟读,然后要分段改成吴语,一次次请盛老太太上座,听佩玉一句句用苏州话说,同时进行解释。洵美则在一旁像导演那般,说明这个人物的身份和性格,在这场合说这句话的心情和腔调,让老太太表达,一次次调整到位。三个人都需要极大的耐心,反反复复,从缠不清到缠清,一天接一天。那个时候没有录音机,洵美只好抓紧地用英语拼音速记,他试着一个个词不放过。两头都吃力,最辛苦的是佩玉这个做摆渡的中间人。成文之后,再度读给岳母大人听了定稿。这篇翻译他做得很成功,同时,对吴语的研究下了一番苦功。好些苏州的口语没有相应的字眼,他必须想出合适的同音字。苦的是还有一些根本没有读这样音的字,他得专门创造,如"不要",苏州话读"fiao",他专门叫印刷厂刻制了个"覅"的铅字。"不曾"苏州话读"fen",刻了个"朆"的铅字。篇名《碧眼儿日记》,在《论语》连载,苏南一带的读者深悟其中妙旨,拍案叫绝。原作在美国畅销,一九四九年改编成舞台音乐剧。一九五三年,二十世纪福克斯电影公司拍摄成喜剧,玛丽莲·梦露主演。那性感的美女哼着歌,扭着腰肢行进的背影,不但让影片中的老色鬼一饱眼福,也给广大观众留下深刻的印象。这一篇《碧眼儿日记》收在上海书店出版社二〇〇八年出版的邵洵美系列作品的译作卷《一朵朵玫瑰》。

翻译文章外,他在《论语》发表的文章有三类。第一类,散文随笔,包括"你的话"专栏的文章:有《立志篇》《萧伯纳》《隔壁通信》《谈睡眠》《酸葡萄》《新辞典》《流行症》《谈话的衰败》《闻鬼》《鬼故事》《懒颂》《你的朋友林语堂》《一句话》《南京的新建筑》《飞机到哪里去了》《民国二十六年大事预言》《痛苦的情侣》《油盏灯》《阴历难废论》《以吃立国论》《我的病》《读〈游山日记〉有感》《吴稚老名屋妙文》《说话与听话的艺术》《中国人的特性》《谈天真》《说官材》《说名誉》《直言谈相》《逃亦有道》,还有《论语征兵歌》,等等。这些文章现已收入邵洵美作品系列的随笔卷《不能说谎的职业》和编辑随笔卷《自由谭》。

第二类,解释什么是幽默。最初编者在刊物扉页刊出《论语社同人戒条》作为刊物宗旨,印的是邵洵美的手迹。其实是几个创办人凑出来的,以揶揄的口吻,或许有点不正经,可以想见"论语文章"的轻松风趣。他们无所不谈,读来令人莞尔,细嚼之下别有一番滋味。不过其中"第四条,不拿别人的钱,不说他人的话,不为任何方作津贴的宣传,但可做义务的宣传,甚至反宣传"倒是真的。与邵洵美合作编辑《论语》半月刊五十七期的林达祖说,《论语》之所以能够长存不衰,"全凭独立生存,拒收任何方的津贴,不拿人家一分钱。这样,始终能保持自己独立的立场观点,不依附任何政治背景"。

早期《论语》给人的印象是:闲适文学,从古今中外的历史和现实生活里挖掘"幽默"。有人评论它脱离当时现实。然而你可以读到不少嬉笑怒骂的文章,利用幽默,借古讽今,调侃国事时弊。

邵洵美接手执编《论语》是一九三六年春。当时时局动荡,国难当头。他正在主持《人言周刊》,写了几十篇时评政论,又接替徐志摩续写小说《珰女士》,并开始探索新诗理论和新文学发展存在的问题。陶亢德突然被林语堂拉走离开《论语》。他不得不中断小说《珰女士》的创作,把《人言》完全撂给别人,亲自出马,担起《论语》的编务。开始邵洵美对自己来主编这本幽默杂志信心不足,他从政论文《慷慨激昂的文字忽然少了》《爱国不是投机,爱国不是反动》的犀利笔锋转身专心致志来写妙趣横生的幽默文章,二者实在大相径庭,于是请老友郁达夫帮他合编。然而郁达夫远在福建忙于政务,不克来沪,邵洵美几乎单枪匹马勉力为之。他为编辑《论语》是煞费苦心的。到一一一期为了要添加幽默意味,诚邀国学功底深厚的读者林达祖协助。他始终重视这本具有特殊功能的杂志,于是沉下心来研究"什么是幽默"。当年《论语》创办,一炮打响,"幽默"二字在群众中成为流行词,然而人们不能真切地了解其意味,纵使论语同人写了那么多文章,还不断有读者来信求答。邵洵美执编之后,一再在他的"编辑随笔"里解释,如"幽默与滑稽、凄惨","幽默与低级趣味","幽默与无聊的笑话","幽默与长寿","领袖与幽默","英国幽默、美国幽默与中国幽默"等。他说,许多清淡的文章里有大量天趣,像饮苦茶一般,回味透彻心肺,幽默亦在其中。他也用心地写大块文章,如《一位真正的幽默作家》《幽默杰作百年纪念》《幽默的来踪与去迹》《幽默真谛》等,(已收入他的艺文闲话卷《一个人的谈话》),并出版《论语丛书》,编撰《幽默解》。待到战后,新一代的读者更想要明白"什么是幽默",他不得不登广告征求全份《论语》半月刊和《论语丛书》,因为原有的纸版都在战争中散失了。他将《论语丛书》重新出版,自己编撰《论幽默》,又出版了海戈的《蒙尘集》。

他时常和林达祖长谈,研究如何解释"幽默"。他说:"写幽默文章,正如名厨制菜。原料放在锅里。一炒取出是谩骂,二炒取出是讽刺,三炒取出方是幽默。三者的分别,味道是一样,只是谩骂生辣,讽刺半熟,幽默则火候已到,再炒下去,又会变成滑稽,烂熟无味矣。"他们谈"乐而不淫,哀而不伤,谑而不虐,骂而不咒,是编辑《论语》的一种态度,能使被骂者怒从心头起,笑从嘴边生"。

第三类是"编辑随笔":一九三六年,随着时局的变化,新闻审查的收紧,文章不能像《人言周刊》的"编者的话"那样直率,《论语》的"编辑随笔"的笔触变为隐晦。他说:"'编辑随笔',既叫随笔,为自己把范围放得很宽,写些编辑的分内话可以,写些对时局的印象也可以,或是写些对于一本书一篇文章的意见也可以;总之想到什么写什么,就说把自己的日记信札抄上几段,也没有什么不可以。"在他的手上《论语》的发刊宗旨《论语同人戒条》,逐渐随形势蜕化,战后变身为《论语征兵歌》了。

他的"编辑随笔"内容,有与作者讨论向读者报告编辑的具体工作。他跟作者们谈《论语》的《旺月与淡月》,讨论出专号的题目,感谢他们为《论语》赶写文章。"他对作者来稿,从来没有门户之见,只要稿子合乎论语的味道,我们一律欢迎。凡有一稿之谊,邵洵美都热忱接待。"(林达祖语)"编辑随笔"里也谈与作者的交往,如,谈林语堂在纽约的情况,钱锺书与杨绛的文章、梁实秋的《逃难诗》,为朱自清逝世哀悼,还刊登徐志摩的日记纪念他,等等。他对"畏友"的批评诚恳接受,如,特地刊出何容的来信。

他们十分重视编者与读者的关系。称读者为"读编",希望读者帮着编,(随时提出意见);编者同时须得有读者一样的忍耐和诚心,他们须和读者一般也有欣赏每一篇文章的机会,所以应把编辑改为"编读"。他们一度在版权页不用"编辑"而用"文字编读"。邵洵美说:"一本《论语》,在编者的心目中是一篇文章;它给予读者的力量是一个整个的声音。"

那时际他全心扑在《论语》上,他与林达祖时常就《论语》编辑问题、专号的题目讨论至深夜,有时通宵达旦。(林达祖说:"洵美一夕长谈就是一篇好文章。")他以为"编刊物难,编幽默刊物更难。其实写幽默文章那才真难。大家惯常把寄来的文章比作原料,把编辑比作厨子,在固定的时期,烧好一桌酒席给读者去享受。事实上,这个譬喻完全错了。我们应当把作者比作厨子,他们还得自办原料,各显身手烧好了佳肴名菜,到编辑那里。编辑便无非是当差的,一盘盘,一碗碗,搬到贵宾面前,至多也只能比作一位贤惠的主妇,事先点些特别的热菜,临时凑些现成的冷盘,再在桌子上把来排列得端端正正,叫客人都感觉到她的治家有方而已"。

"编辑随笔"里也有谈他个人的生活,如谈家,联系到国,讲到"家的专号"来稿"满眼眼泪,满纸辛酸"。谈他的病,联系到国家的治理。谈他为有名的"晚睡"吃的苦。谈欠债还债、过年关,命运和伍子胥几乎相同。他广览国内外

循迹 107

报刊,摘取其中的资料。也有谈文学的,关于通俗小说和荒诞小说、书评家、中国人的特性,谈癖好,从高尔基谈到吉士脱顿、史班格勒,介绍吴稚晖的"名屋妙文",等等。

然而,现实生活让他不得不谈谈不幽默的事情。但过去的经验使他明白,在国民党政府实施钳制舆论自由的反动统治下,不想让《论语》受到像《新月月刊》《十日谈》《人言周刊》和《时代漫画》那样时不时遭禁罚停,就必须讲究编辑策略:既要倾吐自己的观点,和读者沟通;又要能绕过新闻审查的刁难。他借喻反讽,借题发挥,或采用"春秋笔法"写严肃文章。他时常使用"迂回战术",从文学从生活讲开去,绕着弯子,说上不搭界的数个话题,转上一大圈,触到本题。猛击一掌,转而言他,说几句收场。如一〇六期"编辑随笔",从阴历和阳历,讲到前世欠的债,突然联系"亲兄弟,明算账","只要看前几天报纸上有大喊'清算张学良',而绥远那笔交易则大有情愿吃倒账的形势,便可以明白。"(那是"西安事变"之后)。他笔锋一转讲"治天下的人犹如一家公司的经理,小百姓像是小股东,有一股股权,连发言权也没有……"接着又谈,"编《论语》是一种快乐债"……一〇七期的"编辑随笔"则从愁过年,讲到"三中全会","蒋先生说'中央过去并未限制言论自由。但我国疆域广大,各地对于开放言论,每不能一致;往往有中央所许可,或为中央所发表之消息,而地方当局却不许发表,舆论界时有烦言……'"他讥讽地说:"天下实在没有再比蒋先生明白的人了。"如此这般,他针对"动员戡乱",谈王造时的一篇文章导致《文学评论》被封,"七君子"被捕。接着他讽刺地讲到刊物的被禁,"往往是编辑者求之不得的事情——"一拐弯提到有一个国家每一家报纸都有一个"坐狱编辑"来挖苦国民党政府。

他针对"对日议和"写了《和议不屈》,专门出了本"论语小册子"。"卢沟桥事变"后指出,有"日本通""支那通",于是刀枪相接转为觥筹交错。(《论语》第一一七期刊发《论语社通电》,幽默中见沉痛。)到了"西安事变",为表达他的担忧,又特地出了本"论语"小册子。

一九四八年,从《论语》来稿的"淡月",他创作了一首《论语征兵歌》。名为鼓动新作家写稿,实质上是发出来稿内容要求,也就是明确地结合现实生活更改了《论语》的创刊宗旨——

> 让我们在此高声喊叫:老朋友!新朋友!
> 大家赶快磨起墨来,掮起笔来,一同向共同的仇人拼命!
> 我们要放出"会心的微笑","冷静的调侃"与"轻松的埋怨"。
> 去打倒一切没有妖法的精灵:奖券式的政策;
> 即兴诗式的命令;一定会实现的谣言;
> 一定不会实现的否认;别人起草的演说;
> 自己也不相信的声明;抄袭得来的文章;
> 硬逼出来的热情;千篇一律的牢骚;
> 勿关我啥事体的抱不平。我们从此可以静气平心,
> 去计算法币如何合美钞,美钞如何合黄金;
> 去研究一个月的薪水,可以换几粒米,

循迹

几粒米养活几个人； 去计划使老虎摇尾巴，
使苍蝇能逃命； 去拆卸自己与别人的
虚场面与空架子，再加入我们论语的阵营。

国民党政权到了最后阶段，高压专权，民不聊生，他再也无法容忍。他的笔从幽默转向讽刺，乃至率性地调侃国大选举、美援、新经济政策。安于现状，安于"小百姓立场"的邵洵美不能再冷静，不再回避"开口惹出是非来"的风险。他讥讽"新经济政策"是"打老虎拍苍蝇"，"币制改革使老百姓一概破产"。他反讽借喻，乃至指名道姓，单刀直入地批评写《谈官材》《直言谈相》。在国民政府濒临溃败之际，他决然出版一本"逃难专号"。他说："现实的环境实在太幽默了！""编辑《论语》，明知其不可为而为之，明知其不必说而说之，此盖英雄本色，亦论语作风也。"

从他一篇篇"编辑随笔"里可以看到许多故事，从时局的变幻，社会的动态，到民众的生活，各种人与事；他的笔始终紧跟时事、国内政令、国际政局，淋漓尽致地描绘历史的一幕幕情节。在他的笔下，介绍和评述了数十位知名作家，令你不由得想去寻觅这本幽默杂志。

六、《论语》出版的时代背景

一九四八年海戈在他的《蒙尘集》的序里写得确切："《论语》本是应运而生。它的成功，一直到现在还都维持下去，是由于它反映时代的手法，采取的是幽默的笔调。大致时局愈乱，《论语》愈能风行，材料也愈见精彩。它诞生于'九一八'，极盛时代在民国二十二、二十三年。轮到抗战时期则寂寂无声。抗战后继续到现在,就可知这刊物的命运了。前来年,初见《论语》复刊号,一时慨然之念又起,有隔世之感。"

邵洵美在《人言周刊》的《写在三卷前头》写过:"时局尽是严重,世人仍是幽默。"真是"国家不幸,诗家幸"!正如当时与《论语》共存的《时代漫画》的主编鲁少飞说的:"幽默或讽刺文学以及漫画艺术都是疗治忧郁这种时代病的圣药。"

七、《论语选萃》《论语派作品选》与全套《论语》复出

上海书店出版社的完颜绍元先生独具慧眼,十分欣赏这本别具匠心的杂志,他在一九九七年主编出版《论语选萃》十本一套,将选出的文章分类,分别为《百味人生》《奇谈怪论》《大千世界》《异乡风情》《西洋幽默》《饮食男女》《闲情偶寄》《民国世说》《时调俚语》和《世象随谭》。读者瞄一眼书名,想必就会对这套书大有兴味。但这还没有包揽所有的内容。

《论语》文章自成一派。今人研究中国现代文学史,探讨上个世纪三十年代的文学社团,称之为"论语派"。二〇一一年人民文学出版社出版《中国文库·文学类·论语派作品选》,庄钟庆编。

——如今上海书店出版社影印出版全套《论语》半月刊一七七期,读者可见此刊的全貌,实在是一大盛事。

邵洵美在《论语》"你的话"专栏小序里说道:"要研究一个时代的文化、政治及社会状况等,每每注意到那个时代所有发表的言论。一个时代的言论,有时简直可以代表一个时代的历史。所谓'言论',当然范围极广:象征的或抒情的如诗;寄托的或叙述的如文;冠冕的或形式的如公事文件;通俗的或片断的如民间歌谣的征集,时人言行的记录——不论积极或消极,它们都正面地或是反面地显示着人类被当时的一切所引起的心理反映。"

(原载《新文学史料》二〇一五年第三期)

黄苗子、郁风夫妇及丁聪
谈邵洵美往事

为了撰写《我的爸爸邵洵美》一书,这十多年间我探亲访友埋头书刊,跟着爸爸的脚步走了一程又一程。

二〇〇四年底我从上海迁来北京,天有意助我!居然在这人地生疏的城市找到爸爸的老友——书画家黄苗子、郁风夫妇和漫画家丁聪。这几位知名的美术家我是一向敬慕的,但我从不知道他们和我爸爸有极深的渊源。我的好友杨苡了解我的心思,提醒我:"他们几位三十年代就驰骋上海画坛,是我兄妹的好友,都住在北京,你何不去拜访他们。他们一定熟悉你爸爸的。"我不敢贸然前往,就分别给他们写信先作自我介绍,说好过些天打电话约时拜访。

一、苗子、郁风忆洵美

发出信不久,苗叔先来了信,他等着我的电话呢,我喜出望外!苗叔信中写道:

上世纪三十年代初,我和令尊洵美确实有过来往,也从传媒中知道一点他在五六十年代的讯息。近年在《万象》杂志上也约略读到他一些晚年的情况;十分想念他。昨晚黄永玉才送我一本你妈妈的大作①,尚未细读。我和郁风后天到桂林度假,怕你来电话我不在,所以先给你写信,请五一节后来电话……

五月十日下午,苗叔亲自开门迎我,望着二老亲切的微笑,使得与他们从未谋面的我一下子就和他们亲热起来。一见面,苗叔就和郁姨说:"长得很像洵美!""你妈妈的书我们看过了,你妈妈真了不起,一直帮助洵美,不管他怎么样,在最困难的时候,也是她帮助他,真了不起!"提起我爸爸出狱后重病等事,他说不只是从我妈妈那本书得知,早先就在《万象》上的两三篇文章里读到的。苗叔郑重地说:"邵洵美在文学界的地位很重要,不只是他开书店——金屋、新月、时代;他大办出版,当时时代图书公司同时出版五种杂志呢!"我的爸爸邵洵美战前办金屋书店、时代图书公司和第一出版社,拥有杂志十一种,有《狮吼复活号》《金屋月刊》《时代画报》《时代漫画》《时代电影》《文学时代》《万象》《声色画报》《论语》《十日谈旬刊》和《人言周刊》。由新月书店出版《新月月刊》和《诗刊》。苗叔说:"《时代画报》《时代漫画》和《万象》对中国漫画的发展起很大的作用,漫画的发展也影响到绘画的发展。如果没有洵美,没有时代图书公司,

---

① 即《盛氏家族·邵洵美与我》,人民文学出版社二〇〇四年版。

中国的漫画不会像现在这样发展。当时中国的文化中心在上海,知名的漫画家都在'时代',如张光宇、张正宇、叶浅予、鲁少飞等。鲁少飞编《时代漫画》、叶浅予编《时代画报》,创作漫画《王先生》,张光宇编《万象》。"

谈到他如何结识我爸爸,他提起自己十几岁从香港到上海,要去抗日。因为他年龄太小,他爸爸黄冷观(同盟会员)请其友吴铁城(当时上海市市长)派人在码头上拦他下来,从此他就留在上海,二十岁任吴铁城的秘书。他十九岁起就喜欢作画,在上海认识了张光宇等画家。那时全国第一届漫画展在上海大新公司举办,是由《时代漫画》主办,苗叔他们漫画家一起组织的。吴铁城特地去看,以为画"牛鼻子"的就是他,买了好些"牛鼻子"回家。后来他常在《时代画报》《时代漫画》上发表作品。

苗叔沉浸在往事的回忆中:"洵美看重张光宇,光宇任时代公司的总编辑。光宇很了不起,他的绘画有一种特别的风格。那时候画家庞薰琹从法国回来,才带回毕加索等画家的新风格。后来墨西哥漫画家柯佛罗皮斯(Mignel Covarrubias)来上海,洵美将他介绍给光宇。光宇的画风受他的影响极大,光宇的漫画就是走他这条路的。这种新风格一直沿袭下来。中国新派漫画就是从光宇传下来的。解放后北京的工艺美术学院院长张仃重用光宇。北京的许多重大会议的会场布置和'五一''十一'等大游行的美术设计都由他负责。"

说起柯佛罗皮斯当年为我爸爸画的一张漫画像,他们都在我家客厅里见过。他说:"好像有一期《万象》里也登过柯氏画的那幅漫画像。《万象》真好!好像出了四期。建议把《万象》全部彩色复印下来。"苗叔忽然说:"当年我也曾为淘美画过一张漫画像,刊在我编的《小说半月刊》上,那是大众出版社出版的,也是时代印刷厂印的。我过几天放大了送你一张。"这真是给我一个莫大的惊喜!高龄的二老十分关切我爸爸,二老自己也经历过磨难,他

墨西哥漫画王子珂佛罗皮斯作邵洵美像,闲庭信步,形似神似(一九三三)

们笑谈自身坎坷往事,但那些常人无法承受的磨难一点也没有在他们身上留下阴影,他们给我的印象是:一对快活、可爱的老人!

关于幽默杂志《论语》,苗叔说:"《论语》文章影响很大,也插漫画。现在大家一看还是很有意思。"他提起关于《论语》的一个笑话:"当时林语堂和邵洵美等创办《论语》,原想将它办得像英国的幽默杂志《笨拙》(*Punch*)或美国的《纽约客》(*New Yorker*)那样,讲好一半文字,一半画。邵洵美约了漫画家黄文农和林语堂一起吃饭,谈妥了,黄文农很高兴参加,林语堂也欢迎黄来负责漫画部分。接着林语堂回请,他请黄文农吃饭,但他写错了姓名,把'黄文农'三字写

成了'王元龙'。王元龙是一个有名的演员。黄文农大怒,他是个很有性格的人,他非常生气,不去吃饭,从此不与林语堂合作,《论语》就不是按原计划那样一半文字一半画了。黄文农画得极好,有《黄文农漫画集》《初一之画》等。可惜,他一九三一年就去世了,当时他只有四十岁。我想为黄文农再版他的《初一之画》。"

至于后来林语堂离开《论语》,另办《宇宙风》《人间世》的事,苗叔说:"可能因为稿费问题。张正宇当时是时代公司的经理,他喜欢搞花样,譬如,画家们到星期六去时代取稿费,正宇总是拖啊拖,拖到五点钟,说'大家吃饭去!'吃完他说:'你们的稿费都吃掉了。'时代公司之所以不赚钱,与正宇的理财不善不无关系。洵美用光宇作总编辑是知人善用,但他用错了正宇。他们的弟弟曹涵美也是画家,他也精于绘画,他的《金瓶梅全图》也在时代出版。他也帮助在时代做会计工作。"

爸爸出了不少书,办了不少刊物,自己也写了不少文章,后来在《时代画报》《论语》《人言》等刊物上发表许多文艺理论研究文章和时事评论文章。苗叔说:"那个时代的文人写作,左、右都涉及,很现代,也都很'前卫'。"我便讲起施蛰存对我说的:"洵美在英国时受到王尔德等唯美主义影响,后来回国,和徐志摩在一起,受徐志摩的影响;和林语堂在一起,受林语堂的影响,后来他就很'现代'了。"苗叔同意这种说法。谈起爸爸出过一本小书,薄薄的,书名叫"小姐须知",是张光宇作的漫画,爸爸以笔名浩文配的民歌般的小诗,描述民间少女的心,入木三分,令人莞尔。苗叔知道这本小书,说它很有趣。他说:"洵美还有本小书,是笔记,也是散文诗,书名叫'一个人的谈话',那时他选了一段为我写了张扇面,他的毛笔小楷写得非常漂亮。我现在还背得出。"苗叔于是不假思索就背了起来:"有了深透的体悟,一粒谷里可以窥见宇宙。热闹里有人生,静寂里也有人生;石头会说话,草会有感觉。这时候,你已经是一位完全的艺术家。诗意的来临,像是天上的云;有时是一块洁白的结晶,不动,准许你神往地仁视;有时是一群琐碎的粉片,你要捉得快,一秒钟它会变幻几十百种形象;有时是一层透明的薄翳,在你灵魂里轻微地荡漾……"

苗叔说:"这本小书很有意思,可以再版。"

讲起我爸爸在英国剑桥大学原来读的是经济系,后来是受徐志摩的影响,改走文学道路的。郁姨说:"我三叔郁达夫起初也是学经济的。我三叔和你爸爸很熟,是好朋友。每次三叔到上海,一定会去你家看你爸爸。"苗叔说:"一九三六年我们来往最多,后来我们搬到南京,洵美每次来南京,必定来我家,一起吃饭。一九四六至一九四七年间,他来南京,我们还聚了好几次。我们一直通信,到了南京,他还常来信。可惜'文革'中抄家,这些信全都没了。"

"八一三"后时代公司关了,苗叔才和我爸断了通信来往。抗战八年苗叔去了重庆,胜利后回上海又常在一起。他知道陈果夫请我爸爸去美国研究电影的发展。我提到爸爸"孤岛"期间在上海借助美国友人项美丽(Emily Hahn)之名创办抗日刊物《自由谭》,并和她合作出版其英文姐妹版刊物 Candid Comment(《直言评论》)。那时杨刚借住在项美丽家翻译毛泽东的《论持久战》就连载在这刊物上。郁姨说她认识杨刚,那时杨刚是香港《大公报》记者,她自己当时是香港《星岛日报》的记者。苗叔他们也认识项美丽,项美丽在香港与英国人查尔斯·鲍克瑟(Charles Boxer)同居,苗叔和叶浅予还同去半山看望项美丽,见她还抽着雪茄。那天查尔斯不在家。

话头转到我在《时代画报》见到郁姨发表的画作,郁姨听了面露笑容,说那是她的早期作品,可惜我没有记下那是第几期。

最后苗叔语重心长地说:"如今对邵洵美和徐志摩都宣传不够,那是因为'左'的影响。邵洵美的功劳应当好好有人写下来,我太忙,没法写。"我于是告诉苗叔,我已写了本《我的爸爸邵洵美》,他听了十分高兴。我又告诉他,现在我编了《邵洵美诗文集》,正在联系出版,他更为欣然。

临别我们三人留影。照相时,苗叔特地将柯佛罗皮斯为我爸爸画的那张漫画像竖着放在他胸前,说:"我们四个人一起照相。"

郁姨因患"股骨头坏死症",拄着拐杖行走不便,但特地热情地为我和苗叔拍摄合影。她又拿来一张光盘送给我,那是中央台为二老录制的《黄苗子、郁风·相携六十年》,曾在"大家"栏目里播放过。我笑吟吟地捧着光盘向二老告别,二老还送我到电梯口。与二老这一个下午的倾谈使我欢喜满足,他们以丰富的事例、历史的眼光评价我爸爸邵洵美对中国文化事业的贡献,也向我提示:我还有重任在肩。

八月二十二日下午我再度拜访苗叔,为他带去我刚出版的《我的爸爸邵洵美》一书和爸爸一九三四年在《人言周刊》发表的《一个人的谈话》与其单行本的"序"的复印件以及当年柯佛罗皮斯为我爸爸画的那张彩色的漫画像的照片,苗叔十分高兴。他拿出自己当年为我爸爸画的漫画像的复制件和一张写好字的扇面赠我,扇面上写的正是我爸爸七十年前为他写在扇面上,他背得出的那段文字。苗叔说:"抱歉,我将你的名字写颠倒了。"我说:"不碍,爸爸当时为我改名字时原也是想到中国古时那个女侠'红绡女'。"更令我欢喜的是:苗叔居然又拿出一张我爸爸的手迹,那是一九三四年九月十五日刊于《小说半月刊》第八期的,正是摘录他的《一个人的谈话》中那一段。这一天我特别快活,时隔七十载,两位老友的情谊延续到这位可敬可爱的老前辈与我的身上,这真是文坛佳话。这几件宝贝我当终生珍藏。

二、漫画家丁聪忆洵美

第一次听到漫画家丁聪的名字是一九五○年初。那时刚刚解放,政府收购了我爸爸的时代印刷厂,开办北京新华印刷厂。厂里的工人全部随机器到"新华"安排工作。为了保证机器的性能完好与正常运作,政府要求我爸爸亲自到北京来一趟。于是我们全家从上海来北京,住在景山东大街。那是春节前,我刚十八岁。

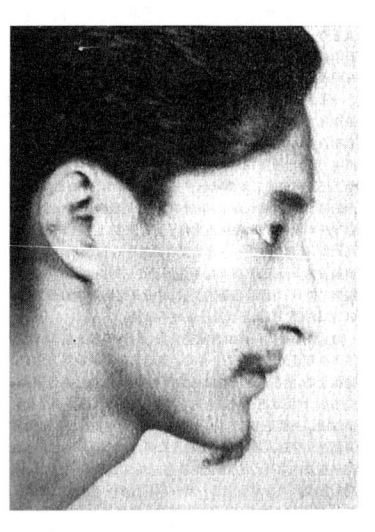

时代印刷厂成立,影写版摄影设备试机成功,洵美自拍(一九三二)

有一天,听爸爸说:"一会儿小丁要来。"我奇怪地问我姐谁是"小丁",姐说:"小丁就是丁聪,是个画家,他爸爸也是画家,所以大家称他'小'丁。这画家常来我家,你住校,没见过。"……客人来了,是两位。那天我正感冒不适,没有再问姐那两个人当中谁是丁聪。

人活在当下总是一天天数着过,回头看,半个世纪已擦身而过!一九九九年春,《我的爸爸邵洵美》初稿已完成,为了补充一些内容,我几乎天天泡在上海图书馆。一天,见到馆侧那个大厅正在举办"丁聪漫画展"。那是展出的第一天,我好开心!"画家本人一定会来!"我想着便挤进了人群。一待开幕式结束,找个机会走近画家,向他作了自我介绍。他忙,没说上几句话,但他高兴地给我留了通讯地址。不料世事多变,未几,我去了美国,一住五年。

而今,我来北京了。古稀之年,竟然有机会到画家府上拜访。那是二〇〇五年五月十七日的上午,我儿媳晓敏伴我同去。我带上了我妈妈写的那本《盛氏家族·邵洵美与我》,因为书里谈到新婚满月那天,爸爸请了好些朋友来家吃满月酒。那些作家画家谈文说画好不热闹,开新人玩笑也不失斯文。有徐志摩、滕固、郁达夫、常玉、刘海粟、江小鹣、王济远、叶浅予、张光宇、张正宇、曹涵美,还有丁悚。妈妈提到:"他儿子也画漫画。""未入座前,他们都说应当画一幅画来祝贺我们的婚姻,刘海粟第一个拿起毛笔在一张宣纸上画了几笔,成了一幅松梅图……滕固和丁悚画了漫画……"我也带上两页《时代画报》的插页复印件,几位画家画的都是鸡,大约那年也是鸡年。我是无意中复印下来欣赏的,居然其中有一幅是丁悚的作品。我送给丁叔叔留念。

丁叔叔一见我就说:"你很像你爸爸。"他说:"我为"时代"作画时还小呢,我爸爸为'时代'画得多。"他很高兴地忆起往事……他爸爸丁悚是在上海的英美烟草公司画广告的,当年的"大前门香烟"等广告全是丁悚画的。他上班时空下来就为时代公司各份画报作画。他和邵洵美很熟很熟。说到自己,丁叔叔笑着讲:"我从小喜欢画图,为"时代"作画时才十六七岁。家里兄弟姐妹十一个,我是老大,要帮助家庭,所以上中学时就作画投稿。中学一毕业就工作,在上海晏摩氏女中教图画课。我自己没上过美术学校(那时候画漫画的都没有上过美术学校),就在上海美专自学画石膏像。上海美专是刘海粟办的,我爸爸当时是教务长助理。后来画家黄苗子介绍我进《良友画报》做编辑。《良友画报》是广东帮的;《时代画报》是上海帮的。我也为"时代"画。"

说起那时时代图书公司那些画家,都是很棒的。"叶浅予画《王先生》,他是编《时代画报》的;鲁少飞编《时代漫画》;宗惟赓编《时代电影》;张光宇编《万象》。张光宇画画用心,他编的《万象》非常好,一共出了四期,印得非常考究,邵洵美是老板哇! 解放后我们一直想办份画报像那时的《万象》那样的,没有成功……当年墨西哥漫画家柯佛罗皮斯来上海,邵洵美招待他,也只有邵洵美招待得起。他为洵美画了张漫画像(说时,他翻开我妈妈那本书,指着书上印的那张漫画像),这张漫画像给大家的印象极深。"丁叔叔又说:"柯佛罗皮斯是 *Vanity Fair* 杂志的编辑,他画得非常好。张光宇就是学柯佛罗皮斯的,他后来画的《万象》和《十日谈》的封面尤其好。是洵美介绍他认识柯佛罗皮斯的。"说到这里,我向丁叔叔提起我爸爸在《时代画报》和《十日谈》旬刊上都发表过关于柯佛罗皮斯的文章。在《十日谈》那篇里说起有一天"柯佛罗皮斯先到我家,谈了一忽,我便带他去古拔新村,这是正宇的住所,同时又是我们小小的俱乐部。我们为他预备了一些酒菜……吃好了饭,他便从口袋里拿出一本灰色的小簿子,一支铅笔说:'洵美,我来为你画张东西。'……画了许多张:正面、侧面,笑的、板的,都有,他全放在袋里,说要回去后仔细揣摩。第二天的早上他竟送来了一张彩色的,一张黑白的画像……"文中提到柯氏向洵美说他对张光宇的印象:"昨天有个新闻记者来看我,我对他说中国近代艺术已有极大的进步。像你昨天给我看的张光宇先生的画,他非特了解西方艺术的长处,同时又能尽量发挥东方艺术固有的优点,但是那位记者似乎不同意,也许他不会在报上发表;你最好能想个法子把我的意见传达到中国艺术界去。"

丁叔叔也谈到张正宇,说他和哥哥性格不同。"他任时代图书公司的经理,他可不像光宇,我们这些穷画家的稿费都被他吃光。"

谈到上海"一·二八"事件,丁叔叔说:"闸北打仗,殃及商务印书馆。商务失火,书纸、纸灰在空中飘扬,好几天!本来《良友画报》是商务印的,后来就改为时代印刷厂印。'八一三'之后,我们不敢再住在中国地界,和你们一样,搬进了法租界。但后来时局紧张,我们就去了香港。"

最后,丁叔叔讲解放后跟我爸爸打交道的一件事,那就是由他经手为人民政府向邵洵美收购时代印刷厂。我从不知道这桩重要的事是画家丁聪居间具体经办的。

丁叔叔细细讲述经过:

解放后我回到北京,那时共和国还没有成立。我被派出国,去布达佩斯参加世界青年代表大会和世界青年联欢节。一回北京,廖承志就来找我,要我编《人民画报》。那时候刚刚解放,国家缺少人才,也缺少设备,文化事业要办。廖承志是负责这方面工作的,要在北京成立新华印刷厂,办《人民画报》。他知道邵洵美的时代印刷厂的影写版印刷设备非常好,就决定收购那爿工厂,派我去上海和你爸爸谈。我住在上海大厦。你舅舅盛毓贤是时代印刷厂的经理,他很精明,代表你爸爸和我谈判,提出的要求是那套设备的售价按当时买进的美金原价,并且要以美金折算。我们不同意。从一九四九年十月一直谈到一九五〇年二月。眼看美金汇价天天上涨,最后只好同意。我拎了两只装满现钞的箱子到上海。

为了编《人民画报》,找了胡考。胡考当年也是常在"时代"各种刊物发表作品的,他画漫画,也写文章,他可是正式美术学校毕业的。他当时在上海还没有分配工作,就和我一起来北京。但是要调他的妻子戈扬可不容易,她是上海新华社的一把手,是张春桥手下的,后来总算调过来了。

后来你们家搬来北京,住在景山东大街,我和胡考一起来拜访你爸爸的。

你爸爸这部印刷机为印《人民画报》确实起了很大作用的……

这套影写版印刷设备的确可贵,是一九三二年爸爸从德国订购来的,当年是我国惟一的一套影写版印刷设备。机器运抵上海,经过一番试印,满意之后,时代印刷厂正式开办,那是一九三二年九月一日。我爸爸之所以高价引进这套设备是有缘由的:当时他办《时代画报》,文章要好,画也要好,封面和插页用三色版;图画和照片用铜版,纸张要求高,成本也高。爸爸常看外国书刊,发现以影写版制的图画照片质量好,所以《时代画报》从第二卷起改用影写版印制图画照片,由上海的德国印刷馆承印。影写版做出来的画网点小,很像照片,纸张要求又不高,可以降低成本,于是他下决心去买这套设备,由自己的印刷厂来印《时代画报》,后来也以此印刷其他画报或刊物的插页。爸爸很以这套设备自傲。

时代印刷厂售给政府的同时,爸爸在上海的时代书局也关闭了,从此,他为之致力半生的出版事业画上了句号。后来他以翻译外国文学著作为业。

丁叔叔和他夫人都认为应当让世人更多地了解邵洵美为推动中国文化的发展起的作用。

看丁叔叔讲起往事兴致很浓,但我们打扰太久了,便起身告别。二老热情送我们到电梯口。这时我们方才听说前不久丁叔叔患急性胰腺炎刚好,而他不顾疲乏和我们谈了那么久意犹未尽,令我十分感动。他向我们谈的那些内容十分珍贵,填补了那段资料的缺空。

(原载《新文学史料》二〇〇六年第一期"邵洵美专辑")

从《十日谈》开天窗说起

《十日谈》这份刊物,我在上海图书馆翻看过不下三四回。我不禁责怪自己:怎么会一门心思只管翻找爸爸的文章而不及其他!几处不寻常的"留白"居然不曾进入我的眼帘,原来那就是开的"天窗"!"开天窗"这个词,我从小就听说过。搜索枯肠,那不是报刊上读来的,因为那三个字是上海音。爸爸开书店,交往的编辑、作家多,一定是我坐在边上听他们谈话刮进耳朵的。我早就明白,"开天窗"就是编者对当局新闻审查制度的无声抗议。一般,文章被查禁,编辑只好无奈地抽掉,但《十日谈》的编辑却强硬地照原样印出题目,留下空白,向读者诉说其愤怒与不平。

第三十八期"十日谈"专栏的那篇文章《盖和压》开了天窗。特别令我感兴趣的是那篇《盖和压》,目录上作者的化名为"记者"。记者在一九三二年《时代画报》第二卷第十一期郭明的"自己笔记"《书估投机辩》里有云:"记者无事可记,所以记自己。"在一九三四年《人言周刊》第一卷第十三期明言的《在牧师家中》里有云："记者负笈英伦,倏忽两易寒暑;很想写一点……"作者都以"记者"自居。郭明和明言都是邵洵美的笔名。毫无疑义,那篇被禁的《盖和压》定是出自郭明(即邵洵美)之笔。这一九三四年的《盖和压》实际上是邵洵美与当局的新闻审查斗争的第一篇。遗憾的是,我和读者诸君一样,无法读到那篇文章,只能看到题旁那一片留白!

《十日谈》

邵洵美之所以出版《十日谈》,是因为当时手里那本《时代画报》(又名《时代》)虽是月刊,却经常脱期,他时有老朋友久违之感,等不及下个月再见面;而况世事变幻日新月异,他深感《时代》跟不上时代的脚步,于是在一九三三年八月出本旬刊,由章克标主编。它的发刊词如下:

我们的广告

《十日谈》为最有趣味之读物,没有伪君子的矜持,没有高等华人的作态,但并不流于低级趣味,也不堕入流氓阶级,不过激也不赤化,所以无危险;不趋奉也不结交权贵,所以不卑俗。真纯的坦白的,又是很充满青春之朝风的,是人人的好朋友。

然而,因第一期郭明的那篇《究竟有没有蓝衣党》就触犯了当局。他是以第三者写了篇故事,自己又加了评论。"蓝衣党"有没有或许无所谓,可能是"谣言"。犯忌的可能是,里面点到了"委员长",故事里讲到"有一个失业的黄埔毕业生求见委员长。委员长听他说明来意,竟拍桌大怒,骂得几乎把他骂死,接着又在他左右颊重重地打了两下"。"去年蒋先生为了此事大发雷霆,不有过切实的声明吗?——"于是,《十日谈》在广东、河南被查禁。想到刊物里一篇篇文章芒刺太多,邵洵美为了免生事端殃及时代图书公司其他书刊的正常发行,从第六期起就由原来中国美术刊行社发行改为十日谈旬刊社发行;第十期起由时代总发行;一九三三年十二月三十日邵洵美特地在平凉路26号成立个上海第一出版社,《十日谈》从一九三四年二月的"新年特辑"开始便是由第一出版社来发行。这时由杨天南和沈同负责。那第十六期"新年特辑"则是邵洵美亲自编的。

《十日谈》多难,它的第三十八期上刊出篇《本刊启事》:

> 本刊第三十七期因送审查被抽去过多,溃不成军,不能如期发行,须俟重印成再发行,务希读者原宥。

后来第三十九期又被罚停刊。复刊后出到四十八期。

新的言论重地《人言周刊》

一九三四年二月十七日第一出版社又忽然出了份《人言周刊》,那也就是在《十日谈》出到第十六期的时候。

看《人言周刊》第三卷第一期编者曾迭的《人言一○一期》一文可了解这段情节。他说"第一出版社的第一个定期刊物是章克标编的,《十日谈》是个有名的横冲直撞的刊物。我们这班青年,可在困难严重时期有一处可以大放厥词的地方,自然趋之惟恐不及了。然而我们觉得《十日谈》不过是给青年人发泄愤怒,至于理论的建设,平心的检讨,如其用气力都在愤怒上发完,只剩了'强弩之末',那也未必是健全舆论之道。于是邵洵美先生又有《人言》创刊的计划了。郁达夫先生常说邵洵美先生是个'不肯把说出的话收回来的人',这观察一点也不差——"

《人言周刊》的发刊词如下:

> 大家总感到现在缺少了一种可以阅读的周刊吧。《人言》就是想弥补这个缺陷的。我们有许多话想说,

> 大家一定有许多话想说,因为这是一个令人感慨的时代。我们大家都是人,无疑地要说人说的话,所以周刊定名为《人言》。很明白地说,人言就不是鬼话。……人言为社会大众所有,将说社会大众希望说的话,说人人以一吐为快的话,这是敢自信的。

《人言》宣称"不说鬼话",所以它也必然会遭到同样的"青睐"。第一卷第二十七期的目录里,有篇郭明的《待宰的羔羊》,其下印上小小的"抽去"二字。刊物里有篇目录外的《外国话》取而代之。

一九三五年四月三日一份停刊一月的通知发来,那是《人言周刊》第二卷第九期。问题可能出在前几期邵洵美以笔名郭明发表的两篇文章。二卷六期的《政制问题的讨论》:

> 我是喜欢说真话的,我又相信绝对的真理是不可得的。——不知哪一位评论家曾经说过:"什么叫做政治制度?那不过是一部分野心家想利用了这个名目与机会来发挥他们的志趣而已。"所以有一位朋友便说:"独裁与民主的争辩不过是一班人想保持政权,又有一班人想获得政权罢了。"事情当然不能一笔抹杀,过中不乏爱国志士,搜肠索肚,无非为了国家与民族的利益,私人的成败故非所计也。……

后面他讨论政治制度的进退问题,谈到民主和独裁。总结说:

照这样看来,那么,在民主制度之下,人民对于政府,是较有进退的余地;而独裁制度是有进无退的。独裁制度假使有了弊病,独裁者不肯退让,而人民不能容忍时,便当只有产生所谓革命了。

政治制度的长处与弱点不是绝对的。但是民主制度可以因提高政权而得独裁制的长处;独裁制却难得民主制度之长处。那么,我们何必一定要采取独裁制度呢?

他不是在鼓吹革命吗?而在他的二卷七期《哲学在今日之任务》一文,又明目张胆地反对蒋介石的"新生活运动":

我觉得在今日的情况之下,哲学是一定会行时的。不一定在中国,全世界都会有这种现象。陈立夫先生在努力党务之余,写成一部《唯生论》决不是偶然的。这世界太紊乱了,变动得太快了,一切的制度都不能来应付这千奇百怪的环境……我们要整理;我们要信仰;我们要去探求一切事件的"基本动机"……

一切已不是政治的或是经济的原理可以解释的了……我们要哲学家去寻求答案了……

蒋介石先生发起新生活运动,提倡礼义廉耻;这是要每个人先使自己成为完人。中国没有宗教可以利用,借旧道德来改良人心,也是没有办法中的办法。牛津团体是消极的,以罪人的地位与世相见;新生活运动是积极的,要以完人的资格来相与往还,恐怕更难得到圆满的解决。

他们共有的弱点,是在把传统的道德观念穿插进哲学的领域里去。今日世界的恐慌,不患缺乏为人的方法,而在认不清做人的目的。解决这个问题,哲学家比政治家与经济家的责任要大得多。

《人言周刊》在其二卷十期的《复刊词》中写道:

在停刊期中,我们曾有过多少次的讨论,觉得不如趁此机会,即行休刊。办周报本来是一件最困难的工作。——

然而,他们再三思议,决计重整旗鼓,继续奋斗。因为:

我们希望它成为大众神交的场所,在此聚首的都是肝胆相见的好朋友,各人表白个人的意见;个人诉说个人的痛苦;个人声明个人的需要;再以个人的经验与才识来解决一切的问题。我们希望能补充书本上所找不到的材料,贡献行政上所顾不到的事实。我们要用最透彻的言论来解释一切的误会;我们要以最精确的记述来证明一切的错误。我们不过是要尽一部分人类应尽的义务;私人的利益,固所不计。

《人言周刊》三卷一期时,主编顾苍生写道:"《人言》虽然只说人话,不说鬼话,可是它生在一个只说鬼话的时代里,又生在一个不易说人话的国家里。——在这个时候,什么'捣乱秩序','危害国家'等等罪名,随时可以在它所说的人话里横加上去作为一种犯罪的宣传,——《人言》是继续说人话的刊物。它决不是偷生怕死的弱者!"

同期,邵洵美以笔名"平"发表《人言,还是鬼话?——勉〈人言周刊〉第三卷开始》。这时他自己在编《论语》。他写道:

> 《人言》是我的老朋友……虽然在过去的两年中,遇了不少的困难,如我所知的被罚停刊,以及外埠不时的无故扣留等,而到底"事实"还是英勇地战胜了一切,它还是可以继续地生存着,没有半途夭折。——现在这么的一个混乱的社会里,人人爱说的却是"鬼话",人的说话他们倒反之置诸脑后,不高兴听,这还不算,甚至"杀人放火金腰带",所以鬼话连篇的家伙,虽然如曾经在租界干过卖国的秘密工作的石友三,以及居然竖起背叛国家的汉奸殷如耕,他们都"官运亨通"。……最近《人言》又给外埠无缘无故地禁止发售。……
>
> 从前阮玲玉自杀,有人说是为了"人言可畏"。当时我便想反对,因为害死阮玲玉的,不是"人言",而是"鬼话"。
>
> 现在,"人言"不可畏了,反之,却更订立了一个"人言有罪"! ——但,我们会屈服吗?我们会抹了良心说"鬼话"吗?
>
> 不会! 决不会! 我们还是代表了大多数人,主持正义,说公道话,决不会为了没有了"自由"便屈服了,抹杀了天真,来说"白日梦话","鬼话"。无论《人言》怎样地被认为"有罪",我们还是用"人言"来力争我们的

"自由"。尤其是在这个整个国家整个民族已经到了危急存亡的时候,我们更不应该"鬼话连篇"地来欺骗民众蒙混民众。

我相信而且希望,以后的《人言周刊》还是"人言","人言","人言"!而且,以此自勉,并勉大众。

邵洵美在《人言周刊》,从创刊号起几乎每期都有他评论时事的文字。有时不止一篇。两年多,他写的时政评论有半百以上。他冷静分析政策引发的事件,揭露事件背后的真相;呼吁国人警惕,对外国侵略须有准备;抨击政府的劣政;针砭时弊,等等。

作为编辑,战前,邵洵美对国民党当局压制民主,钳制言论自由,极为不满。在他的刊物上除了作家来稿,他自己动手,写了不少文章,战前如《人言周刊》的《言论自由与文化统制》《外国话》《图书审查》,《论语》半月刊的"编辑随笔"的《开口惹出是非来》,等等。他还在《人言周刊》的《七日日记》里谈论成舍我的《民生报》被封,罚令停刊的事件。胡适的《独立评论》被封,《新月》月刊因王造时的一篇文章竟被查禁,还有《生活周刊》的变成《新生》,再变成《大众生活》,再变成……等,他都在文章里有同情之笔。他曾毫无顾虑地在自己的刊物上披露在白色恐怖下一位位正义人士遭特务谋害的事件,如《人言周刊》上发表短评《悼史量才先生》;一九三三年六月十八日,他的好友,中国民主保障同盟总干事杨杏佛被暗杀,《时代画报》整页报道,醒目地印上"中央研究院副院长杨杏佛遭暗杀"的标题,刊出杨杏佛生前的家庭照和他被刺后追悼会的照片。邵洵美还不避嫌疑地印上杨杏佛写给自己的信，故意说明自己与杨杏佛的交情匪浅。其前一个月，丁玲、潘梓年被绑架，他和蔡元培、杨杏佛、邹韬奋等二十九位上海文艺界知名人士联合致电当局表示强烈抗议。两年前胡也频被特务绑架秘密枪杀的事也是他设法取得照片而得以公开。同年，他也曾和蔡元培、柳亚子、杨杏佛、郁达夫、鲁迅等十九人联名发表《为林惠元惨案呼冤宣言》。

待到一九三六年日寇侵华的铁蹄从东北到华北，步步接近，邵洵美愤慨地执笔疾书，在《时代画报》的"时代讲话"栏一连发表了《弱国三事》《破坏战争以维持和平》《爱国不是投机爱国不是反动》；而那篇《激昂慷慨的文字突然少了》在《时代画报》和《人言周刊》一稿两投。人们这时看到奋力呼吁抗日爱国的邵洵美，与五年前专注于纯艺术和唯美的他判若两人。其实，细心的读者早在一九三二年初就看到他在《时代画报》二卷十期上发表的《容忍的罪恶》（"一·二八"的炮火中他独立出版的《时事日报》则因为印数少和散发的面的局限，读者更少，而且在当时的战争状态下难以保存，现在已无法觅得）。经过"一·二八"炮火声猛击的邵洵美不可能置身于时代之外，他与张光宇三兄弟以及叶浅予等合办《时代画报》，创办上海时代图书公司，自二卷一期他的名字列入编辑者名单，在他的《编完之后》里就明确地看到，甩掉《金屋月刊》后，他的思想意识，他的文学美术观念逐步融入时代，他的写作出版也决计要结合时代。他不可能脱离严峻的现实。他早已从诗人转化为报人的角色了。

"九一八"事变发生后，全国群情激愤。中国笔会曾两次讨论,应否发表宣言谴责日本侵略者。据《新时代月刊》一卷四期报道"世界笔会中国分会场为日人侵夺东北应否向全国发表宣言,先后开会两次,计到邵洵美……等人。讨论良久,并将英法世界笔会章程加以研究。卒以该章程所限,'会员不得假借本会集会为政治活动——',不便以笔会名义发表宣言及其他有关部门政治的文件,改由会员个人参加上海文艺界救国会共同努力于抗日爱国工作云——"邵洵美便积极地以其手中的刊物《时代画报》和《人言周刊》作为阵地,不断发表文章倾吐自己的愤慨,呼吁抗日救国。

(原载《博览群书》二〇一一年第二期)

我所知道的项美丽

一九九五年,我和六十六载未晤的项美丽在纽约曼哈顿重逢,她从一只蒙尘的小抽屉里翻出一叠泛黄了的照片。中山陵的台阶上站着她和姐姐爱伦,两个穿中式长袍的男子里,我一眼就认出爸爸,还有一个像是他的"大哥"谢寿康(他们和张道藩、徐悲鸿同在法国结拜兄弟)。那堆照片里居然有我和姐姐小玉幼年的相片。那时我大约五六岁,瞪着两只大眼睛。这次跟她再见面我已经年过花甲。是她邀我去参加她九十大寿的生日派对的。她年迈了,胖了,但我依稀能找到她当年的影子。我们并不陌生,因为此前我们已经隔洋通信六七年了,而且她夫妇俩四年前访日时也曾和我儿子见过面。只是不久前她因摔跤骨折,左臂断了两截。

这位美国女作家艾米莉·哈恩(Emily Hahn)是我爸爸的朋友。一九三五年她作为 *New Yorker*(《纽约客》)杂志社的中国海岸通信记者,踏进处于革命与日本侵略双重因素导致政局动荡的中国。当时她浑然不觉战争的气息。她是和

循迹　137

姐姐爱伦一起从日本来的。起初只准备作短暂的逗留，没想到一住就是五年。那时候像她那样的洋人在上海，过着高过华人一等的生活，他们有自己的圈子。项美丽在他们当中颇为出众，周旋于外国银行老板、大班、掮客、政客、外交家和他们的夫人以及外国来的记者作家们中间。凭她写稿从美国汇来的稿费，她在那时物价低廉的上海滩生活得足足有余优哉游哉。他们中间有位爱好文学艺术的弗立茨夫人，很少中国人能涉足她的沙龙。

青少年时代的项美丽

我爸爸邵洵美那时是个拥有七份刊物的出版家，自己又是诗人，又是作家。他结交朋友众多，包括一些外国友人。项美丽在弗立茨夫人组织的万国艺术剧院的演讲室里认识了这位英语流利的中国同行。她是个对一切新奇事物都有兴致去追究的人。通过邵洵美，她和许多能说英语的中国学者作家为友，如钱锺书、全增嘏、吴经熊、温源宁、叶秋原、林语堂等；很多邵洵美的友人如沈从文、陈福愉、顾苍生、张光宇等都与她相熟。也是因了邵洵美，她逐渐了解中国的风俗人情，对中国发生了很大的兴趣。来上海不久，她便和邵洵美合作编辑出版了一份中英文双语的《声色》

(VOX)画报。办《声色》意在促进中西文化交流。项美丽是个作家,但没有办刊经验;邵洵美则希望能让洋人了解真正的中国,而不是从表面上了解。这本画报图文并茂,文字诙谐中别有新意。后来她和邵洵美合作翻译了沈从文的中篇小说《边城》,刊在上海出版的一份英文学术性杂志 *T'ien Hsia Monthly*(《天下》月刊)。在《天下》,几乎每期都有她的书评。两人曾合作写了一个长篇小说 *Steps of the Sun*(《孙郎心路》)。一九四○年邵洵美看了刚出的版本甚为不满,他认为这本书稿被出版社糟蹋了:它原本含有哲学理念,有真正深度的,但出版社使之降为"低级"作品,仅仅讲述一个美国女郎和她中国情人的一段恋情,她在东方的冒险故事而已。

一九三七年"八一三"发生后,我们从战火首先燃起的上海东北角杨树浦逃到法租界,仓皇中只带出一些细软。项美丽假借印刷厂和家是她的,勇敢地只身带领十名罗宋工人越过日军把守的外白渡桥多次大卡车来回,帮我们从杨树浦搬出留在那儿的全套影写版印刷设备和一部分书籍衣物。在"孤岛",她和爸爸合作写了几十篇短文寄到美国发表在《纽约客》上,后来集成一本,题为"Mr. Pan"(潘先生),以邵洵美的生活遭遇为素材,文笔轻松幽默。

次年,这位同情中国人民的美国作家挺身支持邵洵美。在他创办的抗日杂志《自由谭》的封面上,白纸黑字印上自己的名字,作为刊物的编辑者和出版者。在当时日伪势力已经渗入了上海,此举并非只因友谊,实是同情中国的抗日战争,见义勇为。同时,她在邵洵美的协助下,自己还编辑出版了《自由谭》的英文姐妹版《直言评论》(*Candid*

Comment），其中也有较大篇幅抗日的文章和图画照片。尤为感人的是她让中共地下党员杨刚借住她家，为她创造一个安全的写作场所，杨刚才能把毛泽东刚刚在延安发表的《论持久战》以最快的速度译出，她和邵洵美帮着润色，刊在她的《直言评论》里上，并印成单行本为她秘密发行，把中国人民抗日的决心传递给国际友人。《直言评论》因客观原因停刊，而中文版则是在日本特务的威胁下终止。项美丽也曾让邵洵美的朋友，当时国民党政府的抗日地下工作者，男女数人住进她的寓所。听任他们以她家为秘密据点，进行谍报工作。她这些甘冒危险帮助我们抗日的作为，不能仅以她看重朋友交情来解释，应当说她是出于正义良知，一种国际主义的道义。淞沪战役的炮火就在她身边燃烧，南京大屠杀的史实在她友人间传说，她看清日寇的丧心病狂，怎能不站在中国人民一边？

The Soong Sisters 书影

邵洵美对项美丽的事也尽力协助，为她撰写《宋氏姐妹》(*The Soong Sisters*)创造条件：引见宋霭龄，帮她收集宋氏姐妹的资料，并译成英文，供她写作之用。这本传记实际上是她的成名作。一九三九年项美丽离开上海去日夜遭轰炸的重庆，在宋氏姐妹身边搜罗第一手资料，直到完成这部巨作。她再也没有回过上海。

日军侵入香港的一九四一年，项美丽刚生下查理斯·鲍克瑟(Charles Boxer)的女儿。因为鲍克瑟是英国驻港的一名官员，必须关进集中营。项美丽是美国人，珍珠港事件后也得进去。她为保护新生婴儿，也为帮助在集中营挨饿受难的爱人和朋友，拿出一张邵洵美的照片，假借自己是邵洵美的妻子，是中国人，才幸免于难。她是一九四三年作为交换的战俘带着孩子返美的。战后，查理斯才与前妻离婚，到美国来同她们团聚。

一九四四年她写了本《我与中国》(*China to Me*)，一本半自传性小说，以她在上海，重庆和香港的生活为题材的畅销书。此后终其一生，她都在《纽约客》任专栏作家。《纽约客》是一份老牌的幽默杂志。项美丽是个风趣的人，文字清新妙笔生花。她为《纽约客》撰写的文章达两百多篇。

节译出版《我与中国》的仓圣（按：顾苍生，律师，邵洵美中学同学，也是他两人的好友）在"译者小言"提到，他明了邵项两人之间的真正的友谊的经过。"这一段文艺界的佳话，我常想来一次忠实的报道，也许可以矫正一般人的差误的看法。"他指出："写文章的人，往往会有夸大的恶习，尤其对于私生活的描写，大多喜欢把自己抬高身价，而把别人尽量抑低，用造谣式的哄骗作为最好的资料，项美丽当然不能例外。别的我不敢说,关于洵美的部分,我敢说大都是'瞎三话四'。我不是替洵美来辩护。洵美决不是被项美丽开玩笑的对象;正像她自己说的,他的确是使她文坛登龙的唯一帮手,因为她的成名作《宋氏姐妹》,没有洵美恐不能问世。而况她在十年前,如果停泊在上海准备换船到非洲去的时候,没有遇到洵美,她决不是本书中的项美丽了。"顾伯伯最后说:"我想读者都应该明白,文学的作品究竟非新闻报道,那又何必去顾虑它的真实性呢?"

我一九九五年去纽约,九十高龄的她依然头脑清晰,眼不花耳不背,还天天到《纽约客》杂志社二十楼的办公室上班。我在她寓所小住半月,畅叙别后半个多世纪的风雨变幻。那时哥哥还不曾告诉我,爸爸之入狱,事出他写了一封她永远也收不到的信。她曾经跟随丈夫历史学家鲍克瑟应邀来华讲学,没有机会回到她时在念中的上海(去岁杨绛阿

**绡红在纽约,听项美丽述说半个多世纪前
在上海的往事(一九九五)**

姨给我电话里讲到鲍克瑟夫妇曾经到过她家,是鲍克瑟来拜访钱锺书伯伯的)。

她一九八三年在北京得知我爸爸去世的消息,但是她说,"他什么时间离开人世,我知道"。她翻出一份我爸爸曾刊在《天下》的文章的抽印本,题目是《孔子论诗》(*Confucius On Poetry*)。封面上爸爸写了一行字:

都易兄正之　洵美持赠　三十三年十一月三十日上海。

(注:我不知"都易"先生为何人,很遗憾当时没问她。这篇文章是一九三八年发表在第七卷上的。这"三十三年"是指一九四四年,而爸爸到纽约再见她时在一九四六年,这真是个谜!)其旁贴了一张我爸爸证件照,看上去较年轻,定是爸爸一九三九年赴港时拍的。大

邵洵美(一九三九)

概就是这张照片让她逃脱进集中营的苦难。

《天下》一班人他们熟。她和我谈及当年爸爸的旧识全增嘏(后来一直是上海复旦大学外文系系主任),她随口背

出过去和他开玩笑编的打油诗：

"Whom do you seek, Eh?"（"啊,你在找谁？"）

"It is T. K."（"我找 T. K."注：T. K 是全增嘏的英文名缩写）

"Oh! He's berried here?"（"哦,他埋在这儿？"）

"OK!"（"对啊！"）

一九九五年一月十四日是她九十大寿,她在英国已做过寿,在纽约,同事们朋友们再为她过生日。祝寿的那天,她高兴极了,甚至还说起了上海话,博得大家惊讶的赞赏。朋友们问我为什么爸爸给我取的名字里有个"红"字？我一时答不出。直到五年后我才忆起,爸爸曾给我取过另一个名字,叫"诗红"。对啊！"红"是和"诗"有关联的：他的诗里有许多红色的字眼,如火、血、心、太阳、玫瑰、朱唇——

她和我谈起毛泽东的《论持久战》的翻译,说洵美英文好,常跟隐居她家的杨刚一起字斟句酌琢磨译稿,她自己只是在语法上提点意见,译后润色润色。她说那篇毛序是洵美译的。[①] 她说当时编辑《直言评论》只有洵美和她二人,还有个年轻人经叔平（注：是我小叔叔的圣约翰大学的同学）常来帮忙校对和打字,他也译过几篇文章；需要插图有洵美的画家朋友,送印等事洵美有他书店里的助手王永禄

---

① 一九四九年夏衍和周扬来我家,取走了那本英译本。后来想要回毛泽东亲笔写的中文序言原稿,可惜在那严峻的环境下不敢保留,已经烧掉了。

先生和老关系解决。在华的外国友人当中也有能写能画的,但稿源远远不够,常常需要他们俩自己凑。洵美得从中文版的稿子里挑出好的译了给她,或是把英文版的译了放进自己的《自由谭》。中文版的抗日调子更浓,更明显,所以引起日本人的注意。

自从一九八八年我和妈妈与项美丽恢复了联系之后,她曾为我寄来三本作品,*China to Me*,*Times and Places* 和 *Eve and the Apes*。在纽约,她让女儿卡洛拉 Calora 特地把早已绝版的 *Mr. Pan*(《潘先生》)复印好给我。她又翻出许芥昱一九六三年出版的 20th *Century Chinese Poetry*:*An Anthology*(《二十世纪中国诗歌选》)赠我。这本书她珍藏多年,内有邵洵美作品介绍。通过许芥昱,她方才第一次欣赏到生在她的文字里的洵美的诗。她曾经请她的朋友复印了为她收藏的 *Candid Comment* 的一到七期的目录寄到南京给我。没想到这次小聚握别之际,她忽然找出它的第八期拿给我看。可惜我临行匆匆,没想到复印下来,如今这期珍贵的刊物再也无处寻觅。

我曾有意翻译她的《我与中国》,她也乐于促成。这也是我纽约之行的目的之一。每个下午在她的客厅里,我与她并排坐着,摊着那本书,瞅着机会就请她为我解答疑难。我英文程度不高,不少字句单凭字典无法弄懂,她非常耐心,答疑多数脱口而出,偶尔瞄一眼上下文,字小她不戴老花镜,真令我叹服。要知道,这本书可是她五十一年前出版的!我在她家盘桓了半月,后来我又从长岛姨妈家再次到第十六街访她。她欣然为我写了一段短文,以鼓励我努力完成这本书的翻译,要我将此作为作者序,登在译文前面:

事情就有如此奇巧,邵洵美的那个女儿小红,在我书中描写的年代,她还只是个蹒跚学步的小娃娃,现在却在翻译这本书。然而,这又何足为怪呢?中国永远是不断变化的国家,经历这么多岁月,我也确实不应该再感到什么惊讶了。

　　我是在离开中国返回纽约后的几个星期里以一种炽热的激情写成这本书的。那时候我的女儿正在学英语,(我得承认她学得不很用心)。在这以前她早已习惯讲汉语,那时候她三岁——而现在,她那两岁的外孙正牙牙学语。好吧,我祝福他成功;同时,也祝福这本将穿上新装的书能有好运。

项美丽

我回到南京,她还来信,还寄来七月份发表在《纽约客》的文章,讲述她在非洲一个部落遇上的趣事。

没料到书译了四分之一,听到出版社的回音是:她的那篇祝福辞不能算作"译本免收版税的授权书"。我的心一下子冷下来,那叠译稿只得束之高阁。没料到这位风趣睿智的老人两年后一连跌了两跤,刚过九十二岁寿辰,于一九九七年二月十八日撒手人寰,从报上获悉这个噩耗,我顿时感到莫名的悲哀,一直想写而迟疑着未落笔的介绍她的文字,竟在三天里完成,题名《项美丽其人其事》。

项美丽一生佳作累累,有五十多本著作,其中关于中国的就有十本以上。自一九八七年她就是 The American Academy of Art and Letters(美国艺术和文学院)的终生会员,获此荣誉者为数不多。她对猿猴的兴趣不减当年,著作里关于猿猴的就有四本,办公室的布告栏贴着好些猿猴的相片,家里的桌子上柜子上陈列着好些猿猴的瓷器或金属的塑像。一九七一年出版的 *On the Side of the Apes*(《站在猿的一边》)曾获 APA 奖。她是唯一的一位和先后四位《纽约客》主编同事过的作家,战后她一直在那里有一间小小的办公室。离世前几个礼拜她还天天去那儿。身后,同事们誉她为"被遗忘了的美国文学瑰宝"。

(原载《文汇读书周报》二〇〇八年六月二十七日,刊后有改动)

邵洵美与他的外国作家朋友

一九三七年八月十三日,居住在上海杨树浦的邵洵美仓促地携家眷和印刷厂工人逃离,到"孤岛"(上海法租界)栖身。家、印刷厂都落在日军的封锁线内。一时间,他几乎无以为生。妻子盛佩玉永远是他的后盾,是他的安慰,是他信心的源泉,支持他站起来,他又能安心坐在写字台前进行创作,又奋发起来创办了中英文两份抗日杂志。这时他寻得外国友人的帮助:《大美晚报》馆的老板 Starr 出资;美国作家项美丽做掩护,做了《自由谭》月刊和 Candid Comment(《直言评论》,前曾译为《公正评论》)的编辑者和发行人。

项美丽深刻了解中国,同情中国人民的抗日战争,她与邵洵美有深挚的友情,故而毫无畏惧,挺身而出。她是一九三五年来上海的,通过邵洵美,她认识中国,了解中国的风土人情和文化艺术,结识许多中国文学艺术界的朋友,特别是那几位留过洋的饱学之士:温源宁、全增嘏、钱锺书、吴经熊、叶秋源等,他们和邵洵美在她的寓所聊天,酝酿出创办一份英文的学术刊物,以促进中西文化交流,那就是由中山文化教育馆出版的(T'ien Hsia Monthly)(《天下》月刊)。项美丽自己也和邵洵美合作,创办了一份中英双语的《声色画报(VOX)》,那是一种尝试,只出了三期就改成了《声色周刊》。项美丽和邵洵美在文学创作上互相帮助,合作写过一个长篇[①],两人又合作翻译了沈从文的中篇小说《边城》(Green Jade and Green Jade)刊于 T'ien Hsia 及长篇小说 Steps of the Sun(《孙郎心路》)。

一九三八年,项美丽要写一本关于宋氏三姐妹的书,但苦于无从着手,是邵洵美通过他的姨妈盛关颐说服了她的好友宋霭龄,并答应去动员两个妹妹也与项美丽合作,终于于一九四一年完成了她那本成名作 The Soong Sisters(《宋氏姊妹》)。后来她成为一位多产作家,在她五十多本著作里关于中国的就有十本以上,这不能不说是邵洵美对她的帮助和影响造就了她。一九四四年她出版的 China to Me(《我与中国》)就是她的半自传性小说,述说她在中国及香港近九年的生活,加上她生动流畅的文笔,幽默的文学渲染力,这部小说成为当时美国的畅销书之一。

上海战争发生以后,外国报馆派来的新闻记者很多。他们大半和项美丽熟识,所以一到上海,总由她带来见邵洵美。一九三八年邵洵美曾写了"访华外国作家"系列文章,共十篇。其中有他的旧识斯诺和斯诺夫人,还有许多中国读者不太了解的,介绍如下:

---

① 刊在幽默杂志 New Yorker(《纽约客》),后结集成一本 Mr. Pan(《潘先生》)。

循迹 149

英国《孟却斯特导报》的驻华访员丁百里,他以前是路透社的中国分社经理,在上海、北平住过好多年,他喜欢和教士交朋友。他的名著《日本在南京的暴行》是"七七"事变以来,所有关于战争的材料中最完备的;他非但有一切新闻的记载,又有公使馆的报告以及教士的记录,还有许多朋友的信札也都是目击的信史。他不仅将这次战争的真相忠实地记录下来,还传布到全世界。邵洵美说他是中国最好的朋友之一。"他的仗义执言,介绍了几千几万朋友给中国呢。"

美国女记者胡德兰,是《日本的泥足》的作者。她刚从汉口前方考察完要回美国,路过上海,住在项美丽家。她拿出一大堆照片给邵洵美看,一边说明着:"你看!这是伤兵……这是伤了不能行动的兵……这是快要死的兵……这是救护员,他自己也是伤兵……正式的医院离前线十五里,须由你自己走去。"她敬佩我们军士的勇敢。她说只要中国军队的救护工作改良些,胜利只须费一举手的力量。后来她特地为《自由谭》月刊撰写了一篇文章《南战场巡礼》。

《每日邮报》访员克里孟,他对于我们的对外宣传表示不满:"为什么你们的宣传总带着一种诉苦的口吻?要知道,中国并不需要人家道义上的协助……"邵洵美听了他的一席话,觉得:公理是有的,但是你自己也须用力量使它存在。目前国际能给我们相当实际的协助,乃是我们一年多抗战的收获,并不是靠了我们语言的力量。

路透社的战地记者萨姆生,是胡德兰女士介绍他来看邵洵美的。他在汉口、广东住了两三个月。他看见日本飞机第一次的轰炸和末一次的轰炸;他看见一个熙攘的村庄烧成一堆灰烬；他看见多少处快乐的家庭在一刹间变作血肉狼藉的坟墓，"这决不是用人类的语辞可以形容的"。他拍摄了大量的照片，但"这里有近千张的照片，可是和真相还差得远，差得远……"邵洵美感到：萨姆生带来上海的，不是近千张照片，而是一个"真实的福音"：内地人只相较"长期抗战与最后胜利。"后来他也特地为《自由谭》月刊撰写了一篇文章《汉口失陷的前后》中英文版同时刊出。

两位英国青年诗人：奥登与伊修伍德。斯诺夫人想和几位留在上海的中国作家会面，就由邵洵美去请大家吃夜饭，邵洵美一向佩服的奥登和伊修伍德也加入饭局。奥登特别感兴趣的是：战争开始后的新诗与民歌。他说在汉口时，曾得到过几首翻译，但是语辞老套意象平凡。因为奥登的要求太热切了，邵洵美便撒了个谎，说他新近读到一首民歌极有文学意味，奥登便要邵洵美译几句给他听。邵洵美便临时造了四句外国新诗式的东西。奥登听了兴奋起来，要求邵洵美把全诗译给他。因为次日要动身，竟当晚跟着邵洵美到家里去。邵洵美绞尽了心血，杜撰出一首诗来。奥登和伊修伍德回到英国，合作写了本书——*Journey to A War*（《战地行》），将之收入，题为《中国游击队之歌》，后来洵美重新写成中文，刊在《自由谭》月刊，题为《游击歌》。

（原载《北京青年周刊》二〇〇六年第三十二期）

邵洵美即兴写就《游击歌》

在《我的爸爸邵洵美》里我提到英国著名诗人奥登(W. H. Auden)和伊修武德(Christopher Isherwood)合作出版了一本书《战地行》(*Journey to A War*,一九三九年纽约兰登书屋出版)。书中引用了一首《中国游击队之歌》,说明"这是我们从上海听来的,系邵洵美先生所译"。事实上那是邵洵美自己创作的。

事隔多年,朋友找到了刊在一九三八年上海《中美日报》邵洵美所写的《访华外国作家系列》十篇。其中一篇说的就是这段故事的具体情节。

一九三八年六月,斯诺夫人想和几位留在上海的中国作家会会面,和邵洵美决定了一个日子,由邵洵美去请大家吃夜饭。在前一天的晚上,斯诺忽然给邵洵美打来电话说,有两位新从汉口来的英国作家也希望加入他们的饭局,邵洵美当然欢迎。谁知道这两位竟然是邵洵美一向佩服的奥登和伊修武德。奥登是现代英国青年诗人的领袖。他发表了十几首诗以后,当代的权威批评家承认了他的地位;在他第一部诗集出版的时候,他的诗已成了一个学派了。伊修武德年纪更轻,还不过二十五岁,以和奥登合作了一出诗剧而得名;但是他更擅长于写小说,前不久,他有一个集子在英国美国同时出版。

那晚伊修武德因病没来。奥登说,他们来中国,为的是采集战争材料,但是和邵洵美的谈话,始终没有脱离过诗的范围。他要知道中国近代诗的情形,外国近代诗在中国的境遇;他特别感兴趣的是战争开始以后的新诗与民歌。他说在汉口时,曾得到过几首诗的翻译;但是语辞的老套和意象的平凡,使他非常失望。

那天一切的问句都让斯诺夫人抢着回答了。邵洵美虽然大半不能同意,但是他并不觉得有争辩的必要。

隔了三天,奥登来约邵洵美上华懋饭店共进晚餐,伊修武德也在座。在饭桌上又重提新诗和民歌的话。邵洵美为了奥登的要求太热切了,便造了个谎。说他新近读到一首民歌,或者更适宜呼作军歌,极有文学意味。奥登要邵洵美译几句给他听。邵洵美便临时造了四句外国新诗式的东西。奥登听了忽然兴奋起来,要求邵洵美把全诗译给他。他隔天要动身,竟然当晚要跟邵洵美回家去拿。邵洵美一方面得意,一方面慌张;吃好了饭,便与他一同回家。绞尽了心血,邵洵美总算把这个难关解决,写出来的就是那首杜造的《中国游击队之歌》。

奥登他们真的相信那首诗歌是邵洵美"译"的。邵洵美临时即兴创作,是为了他们,也是为了中国。他后来一直暗喜着这一个小小的"外交胜利"。这一文坛佳话直到现在还鲜为人知。

三个月后,邵洵美办了一份抗日宣传杂志《自由谭》,在其第一期有一首"逸名"作的诗歌《游击歌》。那就是邵洵美为奥登所"译"的英文诗歌的中文翻版。在他用中文重新写的时候,增加了四句,表现出游击队员必胜的信心。

香港《大公报》评论《自由谭》说,"最满意的是《游击歌》。这是一首出色的'民歌',也是新诗,可是这种运用民歌的手法的娴熟,不是许多学文学大众化的人所能及的。我们希望有人把它谱出来,结果一定不会坏"。

邵洵美是个写新诗的诗人。他崇拜英国大作家乔治·摩尔(George Moore),以其"诗的取材需要是永久的"为至理名言。一九二八年,在《狮吼》复活号刊出的《永久的建筑》一文中,他认为诗是一座永久的建筑,自然界的一切乃是作诗最好的材料。诗便是天造地设又加以人工制造的情。吟花咏月的诗人是不可以污蔑的。那时他二十二岁。他已写了许多新诗,歌颂美,歌颂爱。两年里出版了两本诗集《天堂与五月》和《花一般的罪恶》,人们称他为"唯美派诗人"。

然而"一·二八"的炮声冲击了他一心为纯艺术,为推动文化进步而写作出版的理想。他以作家的敏感嗅出战火在步步逼近,他逐渐从唯美转向了现实。在写文艺作品的同时,他发表了许许多多的时事评论。"八一三"日军侵犯上海,他在战争打响的前一刻方才携家眷和工友逃离杨树浦。家和印刷厂都留在了敌占区。一夕之间,他几乎沦为无产者。眼看祖国半壁河山被日军占领,加上切身的遭遇,他义愤填膺,自发地组织和他一样被迫滞留在上海的文朋画友,以笔作刀枪宣传抗日。

他在一篇"编辑谈话"里说,"我们看见新近发表的抗战诗歌,几乎每一首都多多少少要提些'风花雪月',好像没有这一类字眼,便不成为诗的样子……"可以看出,这时的邵洵美已经没有了"吟花咏月"的心情。在《中美日报》他的《金曜诗话》专栏里有一篇《抗战中的诗与诗人》,他写道,"……所以,抗战中,谈起诗来,我们可以说:'发生宣传效用的诗,便是好诗。'在抗战时间的诗已不能与太平时间的诗相提并论了,况且也不必相提并论的"。

附:

游击歌

时季一变阵图改,
军装全换老布衫;
让他们空放炮弹空欢喜,
钻进了一个空城像口新棺材。

英雄好汉拿出手段来,
冤家当作爷看待,
他要酒来我给他大花雕;
他要菜来我给他虾仁炒蛋。

一贪快活就怕死,
长官命令不肯依;
看他们你推我让上前线,
一把眼泪,一把鼻涕。

熟门熟路割青草,
看见一个斩一刀;
我们走一步矮子要跳两跳,
四处埋伏不要想逃。

冤家着迷着到底,
飞艇不肯上天飞;
叫他们进攻他们偏退兵;
叫他们开炮他们放急屁。

一声喊杀齐反攻,
锄头铁铲全发动;
这一次大军忽从田里起,
又像暴雨,又像狂风。

几十年侮辱今天翻本,
几十年羞耻今天洗净:
从前骂我的今天我剥他的皮,
从前打我的今天我抽他的筋。

看他们从前吹牛不要脸,
今朝哑子吃黄连;
从前杀人不怕血腥气,
今朝自己做肉片;

从前放火真开心,

今朝尸首没有坟；

从前强奸真开心，

今朝他们的国里只剩女人。

眼目晶亮天老老，

真叫一报还一报；

但看某月某日某时辰，

连本搭利不能少！

（摘自《自由谭》第一期）

（原载《悦读》二〇〇八年第六辑）

最初发表《论持久战》英译稿的杂志

一九三七年,"八一三"事变爆发。日本侵略军大举进攻上海,扬言要在几个月内灭亡中国。上海军民奋起抗战。此时,《大公报》女记者、中共地下党员杨刚经友人介绍,悄悄地住进了法租界霞飞路 1826 号一幢花园洋房,即今淮海中路宛平路口,与上海乐团相邻的那个弄堂。

杨刚,原名杨缤,毕业于燕京大学英文系,英文极好。她来上海负有党组织交付的特殊使命。那时她三十来岁。霞飞路 1826 号是美国女作家项美丽的寓所。项美丽的英文原名是 Emily Hahn,她年轻漂亮,生活经历极为丰富,具有爱冒险的浪漫性格。为观察研究猿猴的生活习性,她曾在刚果的丛林中生活过两年,对猿猴怀有特殊感情。她对中国这片神秘的土地感到非常好奇,便于一九三五年来到上海。项美丽与我父亲邵洵美有深交。父亲早年留学英国剑桥大学,说得一口标准流利的英语,写得一手好英文文章。项美丽来到上海,在社交场合与我父亲相识,继而相熟,成为密友。

父亲邵洵美是个诗人,曾与徐志摩、陈梦家等编过《诗刊》杂志,自己写的诗集有《天堂与五月》、《花一般的罪恶》、《诗二十五首》等。父亲对出版极感兴趣,办过上海时代图书出版公司,战前出版过十多种刊物,其中著名的有《论语》《时代画报》《时代漫画》《自传丛书》《新诗库》等。父亲在文艺界、出版界、新闻界有许多朋友,这为项美丽进入中国社会带来很大方便。父亲的不少朋友也成了她的朋友。父亲和全增嘏、温源宁、叶秋源、林语堂、吴经熊等朋友一起办过一本英文学术月刊《天下》,项美丽也常为该刊撰稿。项美丽要写《宋氏姐妹》(The Soong Sisters),也是父亲陪她去访问宋霭龄。

项美丽在上海不断写出文章寄回纽约,她对中国,对上海了解越深,感情也就越深。抗战爆发后,她同情、支持中国抗日,因此就将杨刚掩护在自己家中。"八一三"事变后,父亲携一家人连夜逃进租界,后又搬到和项美丽同一条弄堂里住。父亲常去访问项美丽,便同隐蔽在她家的杨刚也熟识了。

邵洵美、项美丽惨淡经营《公正评论》(后改译为《直言评论》)

一九三八年五月,毛泽东在延安发表《论持久战》,全面分析中日战争所处的时代以及敌我双方的基本特点,系统阐述持久抗战的总方针和人民战争的战略战术,并对抗日战争的发展过程作了科学的预测。这份重要文件很快就传到上海,中共地下党组织要求杨刚迅速译成英文,以便让全世界都能读到这部指导中国人民抗战的重要著作。在项美丽家里，父亲曾与杨刚为翻译《论持久战》字斟句酌，并决定将英译稿发表在由项美丽主编的英文杂志《公正评论》上。

《公正评论》(Candid Comment)是父亲邵洵美所编的中文抗日宣传杂志《自由谭》的姐妹版，由父亲和项美丽合编。为安全考虑，两份杂志的主编和出版者都由项美丽出面担任。

一九三八年我才六岁，上述情况是近五年来我和项美丽通信中获知的。从她赠我的《我与中国》(China to Me)一书中，我进一步了解到她和我父亲一同编辑出版《公正评论》的经过。我有幸见到该杂志全部（共八期）目录和第三期杂志的影印本，从中看到父亲、项美丽以及杨刚等共产党人、爱国的文学界人士，乃至同情中国人民抗日的外国朋友们所做的出色工作。如今知道这本半个多世纪前的英文杂志的人已经极少，今年是世界反法西斯战争胜利五十周年，也是抗日战争胜利五十周年，我想，我有责任向广大读者介绍这份"孤岛"时期在上海秘密出版发行，具有一定历史价值的英文杂志。

《公正评论》月刊为十开本，铜版纸，每期五十页至七十页不等，内容丰富，图文并茂，彩色封面与内文插图不少出自一位很有才华的爱尔兰青年画家Paddy O'Shea之手，风格新颖独特。该刊第一期于一九三八年九月一日出版，以后每月一日出刊。可是出到第六期就不大正常，第六期是一九三九年二月九日出版，第七期为三月二十日出版，第八期为五月二十日出版。接下去就停刊了，总共出了八期。在印目录的那页底下印有：项美丽主编，项美丽出版；大美晚报社发行；公共租界注册号F·46，法租界注册号2268/

A；订阅价格：每期银洋一元，每年银洋十元。自第三期起，目录页顶部画有一只正在打字机上用脚打字的长臂猿，这是项美丽的宠物，是上述那位爱尔兰青年画家的遗作。

关于《公正评论》的稿源，项美丽在《我与中国》一书中写道："一部分是在上海的外国人中组稿得来，一部分则从《自由谭》里挑来。凡邵洵美认为英文版中的好文章，便由他译成中文编进《自由谭》，而《自由谭》里的好文章也大部分由他译成英文收入《公正评论》。需要插图便找他的艺术家朋友。"《公正评论》中许多稿子是父亲和项美丽自己写的。稿件有的署真名，有的用笔名或不具名。经叔平先生当时在圣约翰大学读书，常在晚上放学后到项美丽家里，帮助她看清样，做点打字工作，并在《公正评论》上发表过两篇文章，其中一篇是翻译关于延安抗大的文章。从目录看，八期共发表了一百四十多篇稿件。《公正评论》设有评论专栏，如"Of Possible Worlds"（世界风云），"Pro & Con"（赞成与反对）等。稿件形式多样，主要有如下几类：① 诗歌：有英文诗《一洒同情泪》等，也有英译的唐诗宋词；② 剧本：有欧阳予倩的《泼妇》等；③ 中国报道：有当时的"中国报刊文摘""中国红十字会""中国军队进行曲""工业合作社"等，还有"古代中国历史"；④ 抗战报道：有共产党、八路军方面的，也有国民党方面淞沪游击队的，如"采访江南前线""游击队的故事""边区状况""八路军军营学校""陕北公学"等；⑤ 美术：有卡通、漫画和其他美术作品，并有不少来自抗战第一线的照片。其他还有"苏联简介""微观下的国际形势"等。冯玉祥将军的《我的一生》英译稿也在《公正评论》分期连载，徐迟译。

《公正评论》首发毛泽东《论持久战》的英译稿

毛泽东的《论持久战》由杨刚译出后,就从一九三八年十一月一日第三期开始至一九三九年二月九日第六期,分四次在《公正评论》上连载。该文英文题为 *Prolonged War*,作者署名为 Mao Tse Tung(毛泽东),译者署名为 Shih Ming(失名)。正文前有一段编者按语,试译如下:

> 近十年来在中国出版的书中,没有别的书比这本书更能引起大家的注意了。文章之大部分为作者在战前所写。它不仅仅预示战争在威胁着我们,而且这个预言乃至种种情节都惊人地得到了证实。中国每个有识之士都熟悉这本书,但还是在这个连载中它才首次以英文出现。此卷包括文章的所有内容。考虑到大众的时间有限,略去了详细讨论战术的部分。不过失名所译的英文全文近期将以小册子的形式出版。

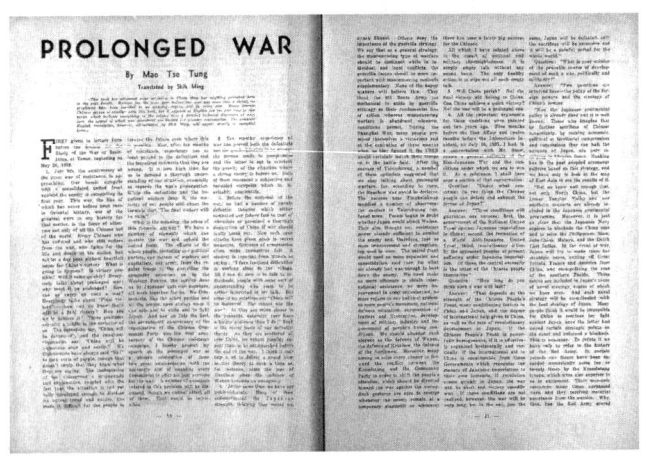

Prolonged War 英译稿

从编者按语可以看出,这是毛泽东《论持久战》一文的首次英译,并且英译稿在《公正评论》连载的同时,就计划另以单行本小册子的形式发行,以进一步扩大影响。紧接着,杨刚又在我父亲的帮助下将《论持久战》英译稿编成单行本。一九三九年一月二十日,毛泽东在延安为英译本专门写了一篇一千字的序言,题为《抗战与外援的关系》。毛泽东在序言中写道:

> 上海的朋友在将我的《论持久战》翻成英文本,我听了当然是高兴的,因为伟大的中国抗战,不但是中国的事,东方的事,也是世界的事。民主国家如英、美、法有广大民众,包括各个阶层的一切前进人们,都是同情中国抗战,反对日本帝国主义侵略中国的,除了一部分顽固党反对中国抗战……中国的抗战是世界性的抗战,孤立战争的观点,历史已指明其不正确了。在英、美诸民主国尚存在孤立观点,不知道中国如果战败,英、美等国将不能安枕,这种错误观点十分不合时宜;援助中国就是援助他们自己,才是当前的具体真理,因此我希望此书能在英语各国间唤起若干的同情,为了中国利益,也为了世界利益。

毛泽东的序言由邵洵美译成英文。另外,杨刚还写了一篇"译者序",序中写下了感谢邵洵美先生帮助的话。英译本的印刷事宜由父亲委托其时代图书出版公司的助手、好友王永禄伯伯一手承办。书印出后,一部分由杨刚通过中共地下党组织渠道发行,另一部分则由父亲与王永禄伯伯秘密发给在沪的外籍人士。

坚持公正的《公正评论》与《自由谭》被迫停刊

《公正评论》及《自由谭》被迫停刊,原因项美丽在《我与中国》一书中有如下叙述。有一天,某日本通讯社记者和一个穿便衣的日本"上校"请项美丽吃饭。席间,他们假作赞扬《公正评论》是本好刊物,表示愿意在上面刊登广告,以提供办刊经费补贴。"每月五百元,怎么样?"那位"上校"问。接着他又问项美丽:"谁是刊物的编辑?"因为他们知道项美丽本人不懂中文。项美丽一听便知他们来者不善,她知道那时暗杀、绑架已司空见惯,上了黑名单的人便会有飞来横祸。

她灵机一动,便搪塞说:"文章都是邮寄来的。如果我办公室附近有个中国人,我就请他读稿给我听,他若表示喜欢,特别是我所敬重的中国人所做的判断,我便将这篇文章编进杂志。"

日本人一听这话,便直截了当地指斥《公正评论》上有的文章是反日的,违法的,并明确要求项美丽改变办刊方针,要对日本"友善"。他们还以"保证有更大的销路和足够的广告"为诱饵,软硬兼施,企图迫使项美丽改变态度。

项美丽当即反击说:"我有理由不能和你们友善!我认为你们日本人对我们外国人不友好。"

谈话陷入僵局,不欢而散。由于日本人对这本刊物的"重视",《公正评论》不得不停刊了。

上述往事已过去将近半个世纪了。当年为毛泽东《论持久战》英译稿的问世做过重要贡献的人,和在"孤岛"时期创办抗日英文杂志《公正评论》的人,也已大多作古了。我父亲邵洵美已在一九六八年病逝。杨刚解放后曾任《人民日报》副总编辑,一九五七年不幸逝世。仅有项美丽仍健在。一九四一年,她到了香港,日军占领香港时,她丈夫被关进集中营,她带着婴儿度过了艰难困苦的两年。一九四三年她回到美国,继续写作,先后出版了五十多部著作。如今她已九十高龄,仍在《纽约客》杂志社任专栏作家。

作为子女,我们为父亲在民族危亡的关键时刻所做的有价值的工作感到自豪,也为所有为了中国人民抗日战争的胜利做出杰出贡献的前辈们感到骄傲。

(原载《世纪》双月刊一九九六年第一、二期,刊出后有几处更正)

经叔平与抗日杂志《直言评论》

《直言评论》是本英文的抗日杂志——*Candid Comment*，一九三八年九月一日在"孤岛"上海创刊，和它的中文姐妹版《自由谭》同时出版。它们是因"八一三"的重创破产了的上海时代图书公司的主人邵洵美和美国作家项美丽（Emily Hahn）合作创办的。那时虽然在租界上，日伪势力已然逐步渗入，迫于当时形势，为安全计，两份杂志的编辑者与发行者都由美国人项美丽具名；编辑部就隐蔽在项美丽的家——霞飞路（现淮海中路宛平路口）的一栋小洋楼里。《自由谭》的编辑工作完全由邵洵美一人担当（战前他编辑幽默杂志《论语》半月刊的助手林达祖一度帮过忙）。《直言评论》的编辑工作由两个半人完成——项美丽任主编，邵洵美协助，那半个助手则是一位圣约翰大学的在校生，邵洵美的小弟弟的同学。

一九九〇年，我首次看到《直言评论》的复印件。那是项美丽托她的朋友从美国邮寄来的。项美丽杳无音讯四十载,我竟然在董鼎文的一篇文章里获悉她的行踪——她一直是 New Yorker(《纽约客》)杂志社的专栏编辑。得知我们的情况后,寄来的第一本赠书,是她一九八八年再版的畅销书 China to Me(《我与中国》)。那本半自传性小说详述了她在中国的五年里的种种遭遇。我特别对她和我爸爸在文学事业上的合作感兴趣,尤其是这份英文的抗日杂志《直言评论》。它的重现,使我对中国的抗日战争有了较完整的了解,也具体地补充了我爸爸抗日期间活动的资料。哥哥从上海来南京度中秋,看到这份刊物,忆起当年爸爸叫十一岁的他着色描画《自由谭》里文章的题花。是他告诉我,那时帮助爸爸编《直言评论》的有个年轻人,就是现在全国政协副主席经叔平。

为满足我的好奇,项美丽请专门收藏她的手稿和作品的朋友复印了 Candid Comment 的一至七期的目录和第三期的全文寄给我。一九九五年,她邀请我去纽约曼哈顿参加她九十大寿的祝寿聚会。我在她府上小住期间,询问她关于这本刊物的事情。她忆起帮助他们编辑的年轻人——Mr. King,说他主要是做些打字、校对工作,好像也发表过文章。

因为我曾经在圣玛利亚女中读过一年,作为女中的校友,和圣约翰大学的校友时相往来,一九九七年五月我到上海参加全球圣约翰大学校友会的活动。在晚餐的聚会上,我第一次见到高高瘦瘦的经叔平先生。知道我是邵洵美的女儿,他十分关切地问我:"你们家里现在怎么样啊?许许多多年没有你爸爸的消息,我一直很担心。"我说起又见到过项美丽,也看到那份英文的抗日杂志 Candid Comment,

上面有他翻译的一篇文章。他非常高兴地说:"是吗?好像还有一篇,记不得写些什么了。"

Candid Comment 创刊号

有朋友为我找到这份刊物的第一、二期,在第一期我读到 K. S. B. 翻译的 *Soochow in Wartime*(《战时的苏州》),原作者是 Ta Tsu。这是译自它的中文姐妹版《自由谭》同一期的稿子,题目是《伪政府治下的江苏省会》,作者念萱(即林达祖)。第二期上面也有经叔平的文章,题目是 *Queen Silk*(《丝绸皇后》),讲的是丝绸技术在中国发展的历史,以及如何推广到西欧,最后,他以牛郎织女的美丽神话结尾。

这份《直言评论》的内容除了项美丽的拉拉杂杂的编辑谈话，有个正反两方的专题辩论栏目之外，有大量抗日的文章、漫画、木刻、图片和记录日军在我领土轰炸破坏等侵略行径的照片等；还包括国共双方正规军和游击队的讯息；也有陕甘宁边区和苏联的介绍。为中外文化交流，刊物里穿插一些中国的历史、文化等内容，也有一些外国朋友的稿件；最重要的是，这份杂志连载了毛泽东的《论持久战》的译文。毛泽东刚刚在延安发表这篇文章，杨刚受命隐居在项美丽家翻译，邵洵美和项美丽帮助她完稿，并助地下党出版发行单行本。

这份杂志和它的中文版一样是十开本，每期有五六十页。靠经叔平一人从打字到校对，工作量是相当大的，何况他还有学业，是利用课余时间来完成的，可以想见那时他十分辛苦和紧张。一九三八年，他二十岁。一个教会学校新闻系的学生，毫无畏惧地投身抗日工作，是其爱国热情使然，也是学校的教诲——Light and Truth（光明与真理），他学而致用。如今，经叔平先生已经仙逝，他年轻时光在"孤岛"不为人知的这段抗日经历，不应当仅仅是我一人铭记在心；这段重要的经历应当写入他的简历中，公诸众人。我特撰此文以兹纪念。

附经叔平先生来信：

邵绡红同志：

十一月四日来信收悉。《自由谭》共出多少期，我回忆不起来。至于 *Candid Comment*，我记得只出了三四期就停止了。我是晚上下学后到 Emily Hahn 家里，帮她看看清样，做些打字工作。在 *Candid Comment* 上有过我写的两篇稿子,其中一篇是翻译关于延安抗大的文章。我手头没有 *Candid Comment*。首都图书馆或上海图书馆也许有保存,不妨询问一下。我在一九八〇年访美时曾去 *New Yorker* 杂志社看过 Emily Hahn。当时她还在著作新书。自从那次以后,再没有见过。很高兴知道她还健在。你向她通信时,请代我向她致意。明年,我如去美访问,也许会再去看她。

谢谢你给我来信,敬祝

秋安 经叔平

十一月十四日

那是一九九七年。读了他的信,知道他还翻译过一篇。现在我手上有了全套 *Candid Comment*,翻寻到第一期,就在《战时的苏州》后面,有一篇 *The North-Shansi Academy*,这是全套刊物里唯一的一篇谈到与"抗大"有相似内容的。作者名 Ah Yuan in *The Shanghai Weekly*,没有译者名。我想这就是经先生译的那篇吧?!

(原载《纵横》二〇〇九年第十一期)

邵洵美的出版实践

读到张伟先生的《邵洵美的出版事业》一文(《中国编辑》二〇〇六年第四期)十分欣慰,感谢他多年研究邵洵美的热忱,感谢他对我爸爸的出版物所做的高度评价。这里,我想补充的是爸爸办出版的往事。

还是在第一次世界大战的最后一年,刚刚十二岁的邵洵美就突发奇想,领着弟弟妹妹在家里办了份报纸,名曰《家报》(《再函达祖》,《论语》一九四八年第一四五期),模仿日报样式,把当日新闻和自己所闻所见的趣事写在三十二开纸上,誊写四份,送给祖母、母亲和两个姑姑。那时或已注定了他终身办出版的命运。

二十二岁时,他真的动手干起这个行当来,从办金屋书店到时代图书公司(抗战胜利后改名为"时代书局")、第一出版社(为了出版《十日谈》旬刊与《人言周刊》,因其中文章锋芒太锐,为防影响到时代图书公司其他书刊的发行,特成立第一出版社)。他曾拥有十一份杂志,上海"孤岛"时期又借外国友人之助办了两份抗日杂志。一九三五年是上海时代图书公司最兴旺的时期,一度同时出版七份杂志,因其出版日期的参差,每隔五天就有两份与读者见面。总共算起来,那时"时代"旗下杂志已有读者近十万。

自从接办《时代画报》,他的出版欲一发不可收。有时他忽然起了个念头,朋友们聚在一起,有人出个点子,就会生出一份杂志来。譬如办幽默杂志《论语》,就是林语堂、李青崖、全增嘏、沈有乾、章克标、林徽因、潘光旦、叶公超和画家张光宇、张正宇、曹涵美十来个人在洵美家客厅里聊出来的。又如《人言周刊》,也是编辑室里几位知友畅谈时局之后说干就干诞生的。有的杂志热销,有的却只出几期就夭折。洵美五花八门出期刊,好像随心所欲似的。实际上,他动足脑筋,办出版是有其雄心、企图和计划的。"八一三"后,他在《自由谭》连载的《一年在上海》一文里有所吐露:他是想模仿拥有几百万读者的英国新闻大王北岩爵士。一九三四年在蚁社发表的演说《文化的班底》以及为《时代画报》写的《画报在文化界的地位》二文中都详述了办出版的计划。他说,要使文化进步,"第一便是要设法去养成一般人的读书习惯;要引起他们的兴趣,于是从通俗刊物着手,办画报,办幽默刊物,办一般问题的杂志"(《文化的班底》刊于《人言周刊》一九三五年第二卷第二十期),所以他"第一步工作是《时代画报》的;第二步工作是《论语》半月刊的;最后一步工作才用得到所谓的正经的刊物,这条路径最正当的,也是最奏效验的。当然,《时代画报》和《论语》所作的不过是手段的奏效;这哪里是办刊物人最后的目的!有一天人们读书的习惯养成,在供给眼睛与神经的享受以外,自会有心灵的食粮"(《画报在文化界的地位》,《时代画报》半月刊一九三四年第六卷第十二期)。他是这么计划的,也是这么去做的。

一九二八年初办金屋书店,那是他的摸索阶段。他参加了狮吼社,令《狮吼》再生、复活,自己编辑出版《狮吼》复活号,乃至次年出版《金屋月刊》,都是纯文艺的尝试。待到他结识了许多作家、画家、摄影家,又和出版界人士如曾孟朴、曾虚白父子,张若谷,傅彦长,郁达夫,赵景深,施蛰存,邹韬奋等人交往密切,向他们学习出版经验之后,他才有所觉悟。接办《时代画报》到一九三三年成立时代图书公司,是他逐渐确立以出版为他的事业的开端,是他实施自己出版计划的初试阶段,也是他从唯美转向现代的起步。他十分重视画报,认为"画报能走到文字所走不到的地方","先要用图画去满足人的眼睛,再用趣味去松弛他的神经,最后才能用思想去灌溉人的心灵"[①]。他为《时代画报》倾注过很多精力。因《时代画报》衍生出《时代漫画》《时代电影》,同时办起《论语》。《论语》和《时代漫画》的成功让他认为走"第三步"的时机已到,于是和张光宇、叶灵凤等办起艺术水准很高的《万象》月刊,又请储安平来主持纯文学的《文学时

---

① 邵洵美:《画报在文化界的地位》,《时代画报》半月刊一九三四年第六卷第十二期。

代》。岂料前者出了两期就停刊了,到第二年勉为其难地出了第三期,而那寄予大望的第四期终未能问世,后者《文学时代》出到第六期也无奈地宣告结束。这两份洵美寄予大望的杂志虎头蛇尾,令他十分失望,也使他觉醒。他明白自己错误地估计了形势,必须冷静下来面对现实。这时的客观现实是:日本不断觊觎我国领土,步步进逼,而政府却软弱无能,节节败退。人民生活在动荡不安之中,纵然那时日军的铁蹄还未踩踏到上海滩,但战争阴霾笼罩,人们担忧着柴米油盐,哪里还有心思接受他的阳春白雪类东西呢?出版物必须紧跟时代。加之他仿效北岩爵士《答问周刊》所出的大开本杂志《十日谈》旬刊,问津者不多,只得缩小开本。在广东、河南连遭查禁,后来又常脱期,洵美不得不修正他的出版计划。他召集编辑们座谈,分析当时读者的需要:读者需要趣味性强的读物,但更期望读到一些对时局能正确观察,说明事件真相,能引导读者对社会现状正确认识,不是粉饰太平,也不是横冲直撞发泄愤怒,而是要读到健全舆论之道的文字,于是一本宣称"不说鬼话"的《人言周刊》面世了。洵美亲自主编。他在这份刊物上发表散文、小说、文艺评论,但更多的是时事评论,一连写了五十篇左右。

这期间他和美国作家项美丽(Emily Hahn)曾合作出版过一本双语刊物《声色画报》(VOX),那是一种实验性的工作,只出了三期。

一九三六年初,洵美放下《人言周刊》去编《论语》。《论语》和《人言周刊》不一样,没有那样直言不讳。但其中"有相当部分内容类似匕首式的冷嘲,使当局看了哭笑不得。诸如对国民党政府'攘外必先安内'的反动国策的冷嘲热讽,对黑暗腐败的社会现象多所批判",同时《论语》中有许多"暗寓讥刺于诙谐俏皮中的幽默小品和富有谐趣的散文杂感、游记短论之类,还有不少介绍世界优秀文学作品,发掘民族传统文化遗产等"①。

时局愈来愈严峻,在《时代画报》特辟的"时代讲话"专栏,洵美接连发表了《破坏战斗以维持和平》《爱国不是投机爱国不是反动》和《激昂慷慨的文字突然少了》。最后这篇文章同时刊载于《人言周刊》。

"八一三"几乎把洵美摧毁,当时他仅有的四份刊物全部停刊。一夕之间,他几乎成为无产者,但他并未摆脱办出版的欲求,他要用笔来抗击日寇。"一·二八"时他曾出版过十六期快报性质的《时事日报》,揭露事件真相,报道前线消息。在上海的"孤岛"上,他要办正式的抗日刊物。稿子,他自己信笔可就,况且周围还有好些留在上海未走的作家、画家和原先颇有交情的各通讯社记者,他们都是热血沸腾,随时可以供稿的好友,还有他忠实的助手王永禄,他仍会像当年一起办《时事日报》时那般和他站在一起,帮他奔走落实印刷发行等事务。为了发行的安全,他说服项美丽合作。项美丽同情中国抗日,愿意出来做挡箭牌——把她的名字放在刊物封面上,作为"编辑者"和"发行者"。又寻求到《大

---

① 邵洵美:《论语选萃》"出版说明",上海书店出版社一九九六年。

美晚报》的老板史带（Starr）等人作经济后盾。一本抗日的月刊《自由谭》诞生了。

与此同时，项美丽还办了一份英文刊物，作为它的"姐妹版"，题为 *Candid Comment*（《直言评论》），由项美丽与邵洵美合编。两本刊物在一九三八年九月一日同一天出版。《自由谭》深受读者欢迎，还远销香港，受到香港《大公报》的佳评。英文版在外国人圈内影响颇大，特别是连载了毛泽东《论持久战》的英译文（后秘密发行单行本）。当时来华访问的一些外国记者也为他们的刊物撰稿，如美国女记者胡德兰——《日本的泥足》的作者，写了篇《南战场巡礼》；英国路透社战地记者萨姆生特撰了《汉口失陷的前后》，并提供他在炮火中冒险拍摄的好多照片。这两篇原文都刊于英文版，其译文刊于中文版。

还有英国诗人奥登（W. H. Auden）特地为《自由谭》写了一首诗《中国兵》（洵美译）。这两份刊物中的文章常常互译后刊出。最引人注意的是英文版中的"Pro & Con"（赞成与反对），有一期是洵美写的《战争中游击队的作用》，译成中文刊于《自由谭》，题为《游击队的成功》，其中引用了英国《曼彻斯特卫报》"一个访员"叙述华北游击队的成绩，在那里成立了"晋察冀边区政府"等。还有洵美写的一首诗《游击歌》，其英文原作被英国诗人奥登录入他和英国作家伊修伍德（Christopher Isherword）合写的 *Journey to a War*（《战地行》）。这两份刊物后来之所以停刊，在项美丽的 *China to Me*（《我与中国》）一书中有详细说明。她说到中文版读者踊跃,政见强,成本低,稿源也丰富;而英文版成本高,稿源少,来华的洋人中又有多少是写作高手呢?稿源不足,常常有赖洵美的供给——他把认为较好的文章从《自由谭》里抽出来译成英文供应她,而洵美又实在忙,所以《直言评论》大约出了一年就放弃了。《自由谭》则继续办了下去,直到受到日本特务威胁恫吓方才歇手。可是我在国内没有找到过《直言评论》,在项美丽的帮助下得到了它一至七期的目录和第三期全文,一九九五年又在纽约她府上见到过第八期。《自由谭》在国内可以寻见,它应当出了不下八期,然而到目前为止,只找到七期。

抗战胜利之后,《论语》复刊了。为了生计,也为了洵美对这份刊物的情有独钟,在时局不稳、百物沸涨的情况下,洵美借债也把它继续办下去。他要借此继续给读者"心灵的灌溉",让人们能在愁苦中发出"会心的微笑"。多年来各位作家与他合作,已使《论语》形成一种特殊的风格——"论语文章"。他们用"谑而不虐"的"春秋笔法"倾吐自己的不满心声,批评时政时弊,挖苦国民党政府钳制言论自由,讽刺"国大代表"选"总统"的丑剧,指责"金融改革",实施"新经济政策"的失败,揭露其收缴黄金美钞,使人民损失巨大的阴谋。及至人民解放军逼近天堑长江,国民党政权摇摇欲坠,蒋介石首先逃往台湾,接着达官富豪纷纷出逃时,《论语》出版了"逃难专号",对他们讽刺到了极致,这时不再管什么《论语社同人戒条》了,于是《论语》被勒令停刊。

《论语》是洵美办的所有刊物中唯一有盈利的,也是洵美倾注心血最多的,它也是洵美和朋友们交往最多的一个园地。《论语》中他自己写过许多散文和编辑随笔以及编者短文,其挥洒自如,富有谐趣,令读者莞尔又复深思。《论语》从一九三二年九月创刊到一九四九年五月(其间抗战八年停刊)共出版了一七七期,从不脱期,洵美主编近百期。

(原载《出版科学》二〇〇七年第二期)

解 读

洵美的书

邵洵美原名云龙。十七岁时读到《诗经》里有"佩玉将将"句,似是看见他暗恋的表姐佩玉姗姗走来,听到她衣裙上佩的珠玉发出的锵锵之声。他又见下句"洵美且都"。于是决定改名,作为终生爱她之誓。"洵美"意为实在美。邵洵美常喜在有些藏书的扉页贴一张自制的藏书票:自己画的或朋友为他画的头像,其下印上"洵美的书"四字,意下,这既是他的藏书,又是一本他十分珍爱的书。正如他的诗《洵美的梦》,一词二意。我借来用作文题,却是指邵洵美写的书。

这是我们把搜寻到的他的作品合成的集子——《邵洵美作品系列》。第一批出版的有《回忆录》《诗歌卷》《小说卷》《随笔卷》和《艺文闲话》五卷。这是许多前辈、朋友温暖的鼓励和帮助的成果,是上海书店编辑们的竭力支持、精心编辑设计的结晶。历经二十年地翻翻找找,我们在已经破碎、已经泛色、已经模糊的字里行间摸索作者的文笔创意,挖掘作者的意向思路;走近他的生活,感受他文学创作的热忱,辨识他为人处世的态度,体会他所处时代的风雨。

中国历代的文学史是历代一位位爬格子的文人冥思苦想落下的笔迹构成的。终于,这些置身于故纸堆的文字重又与读者见面。我们也深深地感谢收藏这些书刊几十年的有心人(包括图书馆和收藏家),让这些诗歌文章在半个多世纪后还能重见天日。

三年前,妈妈的《盛氏家族·邵洵美与我》在北京出版,几乎同时《我的爸爸邵洵美》完稿。二月十四日深夜,在芝加哥郊外,我把那篇《自序》写到最后,心里期望《邵洵美诗文集》不久能够问世,于是我向读者许诺:"我会继续努力的!"今天,我手捧这五卷样书,不由得深深吁了一口气:"终于,我做到了!"——可是,轻松和喜悦旋即转为沉重和悬念:

邵洵美,上世纪二十年代末到四十年代末活跃于上海文坛,一个写新诗的诗人,一个陌生的作家、出版家,五十年代的翻译家,一个备受争议的人,当今大多数读者不了解他,大多数读者没见过他的作品,他的作品能受读者欢迎吗?人们能理解他吗?

从这五卷书只是看到他在文学创作方面所做的一部分工作,大多数作品是他文学道路的前阶段所作:上世纪二三十年代唯美的新诗,围绕自己生活所创作的长短篇小说,战前对其生活和友人的回忆文字,纯艺术的随笔和文艺评论等。不过,在那些唯美的抒情的诗里也有描绘现实生活的,如《日昇楼下》《上海的灵魂》;也有带哲理的,如《二百年的老树》《在紫金山》。尤其是他前两本诗集合用的那首《序诗》,说明了他对人生的感悟和立志为诗为文学付出其一生的志趣。

我们也能看到他在用不同文体写不同题材的尝试,看

《晒书的感想》插图（洵美自画）

到他的文笔逐渐转向现实。《论语》半月刊里那些精彩而幽默的散文，如《谈睡眠》《以吃立国论》等，"你的话"专栏的一些文章，如批评国难当头欲盖弥彰的《一句话》，为蒋介石祝寿的《飞机到哪里去了》，和形容张学良与东三省是《痛苦的情侣》等。《自由谭》里记录"八一三"前后他的生活与思想的回忆录《一年在上海》和他以史家的观点写的《战争文学》，"孤岛"时期他创作的抗战诗歌《游击歌》，胜利后为《论语》征文作的《论语征兵歌》等，更凸现结合时代之需；而他在上海沦陷期与晚年在贫病交困中写下的诗，无望中透露企盼和坚持。从这些文章能看到他对钱对遗产的观点；他与友人的交往及友人对他的影响；也能看到他对诗和文学的爱好，对新诗新文学发展的探讨。

必须读过他全部作品才能看到一个完整的邵洵美，一个真实的邵洵美。因为下一批五六卷书里除一些文艺性评论外，大多是他后阶段的作品。我们能读到他悉心撰写的近五十篇时事评论、近四十篇新诗理论研究、五十多篇编辑随笔、卷头语，以及近七十篇邮票讲话等，还有他从早年到晚年所翻译的外国文学作品。在民族危亡之际,笔墨间看得出他的忧国忧民与他在"孤岛"的作为。后阶段的他,文笔更趋洒脱,《论语》的那些"春秋笔法"的"编辑随笔"谑而不虐,然芒刺逼人,思想感情跃于纸面,更显见他的抱负,他的喜和忧。通过《邵洵美作品系列》全套十几卷书,让你认识他如何爱书,爱朋友,爱他所倾心的文学事业,爱他的国家;他对新诗,对翻译,对邮学孜孜钻究,做学问的认真,对编辑出版事业的执着;他为推动文化进步,推动中国新诗新文学的发展洒下过许多心血,也为中国印刷技术的进步和邮学的构建热忱地加砖添瓦;让你认识他是怎样的一个不断追求理想,一生沿着文学道路走到底的人。

在晚年,备受贫穷痼疾和误会折磨的他,对自己的作品如是说:"我的东西,只能起一种作用,便是说,留作一种资料,说明我国历史上曾经有过这样的一种东西,它反映着某些人的思想……将来或者把它们拿给文史资料参考编辑的负责人去看看,有没有用——"

他的一生正如他在"八一三"后所说:"假如我十几年的文章、谈话、行为、态度,没有给人比较深切的印象;至少我的不爱金钱爱人格,不爱虚荣爱学问,不爱权利爱天真,是尽有着许多事实可以使大家回忆的。"那是一九三七年,他正好三十一岁。回望他后半生的三十一年,他的所思所为,依然故我。邵洵美是言行不悖的。

现在我所能做的努力,只能是:让他以作品说话,由读者评说,给历史留下邵洵美的足迹。

(原载《扬子晚报》二〇〇八年一月二十一日,《新民晚报》二〇〇八年三月六日)

邵洵美的诗探索

邵洵美一生对诗的探索,是他对美的追求。在这个殿堂里,李太白和乔治·摩尔平分天下。由唐诗启蒙的他三十岁时说过:"是乔治·摩尔引领我走进文学的宝库。"①十七岁开始写新诗,几乎一生致力于新诗发展的邵洵美,晚年却以旧诗抒怀。就这一点,他自己在一九六八年的家信里说:"我的东西,只能起一种作用,便是说,留作一种资料,说明我国历史上曾经有过这样一种东西,它反映着某些人的思想,一种资产阶级个人主义的东西,一种毒草的标本,可以在需要时当作反面教材。将来或者把它们拿给文史参考资料编辑的负责人去看看,有没有用。"②他从旧诗到新诗,又复归于旧诗,这一现象或许在某一种条件下,是一种规

---

① 邵洵美:《我的生活与恋爱》,上海《六艺月刊》一九三六年第一期。

② 邵洵美:《致妻盛佩玉家信》,一九六八年四月。

律,又或许不仅仅是他一个人循此道而行。我们从他留下的诗与文,以及从他接触的诗与文,可能在他探寻诗歌之美的行程中理解其缘由。

一个与宣统同庚的男儿,"熟读唐诗三百首"是受教育的必经之路。他记得自己十一岁读《唐诗三百首》时,觉得每一首都好。因为每一首只要读几遍便背得出。先生开始教他写诗,他竟然生出一个念头:"希望将来有一本三百零一首的诗选。"[①]也就是说,他那时就有雄心,将来自己也要写诗,要写出跟那些唐诗一样好的诗,写得还要更多。

正因为他生活在上海,在私塾的基础上他十五岁踏进圣约翰大学附中,一所美国教会办的学校。那时候教会学校的国文也重视教古文,他的国文教师是位浸沉于艳体诗的才子。他便把古乐府当成圣经一般,这丰富了他的词藻,也增进了他对韵律的掌握和对美与爱的感知。同时,洋学校里接触到外国文学,他从英诗所领会到的,想要用中文来复述。但是一个旧式家庭的子弟,并不知道世上有所谓白话文运动。他尝试用旧体诗翻译失败后,因读旧式方言小说而得到白话的启示,使用通俗的语言(也就是生活里的口语)来翻译。这就是他自己摸索着写新诗的开始。他说自己写新诗从没有受谁的启示,最初还以为是自己的发现。后来同学借给他一份《学灯》,才知道这类工作正有许多前

---

① 邵洵美:《一个人的谈话》,上海《人言周刊》一九三四年一卷二十六期。

辈在努力。①

那时他暗恋着表姐盛佩玉。当他翻《诗经》"有女同车"一节,读到"佩玉将将"句,似是看到佩玉走来,听到她衣裙上珠环玉佩发出的锵锵之声。再看下句有"洵美且都"。("洵美"——实在美)于是他决定改名,将"洵美"对"佩玉",以誓爱她终生,邵云龙留作

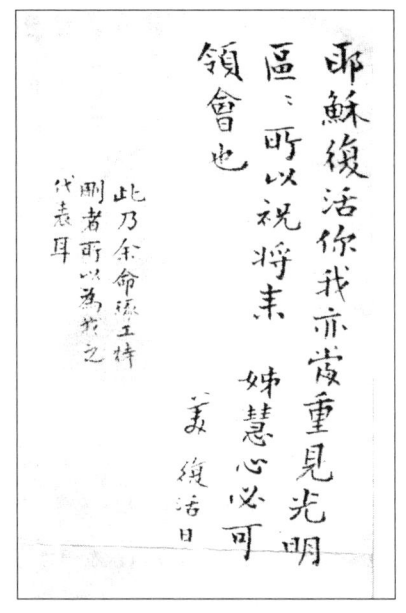

隔海的思念

学名。佩玉织了件毛背心作为二人订婚的信物,洵美写了首诗《白绒线马甲》回赠。沐浴在爱河中的洵美作了首散文诗《二月十四日》②。他说,那是他创作的第一首诗。

一九二五年赴英求学途经意大利,在拿波里的博物馆,他无意间瞥见古希腊女诗人莎茀的画像。惊异于她的神丽,从她望着茫茫宇宙的眼珠里他看到了默示,那激起了他心底的诗。在英国、法国,每一个新的环境里总有人向他提

---

① 邵洵美:《诗二十五首》自序,上海时代图书公司一九三六年,第二页,上海书店出版社一九八八年影印本。
② 邵洵美:《二月十四日》,上海《妇女》杂志一九二五年十一卷五期,商务印书馆。

到他长相很像诗人徐志摩。洵美感叹:"一定是,天要把我和志摩拉在一起!"洵美到剑桥,原本是遵父命进政治经济系学习,然而在巴黎路角聆听志摩的一席谈,击破了他内心"父命难违"的压抑的禁锢,恢复到天生的自己。

回到剑桥,诗在召唤,心思再也不能回复到原有的书本上。课后在图书馆,总在诗歌的架子边徘徊。莎茀的画像搅动了洵美的幻想,写满了诗句的草稿越积越多。① 洵美所寄宿的教授慕尔先生博学多才,从他那里学到地道的英语,在他的引导下理解英诗和英国文学;也是通过他的介绍,认识了一位希腊文学专家爱特门先生,因而得知曾有考古学家从沙漠里掘出莎茀在草叶上写诗歌的故事。洵美也跟这位莎茀诗的英译本作者一样欣赏莎茀诗格之美,认为中国唐诗和希腊诗的诗格在气质上有极端相似的地方。莎茀诗被人发现的一共有五六十个断片,洵美居然在课余,借着希腊字典译了出来,把它们凭自己的想象联系起来,写成一出短剧。慕尔先生帮助他,交付海法书店印刷发行,然而一本也没有卖掉。很遗憾,待我记事,从没在家里见过这本小书!② 但这是邵洵美第一次精心翻译外国诗歌,也是他办出版的开端。他从外国诗歌汲取营养,从而引发出创作热情,一连写出几十首中文新诗。他从莎茀认识了崇拜她的英国诗人史文朋,从史文朋认识了前拉斐尔派的一群,又从他们那里接触到波特莱尔、凡尔仑,那正是唯美主义流派在欧洲盛行的时际。年轻的邵洵美正处于恋爱的狂热中,

---

① 邵洵美:《儒林新史》,上海《辛报》一九三七年七月四日。
② 邵洵美:《儒林新史》,上海《辛报》一九三七年七月六日。

在回国的轮船上也沉醉于诗的意境里,带回的诗稿足够出版一本诗集。

一九二七年《天堂与五月》出版了,内含诗歌三十四首,扉页上印了"给佩玉"三字。赵景深评论为《糟糕的〈天堂与五月〉》,洵美写了篇《〈天堂与五月〉作者的供状》[①],他说:

> 老实说,《天堂》里的诗,除了曾在《晨报副刊》登过的《我只得也像一只知足的小虫》比较过得去外,其余都为自己不满意的。比较满意的以及归国后写的都收集在《五月》里。志摩喜欢我那首《春》。许多首我原本不愿录进去,但滕固说,第一本诗集不过是为孩童时代留些痕迹的,何必选择?这过错滕固应负责。我现在力求将我的过错改去,我已将我第二本诗集《花一般的罪恶》编好,等我的书店办来,即能出版。那时我想,总能赎我的罪恶于万一。我知道,过于修饰,以及缺乏情感,是我最坏的错误。我实在对读过《天堂与五月》,尤其是出钱买来读的一般读者致歉!

这些诗,他几乎是单凭激情写的,一九三六年在他第三本诗集《诗二十五首》的自序里写道:"当时只求艳丽的字眼,新奇的词句,铿锵的音节,竟忽略了更重要的还有诗的意象。"他还尝试用各种诗格写,还借用"莎茀格"。他说:

---

① 邵洵美:《〈天堂与五月〉作者的供状》,上海《申报·艺术界》一九二七年十月二十日。

"现在看来都幼稚得可怜,人家一提起我便脸红。"这是邵洵美诗探索行程的第一个时期。那个时候,他似乎已立志以诗"点化众生"为己任。《天堂与五月》的《序诗》里看到这样的诗句:

> 我也知道了,天地间什么都有个结束;
> 最后,树叶的欠伸也破了林中的寂寞。
> 原是和死一同睡着的;但须臾的醒,
> 莫非是色的诱惑,声的怂恿,动的罪恶?
>
> 这些摧残的命运,污浊的堕落的灵魂,
> 像是遗弃的尸骸乱铺在凄凉的地心;
> 将来溺沉在海洋里给鱼虫去咀嚼吧,
> 啊,不如当柴炭去燃烧那冰冷的人生。[①]

次年,他参与到有唯美色彩的一份同人刊物《狮吼》的复刊中,小试牛刀。其后,作为富家子弟的他,毫不犹豫地投入资本,也投入了他的全部身心,出版《狮吼》复活号,同时,创办了金屋书店。他新婚燕尔,诗兴洋溢,创作欲旺盛。读书,大量阅读国内外诗人、文学家的作品。这个时期,他读了许多英国大文豪乔治·摩尔的文章,翻译了好几篇,从中获取了很多养料。他充分利用他的书店,他的刊物,以他自己的和朋友的诗歌、文章、译作,占领这片文化园地。他

---

① 邵洵美:《天堂与五月》的序诗,上海光华书店,一九二七年。

的第二本诗集《花一般的罪恶》连同他的译诗集《一朵朵玫瑰》及诗论文集《火与肉》同年问世。《花一般的罪恶》含有新作十五首和从《天堂与五月》里挑出来的十五首,仍旧用同一首诗作序。这本诗集也是赠给他的爱妻佩玉的,其中《Z的笑》《来吧》《情诗》《恋歌》等是明显为她写的诗。集子的扉页印有一朵茶花,佩玉的小名是"茶",出生时正值茶花盛开,祖父盛宣怀用以赐名。

诗人许芥昱在评论邵洵美的诗时说:

> 邵洵美在为他的诗集的更名中可以看出,他对感官的赞颂并非没有道德性谨慎的痕迹。他一九二七年首先问世的诗集题名为《天堂与五月》,而次年出版的诗集则以《花一般的罪恶》为题。在他的诗里,他似乎一方面主张感官的真实之外,什么都不存在;而另一方面,他则带着一丝讥讽的笑,承认肌肤是诱惑和暗示,那是罪恶。①

徐志摩曾对朋友说:"中国有个新诗人,是一百分的凡尔仑。"洵美说,跟志摩虽有深交,但从他那里我只得到过分的奖誉。这几句话要是志摩当时亲口对我说了,我决不会后来才明白自己的错误。洵美承认自己和每一个写诗的人一样必然地要经受试探,"因为我们第一次被诗来感动,每每是为了一两行浅薄的哲学,或是缠绵的情话,或是肉欲的

---

① Kaiyu Hsu(许芥昱):*20th Century Chinese Poetry*, Cornell Paperbacks,1970:125.

歌颂。第一次写诗便一定是一种厚颜的模仿。再进一步是词藻的诱惑,再进一步是声调的沉醉"。他当时所认为金科玉律的诗论,便是史文朋的"不用格律来决定诗的形式,而是用耳朵决定"以及摩理斯的"不相信有灵感,只知道有技巧",所以他说那一段时期写的诗,"大都是雕琢得最精致的东西;除了给人眼睛及耳朵的满足以外,便只有字面上所露示的意义"[1]。对于模仿,他同意志摩的说法,"中国需要向外国文学学习很多东西:把东方和西方的血液混合在一起,就会创造出一种新的种族。"[2]至于自己"外国诗的踪迹在我的字句里是随处可以寻得的。这不是荣耀,也不是羞耻,这是必然的现象,一天到晚和他们在一起,你当然会沾染一些他们的气息。我也曾故意地去模仿过他们的格律,但是我的态度不是迂腐的,我决不想介绍一个新桎梏,我要发现一种新秩序"[3]。

为支持好友徐志摩的新月书店,他结束了自己的金屋书店。一九三一年,与志摩合作创办《诗刊》。他们和陈梦家、孙大雨、方玮德、卞之琳等诗友共筑诗坛,切磋诗艺,洵美的诗有了长进。他说自己在《诗刊》发表的诗,自那首《洵美的梦》之后,不再有那种"少壮的炫耀"。他研究起新诗的理论来,开始在"肌理"上用功夫。"肌理"英文即 texture,

---

[1] 邵洵美:《诗二十五首》自序,上海时代图书公司一九三六年版,第二页,上海书店出版社一九八八年影印本。

[2] Sinmay Zau(邵洵美):*Poetry Chronicle*,《天下》月刊一九三六年第三卷第三期。

[3] 邵洵美:《诗二十五首》自序,上海时代图书公司一九三六年版,第二页,上海书店出版社一九八八年影印本。

是英国女诗人 Edith Sitwell（西脱惠尔）提示的，钱锺书译为"肌理"。英美诗人对于肌理，都是有意识地用功夫的。洵美说，"一个真正的诗人非特对于字的意义应当明白；更重要的是，对于一个字的声音、颜色、嗅味、温度都要能肉体地去感觉及领悟"[①]。《女人》这首诗是他最初的尝试，结束了他的诗歌探索的第二个时期。

可憾的是上天妒才，《诗刊》出了才三期，一九三一年十一月十九日亦师亦友的徐志摩云天夺命。陈梦家和他张罗了第四期《诗刊》，即"志摩纪念号"的出版，而后，这本诗刊跟它的主人一样从此销声匿迹。梦家编了本《新月诗选》，洵美为之在封面上抄下十八位诗人的姓名，他们是《诗刊》的作者。此前，新月书店曾匆匆地出了份《声色》创刊号，有洵美的一首《蛇》和朱维基的一些诗，还有徐志摩的散文《一个诗人》和洵美及林微音、芳信的文章。志摩离去了，他永远留在洵美心里。我们在"中央公园"看到他一首《诗》，看得出，那是对两天前刊出的志摩的诗《远山》的回应。志摩这首诗不曾收在他的全集里，可见是洵美或他的朋友（编辑）储安平收藏了的。[②]

一九三三年洵美和朱维基合办了《诗篇》月刊，他们意在探索"纯粹诗"，并且向读者介绍外国的诗歌。洵美曾写

---

① 邵洵美：《新诗与肌理》，上海《人言周刊》一九三五年二卷四期。
② 邵洵美：《诗》，《中央日报·中央公园》，一九三三年七月八日。

过一篇《纯粹的诗》①，介绍乔治·摩尔的纯粹诗论，认为诗不应当是主观的表现，诗的取材须要是永久的。这个理念在他的《永久的建筑》②中引述。然而，《诗篇》三期之后又无影无踪了。《一个人的谈话》提到这个失败的尝试，他说，纯粹诗是诗人奢望"一首诗能被一切人欣赏想出的念头"。但其结果，"只是遗下我们几滴珍贵的心血"。洵美自认为，《诗篇》刊出的那几首诗（《声音》、《自然的命令》、《天和地》、Undisputed Faith）的时期，是他诗写作"跨进了爱里奥脱的第三个时期"，也就是长成的时期，"脱离了模仿的束缚，批评的本能苏醒了，会寻出每一个诗人的特点，和他所学不像的地方，也就是他的趣味长成了，有了他自己的东西"③。

洵美这些年同时倾注了许多心思在写作、出版。他始终认为中国之落后在于文化的落后，在巴黎跟一班中国留学生在"天狗会"的文化交流中，他们豪言壮语地宣称：回国去效仿法国文艺沙龙，去促进中国社会文化的发展，把人们相聚时的应酬方式从麻将扑克转移开。他几乎是单枪匹马地去尝试，充作"文化的班底"（或者叫"文化的护法"）。他的做法是办出版，计划先从办画报开始，因为"图画可以走

---

① 邵洵美：《纯粹的诗》，上海《狮吼》一九二八年复活号第四期。

② 邵洵美：《永久的建筑》，上海《狮吼》一九二八年复活号第三期。

③ 邵洵美：《一个人的谈话》，上海《人言周刊》一九三四年一卷二十六期。

到文字所走不到的地方,或者文字所没有走到的地方"①。他热衷于办画报:《时代画报》《时代漫画》《万象》。在他的内心蕴藏着一个痴想:要像英国报刊大王北岩爵士那样,拥有几百万读者。从他二十二岁,一九二八年起到一九三七年的十年间,他办了《狮吼》复活号、《金屋月刊》、《时代画报》、《论语》半月刊、《时代漫画》、《十日谈》旬刊、《人言周刊》、《时代电影》、《文学时代》、《声色》杂志和《万象》月刊十一种刊物。那个时候,虽然战争的阴霾笼罩,上海民众的情绪和全国其他地方一样,在惶惶不安和激昂愤怒的反日之中,但上海市面表面上还平静。在这种相对安定的时局下洵美认为,越是灾难、战争、失意的逆境,越是能激发文学家艺术家的创作热情。他抓住这个契机,用自己有限的资金,大办出版,特地开办时代印刷厂,从德国引进当时最新的影写版印刷设备来印制优良的图片。上海时代图书公司如日中天,最热闹兴盛的期间,每五天就有两份杂志和读者见面。可是才子儒商,亏损累累,他也知道自己是"诗人做生意,意在抒情"②,然而他依旧迷醉其中,不以为苦,不舍得收场。这段时期,他本人在文学创作上也毫不松懈,尝试以不同体裁写作,写小说,写散文、随笔。他更是以激昂的热情和冷静的思考,分析国内外局势,写出几十篇时评和政论文。

---

① 邵洵美:《画报在文化界的地位》,上海《时代画报》一九三四年六卷十二期。
② 邵洵美:《珰女士》,上海《人言周刊》一九三五年二卷三十六期。

他太忙了,他又爱朋友,文坛、诗坛、画坛……友人不计其数,人们戏称他是"文坛孟尝君"。他喜欢热闹,爱管闲事,又热情助人,为朋友忙。不过,他并没有疏远他的诗,一九三四年他说过,"忙尽忙,可是我的记忆里早积上了几千百行诗,我相信我们随时可以写下来"[1]。可是,此后的四年间,他再也没有发表过一行诗。不过,他确实关注新诗,关注新诗的成长,新诗人在这种环境里默默地辛勤耕作,他们产出的成果他都看在眼里:他在《新诗并不沉寂》里提到新诗人的技巧在一天天地成熟,介绍一九三二年成集问世的有卞之琳的《三秋草》,李维建的《祈祷》,戴望舒的《望舒草》,朱维基的《花香街》,曹葆华的《落日颂》,臧克家的诗集,还有方令孺的《鸡鸣寺看月》,以及陈梦家的一千行诗(部分刊载《文艺月刊》)[2]。在《诗与诗论》一文里他推荐了卞之琳的《鱼目集》,读了便可知道,"初期的白话诗的秧苗已成熟地结实了;形式已更丰富,意境已更扩大,技巧已更完善了。之琳先生的诗,在技巧方面可以说比徐志摩先生的已更进了一层:形式已不仅是结构上词藻上的美丽,而是有意义的美丽;意境已不仅是有含蓄,有动作,有图画,而是更能与诗人自己的人格合拍的表现了;韵节已不仅以悦耳为满足,它已被利用为传达及点示的力量。新诗已不再是对旧诗革命的产物,它本身已成为一件新艺术了。试将之琳先生的《距

---

[1] 邵洵美:《一个人的谈话》,上海《人言周刊》一九三四年一卷二十五期、一卷三十六期。

[2] 邵洵美:《诗坛并不沉寂》,上海《人言周刊》一九三四年一卷第一期。

离的组织》与适之先生的《第五十九军战死将士公墓碑铭》一比,便可以知道。"①别人对新诗的议论,他也很注意,《新诗与"肌理"》中讲起"梁宗岱的《新诗底十字路口》提醒我们'诗,最高的艺术,更不能离掉形式而有伟大的生存。'他又说明对于新诗努力的步骤,在于创作、理论和翻译;创作所以施行和实验,理论所以指导和匡扶,而翻译则是辅助我们前进的一大推动力"。他认为这议论也说明新诗已走进了成年时期。他十分注意陈世骧在《对于诗刊的意见》那封长信里的提醒,我们写诗也应像英美诗人那样重视在"肌理"上用功夫。他认为在中国的古诗里就可以品尝到肌理最精妙的诗句,以李白的《将进酒》为例②。在英文的学术刊物《天下》月刊发表的 Poetry Chronicle(《新诗历程》)③提到朱维基、陈梦家、戴望舒在艰难的环境里出版他们的诗集。

一九三六年洵美在他的书店出版了一套《新诗库》,为十位诗人各出版了一本诗集。那是在那恶劣的局势下冒着赔本的风险干的一桩好事,其中有方玮德的《玮德诗文集》、梁宗岱翻译的诗集《一切的峰顶》、陈梦家的《梦家存诗》、金克木的《蝙蝠集》、朱湘的《永言集》、罗念生的《龙涎》、侯汝华的《海上谣》、徐迟的《二十岁人》、孙洵侯的《太湖集》以及洵美自己的《诗二十五首》。《诗二十五首》的自序里他说:

---

① 邵洵美:《诗与诗论》,上海《人言周刊》一九三四年三卷二期。

② 邵洵美:《新诗与"肌理"》,上海《人言周刊》一九三五年二卷四期。

③ 邵洵美:Poetry Chronicle,《天下》月刊一九三六年第三卷第三期。

"十年的诗,只有二十五首可以勉强见得来人,从数量方面说,真是寒酸得很。"①他在自序里回忆了自己写诗的行程,也谈到当时新诗发展到什么程度,可以说是他初步的总结性的发言。他认为"胡适之等虽然提倡了用白话写文章写诗,但他们的成就是文化上的;在文学上,他们不过是尽了提示的责任。他们除了把文言文译成白话以外,并没有给我们看过一些新技巧。这番工作到了徐志摩手里,才有了一些眉目,可惜他自己也是诗人,于是这些新技巧便变了他自己的装饰,而不容易叫大家公开地享受。闻一多是一位诗艺的学者,但他介绍的外国技巧都偏重在形式方面。柳无忌、朱湘等也曾大规模地把外国诗的形式介绍到中国来,但因为是十足的模仿,于是被人讥为西洋的镣铐。孙大雨是从外国带了另一种新技巧来的人,《自己的写照》在《诗刊》登载出来后,一时便引来了许多青年诗人的仿制。不久戴望舒又有他巧妙的表现,立刻成了一种风气……新诗已不再是由文言诗译成的白话诗,新诗已不再是分行写的散文……每一个时代有每一个时代的韵节,每一个时代又总有新诗去表现这种新的韵节。而表现这种新的韵节便是孙大雨、卞之琳等最大的成就;前者捉住了机械文明的复杂,后者看透了精神文化的寂寞。他们确定了每一个字的颜色与分量,他们发现了每一句断的时间与距离。他们把这一

---

① 这二十五首除了《我不敢上天》是《雅典》一九二九年发表,大都是他发表在其后的《金屋》《诗刊》《诗篇》;《狮吼》复活号上刊出的只有《风吹来的声音》一首。《蛇》刊在一九三一年的《声色》杂志第一期,《新嫁娘》刊在《狮吼》月刊一九二八年第二期。

个时代的相貌与声音收在诗里,同时又有活泼的生命会跟着宇宙一同滋长。"他说,这种技巧是胡适之等所不能了解的,因为新诗人已然达到了诗的最特殊的境界,尽有丰富的常识,还是不容易去理会。

洵美后期的诗作练习在肌理上用功夫,他尝试用各种格律写,这种尝试是性质的,不是形式的。《声音》和《自然的命令》是"五步无韵诗",*Undisputed Faith* 是"四步无韵诗",《天和地》是"十四行诗"。他分析了前二者的不同,又说"十四行诗"是外国诗里最完整最精炼的体裁,正像中国的"绝诗",比之更多变化,用来练习新诗的技巧,可以得到极好的成绩。他始终信任柯勒律治的话:"诗是最好的字眼放在最好的秩序里。"他认为,一个真正的诗人一定有他自己的"最好的秩序"。

对于诗的性质,他说:"不喜欢新诗的人都说新诗看不懂,即连胡适之与梁实秋都再三说新诗应当明白清楚。诗要绝对明显,除非写得和散文一样。抒情诗、写景诗、叙事诗、说理诗,都可以算'说明的诗'。但所用的形容词到了'譬喻'便要为止。一个字眼发生'象征作用'时诗便曲折了。凡是伟大的诗都有一种永久的象征性。"他觉得那时候中国的新诗"大部分成绩还极其幼稚,根本谈不上明显与曲折"。

在这时他提出,新诗界有个值得讨论的问题:题材的变换与形式的发展。现代文明促使官能的感受和脉搏的跳动与前不同,再写和往昔一样的诗句,人家不笑他做作,也要说他在逃避现实。题材的变换已不是人力所能拒绝。新诗人要创造新的字汇,他要使最不调和的东西和谐地融合。

其实诗人的使命是点化,"诗像是一幅宇宙的图画,没有慧心,不可能在一瞟眼间领悟其灵机。懂不懂是一件事,但不能因为不懂而说是诗人的荒荡"。

日寇加快蚕食我国疆土,步步进犯,但是国军不作抵抗,节节败退。这时他亲自执编《论语》,心头的怒火利用笔下"乐而不淫,哀而不伤,谑而不虐"的幽默手法发泄,采取"春秋笔法"与当局的新闻审查周旋。

西安事变后国共合作抗日,他满怀欣喜。然而不敌日军的铁蹄,蒋介石第二次"引退",国民政府迁往武汉。他的新诗这时怎样呢?他为《新诗历程》添上了续篇,表露了他的失望:"战争把我们诗坛正在再度盛开的人造花朵摧残了。"[1]一九三七年淞沪战役,邵洵美的家和印刷厂在战区,在打响的前一刻他才携妻儿佣仆和厂里工人逃离。家没了,出版事业毁于一旦,原本有丰硕家产的邵洵美,而今几乎成了无产者。这是他生命中遭遇的第一次惨重打击。在"孤岛"法租界,他和佩玉艰辛地重建小窝,在这种大变动中,他格外关注自己的情感,立定自己的主意。一大家子生活没有来源,但是他毅然唾弃亲弟弟拖他落水。失去那么多,他拿得起放得下,这年他三十一岁。当他重新坐定在书桌面前,拿起笔就把早已打好腹稿的 *Confucius on Poetry*(《孔夫子论诗》)一气呵成[2]。这篇洋洋大观的英

---

[1] Sinmay Zau:*Poetry Chronicle*,《天下》月刊一九三七年五卷四期。

[2] Sinmay Zau:*Confucius on Poetry*,《天下》月刊一九三八年七卷二期。

文论著列出夫子对弟子讲述诗歌的意义和重要性。这是他三年前发表那篇《一个人的谈话》文末承诺读者的："等到将来去伸长,补充及解释。"文中提到:"中国人对诗本来有极密切的关系,在《论语》里孔子讲别的东西不过一两次,讲诗却有十二次……要知诗的重要部分,本不在乎形式:用白话写自由诗可以,用文言写律诗也可以,现在人对新诗有成见,多半是因为看不惯它的形式,我劝他去读《论语》。"他能够在这种度日维艰之际,静下心来,捧读《论语》,悉心推敲。用英文写,参照的是苏威廉(W. E. Soothill)的 *Confucius the Analects*,摘出其中夫子论诗的十几处,加以琢磨,更正修饰后用于他的文章。这篇文章受到印度报刊的好评。

一九三八年他争取同情中国的外国友人帮助,办起了抗日杂志《自由谭》,又和美国作家项美丽合作,出版其英文姐妹版 *Candid Comment*(《直言评论》)。在《自由谭》他发表了一首民歌《游击歌》,这是完完全全摒弃了他以往那唯美的纯粹诗的路子的诗:没有一句调文弄墨,全然不提风花雪月,是怀着仇恨日本鬼子的纯粹心境,用质朴的乡间语言写就,浓郁的生活气息,把农村游击队员机智抗敌描述得淋漓尽致。当时获得香港《大公报》的赞誉。这首诗歌原创是英文的,事实上是为英国诗人奥登即兴创作的,他曾把事情的经过写在一篇文章里。① 这可说是文坛的传奇,直到后

---

① 邵年(邵洵美):《两个青年诗人——奥登与奚雪腕》,上海《中美日报》一九三八年十一月十四日。

来,奥登始终以为这首诗是邵洵美翻译的。① 在《自由谭》也刊登了他译的奥登的诗《中国兵》。② 他还写了首《结算》和译的几首奥登的诗一起刊出,都是抗战诗歌。③ 他在《自由谭》的编辑谈话里表示还要写这一类的诗歌,但是由于他所用的笔名与化名很多,我们无法鉴别。在这两份抗日杂志里有很多不署名的诗歌和文章,那自然都是洵美的手笔。

这个时期,他居然写了大量新诗理论研究的文章。在上海的《中美日报》连载的《金曜诗话》里就有《抗战时期的诗和诗人》一文。④ 为抗战而写诗是他诗探索的第四个时期。

洵美是一个爱做学问的人,战前积聚在他脑海里那些对新诗的理论研究的资料,一落笔,一股脑儿写成三十一篇,文中他引述的中外古今诗人及其作品多达六十多处,可见其探究之用心。新诗理论研究是他诗探索的第五个时期。

---

① W. H. Auden & Christopher Isherwood, *Journey to a War*, New York: Random House, 1939, pp. 204 - 205. "I may as well insert here another song which we heard later in Shanghai. It is a song of the Chinese guerrilla unit which operated behind the Japanese line. This is Mr. Sinmay Zau's translation."

② 奥登:《中国兵》,邵年(邵洵美)译,上海《自由谭》一九三八年第四期。

③ 邵洵美:《结算》,上海《南风》一九三九年第三期。第一期刊有他的《伟大的作品》,内有他译的奥登诗《以小可以识大》。第二期译奥登诗《他们携带着恐怖》。第五期译奥登诗《商籁体第十九首》。

④ 邵洵美:《抗战时期的诗和诗人》,上海《中美日报·集纳》一九三八年十一月二十五日。

《金曜诗话》从新诗发展的现状,到解析为什么有人不欣赏新诗,新诗怎么写,新诗和旧诗的异同,以及新诗的病根是什么,以及如何推动新诗的发展。

现状是,在抗战期间,诗人应当写抗战诗歌,新诗对青年人是最好的宣传工具。新歌曲和新诗有同样的作用;新歌曲,包括抗日歌曲的流行,不能抹煞黎锦晖和梁得所之功。①

他认为中国几十年文化革命中新诗最彻底,从形式到内容都适应时代。但是由于成见,有些人总说新诗看不懂。或许他们对旧诗也没有好好读过,不了解新诗是旧诗的进化;不过,象征派的诗的确不容易读懂。② 更重要的是,没有认真读诗的人,学写新诗的人倒不少,这是畸形发展,是新诗的病根。甚至有的小学老师也在教学生写新诗。③ 新诗并非就是旧诗的白话译文,也并非分行写白话文而已。

另一方面,新诗人的修养不足:"以往大半的新诗人受外国浪漫派诗的影响,但是没有外国浪漫派诗人所必备的修养,写出的东西很多浅薄到肉麻。"④再说,霸占中国新诗坛的始终是对外国诗有研究的一些人,外国诗坛从一派到

---

① 邵洵美:《新诗与宣传》,上海《中美日报》一九三九年二月十日。
② 邵洵美:《诗人和他的读者》,上海《中美日报》一九三八年十二月十六日。
③ 邵洵美:《新诗的现状与进展》,上海《中美日报》一九三九年二月十七日。
④ 邵洵美:《一首诗的产生》,上海《中美日报》一九三八年十二月二十三日。

一派,经过多少成功与失败,赞同与反对,几十年或几百年的变迁;在中国几乎是几年几月甚或几天,就由古典派到浪漫派到象征派乃至新象征派;唯美文学与普罗文学几乎同一时期介绍到中国。他说:"几乎在同一个时期,有了梁实秋的古典派;梁宗岱的象征派;现代杂志的意象派;水沫书店的新感觉派;北平几位青年诗人的新象征派。他们有的只介绍了理论,有的只介绍了作品,他们的影响未必走出了自己所有关系的刊物或作品。而普罗文学的热闹,也不过是因为主动者方法高明,从另一方面得到了许多青年的同情。人家的普罗文学是社会现象,我们却是几个先知先觉的努力。"①因而新诗人的修养不成熟,读诗人的理解力也难以跟上变化。

他指出,现代中国的文坛上,新诗是被人运用得最多的一种体裁。但是小说和戏剧的成功却更其来得显明。问题是新诗缺少真正的诗评家,他们是推动新诗发展的力量;然而那时一首新诗发表,要么受到无原则的吹捧,要么受到莫名的鞭笞。真正的诗评家得掌握两个工具:"一是比较——新诗与旧诗的异同;新诗与新诗的比较(可以人或诗来比,或前期与后期比,在技巧上,题材上,有没有完成新诗的企图以及利用了她的可能与优点);自己与自己的比较(他本人的诗进展过程与实验的成绩);中国与外国的比较。二是分析——全部诗的分析,社会世界在他的诗里的反映;一首诗的分析,我们得用'一粒谷里可以看见宇宙'的眼光来下

---

① 邵洵美:《诗派在中国》,上海《中美日报》一九三九年一月六日。

功夫;一句句子的分析(新诗和旧诗一样),诗人得意的也不过是几句句子。我们假使能找出一句或几句得意的句子,便找得了他全部灵魂的钥匙了。"① 他认为批评家应当有修养,有见识,有鉴赏力,有高尚风趣,也希望他们对多种学问下过一些工夫,包括生理学、人类学、史学、语言学,特别是心理学、哲学。不过他说"目前我们没有这样复杂的要求"②,只希望在新诗和读者的"中间人"——新诗的批评者,客观地负起解释和介绍新诗的责任,"只要能说出一首诗的好处与坏处,以及这一首是否是新诗"③。他曾经说到,要推动文化的进步需得有一班文化的"护法"④;在介绍现代美国诗坛概况时曾指出:"艺术有了'人趣',它才会在人类里生长。"⑤新诗发展也离不开热心人。

一九四一年孤岛也沦陷了,邵洵美并没有沉沦。佩玉手里的家当"从金的、银的、铜的、锡的、木的,到纸的"都一一出手,夫妻俩半夜深谈:"要发财,有的是路;但是,人生一世,名节第一。"尽管生活拮据到全赖典卖度日,也决不落水。当二战的局势逆转,德国法西斯穷途末路之际,日本妄

---

① 邵洵美:《诗评的工具》,上海《中美日报》一九三九年三月三十一日。

② 邵洵美:《新的诗评与诗评家》,上海《中美日报》一九三九年三月二十四日。

③ 邵洵美:《新诗的中间人》,上海《中美日报》一九三九年六月十七日。

④ 邵洵美:《文化的护法》,上海《时代》一九三五年八卷十一期。

⑤ 邵洵美:《现代美国诗坛概观》,上海《现代》一九三四年五卷六期("现代美国文学专号"),现代书店。

想在已占领了我国大片领土的既得利益之时,与重庆方面议和。日伪一再来向与国民党政府有些要员颇有交情的淘美试探,想通过他达到目的。淘美岂肯像外祖李鸿章那般落下"千古罪人"的骂名!他托病拒之。那期间淘美写过一首诗《一个疑问》,

佩玉看后抄录,诗后有注:"仿莎士比亚 sonnet"(十四行诗)。末句有:

> 我始终想不明白现在这个时局,
> 究竟是我的开始还是我的结束。

一九四四年底,形势越来越严峻,淘美只得冒险出走,携长子祖丞与友人但荃荪跟随万籁鸣潜入内地。他们在淳安度过了一段艰险的日子。日本投降了,在返沪途中,淘美有感而作了两首旧体诗《富春江边》。抗战胜利,《论语》复刊,淘美重又执编。他在五十岁的生日时作了首新诗《五十》自寿,吐露他对人生的感悟。[①]

一九四八年国民党政府的腐败加上金融混乱,民不聊生。他在"编辑随笔"里附上了一首诗歌《论语征兵歌》[②],它向作者和读者宣告,这是今日《论语》的办刊方针,《论语》的幽默与诙谐一改而为讽刺与抨击。它和《游击歌》一样,

---

① 盛佩玉:《盛氏家族·邵洵美与我》,人民文学出版社二〇〇四年版,第二二七、二三五、二四〇、三〇九页。
② 邵洵美:《论语征兵歌》,上海《论语》半月刊第一四九期"编辑随笔",时代书局一九四八年版。

题材贴近生活,用白话和民间常用词语写就,是人人看得懂的诗歌。这是洵美改革新诗的尝试。

建国后结束了他为之奋斗半生的出版事业,从事外国文学的翻译。那时,虽然伏案全为稻粱谋,但他仍坚守自己的信念,必定要做到自己满意才交稿,收入自然跟不上支出,尤其是几本著名诗人的著作,他安然沉浸于诗的意境里,译的享受中。正因为如此,短短几年里他翻译了不多几本,却获得广泛的好评。秦瘦鸥认为"邵洵美写过大量新诗,然而比较起来,他在翻译方面的贡献更大。翻译诗歌难度更高,但他译的拜伦、雪莱、泰戈尔诸人的诗作,都能符合'信、达、雅'三项要求"。① 翻译文学作品正是利用他中文英文俱佳的特长;翻译英诗,更是他擅长的乐事,在译的过程中,也是他自己再创作的过程,这是他诗探索的第六个时期。一九五七年出版的《解放了的普罗密修斯》是他最用功的。赵毅衡评说:"邵洵美所译的几部雪莱的长诗,难读,更难译,他译笔华美而熨帖,才气纵横。——与查良铮并世无三,'南邵北查'。笔者少年时最喜读这二人的译文,后来读原文,反没那种美的战栗。"②

人们没有注意到一本被列入"外国文学名著丛书"的《玛丽·巴顿》(作者盖斯凯尔夫人,荀枚和佘贵堂合译),其文学价值自不待言,译文的质量之所以获得盛誉,书中二十

---

① 秦瘦鸥:《从纨绔子弟到翻译家》,上海《文汇报》一九八六年十月八日。
② 赵毅衡:《邵洵美:上海最后一位唯美主义者》,《百象图摘》一九九九年第二期。

多首民歌、二十一位著名诗人的三十多首英诗的汉译之美，邵洵美功不可没。

一九五七年，新的《诗刊》诞生了。臧克家手持创刊号来访，洵美无比兴奋。上海文艺月刊的曾文渊前来约稿。从《读了毛主席关于诗的一封信》①可以看出这些年他一直在关切新中国新诗的动态。他注意到有许多新诗人成绩斐然，但是而今"新诗发展的幅员是如此广阔，大家对新诗的要求又是如此迫切，可是新诗人到现在为止所尽的力量是不够的，他们的作品在质和量上都远远地落后于时代和现实所给予他们的机会"。他认为不是才能不足，也不是不认真努力；"缺少新诗的理论文字是一个很大的因素"。虽然至今新诗还没有什么一致公认的形式或技巧，决不需要有定型的限制，也应当"百花齐放和百家争鸣"。最好的方法是把许多新诗集、新诗选集和散见在各报刊的成功的作品加以分析和批评；可能的话，让诗人自己来解释和说明，叙述他们本人的经验，提供他们对新诗有建设性的意见。他还提出：

> 如何接受诗歌的民族遗产方面（包括古诗、旧词、民歌、俗曲等）所花的力量也不够；更应当从历史的发展着眼，中国的诗歌经过的多次改革，究竟从他们前期的旧诗里继承了些什么，扬弃了些什么，看看有多少东西可以被我们接受和发展。现阶段新诗究竟不过是一

---

① 邵洵美：《读了毛主席关于诗的一封信》，上海《文艺月刊》一九五七年七月。

株幼芽,它总共不到五十年的历史,这需要大家的力量使它成长和发展。

正当他欢庆自己为新中国的文化事业能够出力之际,一九五八年,一场无妄之灾使他入冤狱四载。正值困难时期,备受饥饿疾病的磨难,但洵美生性天真,牢房里见到文友贾植芳,居然还有雅兴在草纸上作了首七言诗《狱中遇甄兄有感》①。可惜贾教授不敢卒读,没有记下这精彩的篇章。这次的打击几乎是致命的,冤狱归来,家没了,他失去了所有的一切。佩玉携幼子到南京女儿家为生,他只能住进长子家。祖丞的家也遭难,家徒四壁。他身体彻底垮了,形销骨立,口唇发绀,呼吸窘迫,患上严重的肺心病,全无生活自理能力。然而他没有放弃,他还有一本英汉词典,他还有一支笔。再度奋起重拾笔杆,在贫病的苦恼里,支撑他生命的是诗的意境译的享受,邵洵美艰难地继续他的翻译生涯。

持有理想主义和完美主义的诗人邵洵美遭受命运的作弄,他半生喜乐半生灾难。战争的摧残,无辜的迫害,他都挣扎地扛了过来;未料到动乱在全国展开,他无力面对,绝望中选择了放弃。

动乱年代洵美了无收入,靠子女的补贴不足以维持生活,挚友施蛰存伸出援手。病益发严重,日夜坐卧不宁,喘咳不息,几度入院抢救。然而家书里却不见一字哀叹,他用

---

① 贾植芳:《提篮桥难友邵洵美》,《上海滩》一九八八年第五期。

颤抖的手录下诗作。如许年来,他一直在把英诗译成新诗,却不料再见他的诗时,竟是旧体诗。字迹虽然歪斜扭曲,但文句深刻,寓意深邃。顽疾捆住他的身体,不时扼住他的呼吸;但捆不住他的思想,扼杀不了他的灵气。

一九六八年,也就是他离世三月前,在家书里抄录了以前作的三首诗:

老友庄永龄、陆小曼先后死,得句如下:
雨后凄风晚来急,梦中残竹更恼人。
老友先我成新鬼,窗外唏嘘倍觉亲。①
陆小曼死后第二天得句云:
有酒也有菜,今日早关门。
夜半虚前席,新鬼多故人。②
第三首是在一次抢救后出院写的:
天堂有路随便走,地狱日夜不关门;
小别岂知(居然)非永诀,回家已是隔世人。③

这二十多年间不见他的诗影,却不料,再见他的诗是

---

① 邵洵美:《给其妻佩玉和幼子小罗的信》,一九六八年三月二日,见盛佩玉《盛氏家族·邵洵美与我》第三〇八页。

② 在《论语》的"鬼故事专号"的封面上曾有他题写的"夜半虚前席"手迹,该期刊有以《儒林新史之一页》为题的徐志摩日记四则;闻小曼噩耗又复引用此诗句,足见其思念志摩联想翩翩。见邵洵美:《论语》半月刊第九十三期("鬼故事专号"下),一九三六年。

③ 邵洵美:《给幼子小罗的信》,一九六八年三月二十八日。《我的爸爸邵洵美》,上海书店出版社二〇〇五年版,第三四五页。

旧体诗,在新诗和旧诗间徘徊多年之后,探索一生的邵洵美最终回到了原点。他深感"旧诗所留传给我们的丰富宝贵的文化遗产,是一个取用不竭的泉源"。其实在《读了毛主席关于诗的一封信》里他就说明白了。毛主席主张:"诗当然以新诗为主体,旧诗可以写一些,但是不宜在青年中提倡,因为这种体裁束缚思想,又不易学。"洵美写道,新诗是白话写的,白话是人民大众日常运用的语言,我们的文艺首先是为工农兵服务的,诗当然必须以新诗为主体。毛主席说道"旧诗可以写一些",他认为:"非但可以写一些,而且如果能写的话,不妨多写些。就一般对旧诗有修养的人来说,这是他们所已经熟练的技巧,这是他们表现他们'诗意'的最适宜的工具。他们可以用这种形式写新事物,也可以用这种形式写旧事物,要是能多写些文情并茂的好诗出来,同样也值得鼓励。"他自己也就是这一类"能写的人"。他十分欣赏毛主席的旧体诗,指出有几首极好,"造意新奇,不落旧套,句法自然,毫无做作,处处显出炼字的功夫。我最爱那首七律《长征》,五十六个字,把红军坚忍不拔的意志,乐观的精神,以及整个英雄的事迹完全表现了出来"[①]。一九六八年毛主席诗词邮票发行时洵美特地买来欣赏。

早在"八一三"前,他在《忙蜂室诗话》[②]里就坦陈自己倾心于旧文学的神趣:"我读诗毫无成见,新诗读旧诗也读,

---

① 邵洵美:《读了毛主席关于诗的一封信》,上海《文艺月刊》一九五七年七月。

② 邵洵美:《忙蜂室诗话》,《论语》半月刊第一一五期。

中国诗读西洋诗也读。说也奇怪,我读西洋诗选本《金库诗选》①,不时感到它已陈旧,调子熟而且俗;但是中国的唐诗三百首却真使我百读不厌,读一次有一次新的发现。"他的脑海里,不时在玩赏那些经典的诗句,因而,在《直言评论》出现补白的四首他凭记忆英译的唐诗宋词,便不足为怪了。② 他曾在家书中提到"最近寻到许多以前写的诗句,每首记录一个时期的历史,句子有的很新鲜,又反映得出当时的思想情况。"③遗憾的是,洵美离世后家人遍寻不得,"文革"期间,母亲又怎敢保存!祖丞曾见父亲不时在一张张小纸片上写英文字句,其中肯定有不少他一闪而过的念头和精彩的诗文,可惜也同样遭到泯灭的命运。不过,洵美委实有不差的旧诗功底,那首如画的《黄山口占》④,描绘出站立在天都峰峰顶的诗人邵洵美那优哉游哉的心境。诗云:

一步跨上黄山巅,黄山吐雾我吐烟;
我比黄山高七尺,黄山比我早成仙。

---

① *The Golden Treasury of The Best Songs and Lyrical Poems In The English Language*, Oxford University Press, 1929.

② 邵洵美:一九三八年九月一日在孤岛的抗日杂志 *Candid Comment* 第一期有四首未署名的英译中国古诗词:杜甫的《春望》、李清照的《蝶恋花》、晏殊的《木兰花》和苏轼的《吉祥寺赏牡丹》。

③ 邵洵美:《给小罗的信》,一九六八年三月二十八日。《我的爸爸邵洵美》,上海书店出版社二〇〇五年版,第三四五页。

④ 盛佩玉:《盛氏家族·邵洵美与我》,人民文学出版社二〇〇四年版,第一八四页。

邵洵美《黄山口占》手迹

看,多么气宇不凡,多么惬意,自信,而又自谦!

这是邵洵美一九五五年左右忆起自己二十年前游黄山时所作的一首诗重又抄录,这首诗前写道:

一九三五?年作黄山游,在天都峰口占数语,读如佛偈,又像扶乩盘中济癫和尚诗,怪哉!怪哉!

(原载《诗探索》二〇一〇年第一期)

译述卷编后小言
——诗和译的一生

邵洵美文学译作的成绩尽我们所能搜寻到的都列在此卷。难能说全,其他使用笔名发表的我们无法确认。他的长篇的译著限于篇幅,在此只能存目。

翻译是伴随他一生的。似乎中学里短暂的英语教育就使他的语言天赋很快地释放了出来。他是个天生的诗人,他的诗和译总是分不开的。尝试写新诗,就是在中学读英诗的感动下促使他以中文来复述开始的。在他的《诗二十五首》自序里明白地写着"当时是因为在教会学校里读到许多外国诗,便用通俗语言来试译"。我们发现的那首《归欤》是一九二四年的,是最早的,那时他十八岁。报章上英文模糊,我们无法查证原作者的姓名。真是初生牛犊不怕虎,隔了一年在伦敦,他利用课余时间翻着字典,把古希腊女诗人莎茀残留的诗作,五六十个断片译出,凭他自己的想象连缀起来写成一出短剧出版,放上海法书店的柜台出售。据他自己说:"一本也没有卖掉。"遗憾的是,家中的藏书里没有见过它的影子。他的英文之快速成长得益于导师慕尔先生(A. C. Moule)的不倦教诲,在剑桥大学求学时他寄宿在其府上。两年后归国,他拿出一卷译稿,把十位诗人的作品集成《一朵朵玫瑰》;还把他喜爱的线条画画家琵亚词侣(Beardsley)的两篇画作出版,翻译了画家自配的诗歌,献给爱诗爱画的朋友。从他一开始接触到滕固等朋友创办的《狮吼月刊》《屠苏》等刊物,译诗就是伴随创作的诗稿一起投送的;当他拥有自己的刊物之后,也总是时不时有译诗译文发表。

在二十年代末,书报上普遍运用的语言与现今不同:文言与白话掺杂,那时的白话还沾染着地方口音。翻译作品里欧化的词句是当时的风气,不少词汇和现今的也有所差异,所以读邵洵美早期的译作,和读当时其他译者一般,会有语句读不顺之感。他有时分明带点上海或苏州口音,还会有少数独特的词语。早期在处理译文方面,他别出心裁地会夹杂外文,也有整段录下不译,或是录下原文后面译出大意;他不舍原文之美,兴味十足,抄下来供大家欣赏。后来接受了张若谷意见才摆脱了这种心思。人名书名的翻译,他常按自己的喜好,自然与现在我们通用的不一样。他的译笔随年纪、素养、时代的变化而逐渐成熟。

忙碌于写作、编辑、出版中的他从未脱离过英文。他持之以恒地阅读外文书报。好些学贯中西的中国学者,如《新月》的、《天下》的,时常与他切磋。他也有很多外国朋友。

他尝试翻译外国作家朋友的小说和剧本。对乔治·摩尔（George Moore）他由衷地钦佩，写了两篇大块文章介绍这位大文豪，穷尽赞赏之词。摩尔的佳作每每打动他，一气译了四个短篇。摩尔与他成了忘年交，与他通信；重病初愈便把自己新出版的一本《一个少年的自白》(Confession of A Young Man)的增订本寄给邵洵美。他说，"这本书使我受到的益处，在一篇短文章里说不尽，总之，我今天之所以能够享受文学的宝藏，完全是他的赐予。"为答谢老人赠书之情，他专门将其《我的死了的生活的回忆》(Memoirs of My Dead Life)的一节译了出版单行本作为回敬的礼物。〔注：感谢贾植芳先生为怀念邵洵美，特地请孙宜学先生将摩尔该书全文翻译出版。孙先生在其翻译的《埃伯利街谈话录》（摩尔著）的前言里写道："乔治·摩尔能为中国人所认识和接受，主要得力于邵洵美。"〕由于笔会的工作，他接触到英国戏剧大师诺以尔·考德（Noel Coward），用心地译了考德的剧本《夫妇之间》，读来妙趣横生。可惜没有译完，《文学时代》就休刊了。编者储安平在向读者告别时说，邵洵美那篇《夫妇之间》没续完，以后会出单行本。然而我们没有找到。

抗战期间，他接触不少访华的外国作家，曾经为英国诗人奥登（W. H. Auden）即兴创作了一首英文的诗歌《中国游击队之歌》(A Song of Chinese Guerrilla Unit)，奥登将它收入自己和伊修伍德（Isherwood）合写的书《战地行》(Journey to a War)。后来他自己又把它用中文重新创作，命题为《游击歌》，刊在他自己主编的抗日宣传刊物《自由谭》(见《邵洵美作品系列》诗歌卷《花一般的罪恶》)。邵洵美也十分重视奥登同情中国抗战而作的诗歌,译了好几首,称之为"伟大的作品"。

劳伦斯(D. H. Lawrence)是他特别感兴趣的作家。一九三四年曾经和郁达夫讨论劳伦斯的小说,在《人言周刊》公开议论其《却泰来夫人的爱人》(*Lady Chatterley's Lover*)。他以文艺批评的眼光欣赏这部杰作,讨论小说的结构和文笔。他认为作者写作的目的是宣扬其哲学。早在一九二九年他就研究劳伦斯的小说《逃走了的雄鸡》,在《新月》月刊三卷十期发表书评。那也是关于性的题材,一度被认为是淫秽作品;当时又因为有诋毁耶稣亵渎神圣之嫌被禁。我们发现在一九三四年的《美术》杂志上有漫画家张光宇为邵洵美的这本译作设计的书封。这本有争议的书的译本应当在那个时候就翻译好了。他自己在前面那篇文章里提到过"我在前年的秋天"(也就是一九三二年)曾经翻译。然而,我们却到一九三八年方才在《纯文艺》看到这部译作发表,遗憾的是连载了两期,没找到后面的第四期,单行本的影子更是无处可寻。

他在翻译手法上曾经尝试花样翻新。我们可以欣赏到三十年代初,他为适应那本《论语》半月刊的幽默特性,风趣地运用吴侬软语翻译的《碧眼儿日记》。能够体会苏州话妙趣的上海人读到这篇译文拍案叫绝。平日他自己说的是略带苏南口音的上海话,他的岳母是苏州人,可以想象,为了翻译出地道苏白的味道,他用了多少工夫:向岳母一句句请教,妻子在旁一句句纠正,真是工夫不负有心人!战后每个

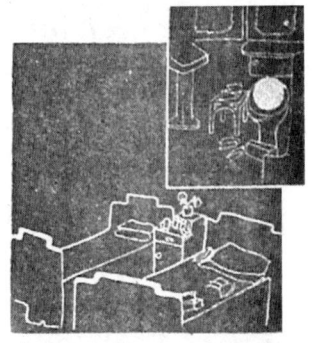

《我的书斋生活》插图（张大任作）

新年随刊赠送的"论语日记本"下附"每日一笑"，集中西幽默小品，他为之用足脑筋，可惜现在找不到了。至于五十年代他译的《汤姆·莎耶侦探案》,一本小说两个故事,前者是以孩子口吻讲的,他当心地尽量让译文口语化;而后者是讽刺作品,则竭力保持原文的风格。

汉译英,他也用过力气。跟当时在北京大学任教的Harold Acton(艾克顿)合作翻译自己的长诗《声音》,跟Emily Hahn(项美丽)合作翻译沈从文的小说《边城》,都刊在上海出版的英文学术性月刊《天下》;在孤岛时期办宣传抗日的英文杂志《直言评论》(*Candid Comment*),他甚至还单凭记忆意译了唐诗宋词作为补白;且不说《声色画报》里双语的互译和宣传抗日的中英姐妹版杂志里大量的对译工作他花了多少心血。他和美国作家项美丽在一九三五年合作出版的《声色画报》是有创意的尝试:内容半本有关中国,半本有关外国。中文封面从左往右翻,中文文章上面是英文的摘要;封底为英文封面,刊名为*VOX*,要从右往左翻,英文文章上面的摘要是中文的。图片标题是英文的,说明中英文兼有。他们的朋友《大美晚报》的主人史带(Starr)当时就反对说:"上海虽是双语城市,并不意味人们会愿意买本双语刊物。——还不如回到老办法,出版两本内容相同的。"不幸言中,这份旨在中外交流的异类杂志只出了三期。后来他俩在"孤岛"出版姐妹版的抗日杂志《自由谭》和《直言评论》(*Candid Comment*),便是史带大力支持的;他不但出资,在印刷方面也全力帮助,当时毛泽东在延安发表的《论持久战》,由杨刚英译了连载在《直言评论》,后来偷偷出版的单行本也是在史带的印刷厂印的。

英文的掌握给邵洵美配备了第三只耳朵:他是个好学

之人,沉湎于读书;读经典著作,也十分关注文学界的各种动静。他尽可能地搜罗国内外书刊来读,因而有机会倾听外国的声音。外国文学对他创作上的影响自不待言,新诗理论的研究自然离不开西方的资料。他的印刷厂进口当年最先进的影写版印刷设备聘请了工程师仍旧玩不转,还是靠他自己对着英文说明书才成功启动。上海沦陷期间,他在短时间内钻进邮学颇得同好的赏识,也是凭借外国语的帮助;当时中文集邮书刊不多,他埋头外文资料,理清了中国邮票的发展史;他结识了不少外国集邮家,向他们请教,为丰富中国邮学起了不小的作用。至于触动他"五个整夜"写出《蒋委员长西安半月记》和《蒋夫人西安回忆录》的读后感,竟是他获悉的国外讯息,可以在他那小册子的《前言》里读明白,原来这两本重要的政治文献竟然先行出现在美国的报章上。不少疑点令他"有许多地方尚需要一些精细的解释",因而他自荐来写那么一万多字。他也关心外国人对中国事情的胡说八道,居然在同时期的《纽约人周刊》有篇《黄祸日记》说西安事变是"蒋,中国的首相,到张那里去借一杯鸦片——而被绑票——"!引起他无限愤慨。

战争中断了他的诗路。沦陷时期的压抑沉潜,抗战胜利后的嘈杂浮躁,他没能致力于学问。倒是解放后,关了书店卖了厂,原以为在那物是人非的变迁中,他与为之奋斗半生的文学再也无缘了,想不到苍天赐予契机:峰回路转,他又拾起了笔,尽情发挥其双语优势,翻译出几本外国文学名著。半生的文学活动精炼了他的文字与诗句。此时,他让雪莱、拜伦的长诗《解放了的普罗密修斯》《麦布女王》和《青铜时代》以中文来吟咏，赢得了读诗人的赞颂。特别是译他心仪的英国诗人的佳作，在转换语言之际，学到他们诗的创作之微妙，享受他们诗的意境之美妙。从他学归诗写新诗开始懵懂，逐渐成熟，到写抗战诗歌，研究新诗理论，走过五个时期；而经历把英诗重生到中国文字语境里的工作，是他的诗探索行程的第六个时期。人们或许没有注意到那本列为"外国文学名著丛书"的《玛丽·巴顿》，其中英诗和民谣多达半百。邵洵美为之付出的心力可以想知。因而他译的著作并不多，却能获得较高的评价。

翻译外国文学作品，邵洵美有经验，但他翻译从不草率从事，他翻译前总是认真仔细地作准备。早先，在《一朵朵玫瑰》以及多篇译作的小记、注释里看得到。读《解放了的普罗密修斯》的《译者序》，我们更能够体会他当时的努力，他花了许多时间做前期工作：了解雪莱的生平、家庭环境、时代背景、著作、思想，以及他的诗和他对诗歌的见解，特别是他把这个神话的结局作了改变的用意，那是贯穿全剧的普罗密修斯的精神。他还要读作者的原序，他夫人对此书的"说明"，以及一般批评家对雪莱的评价，马克思、恩格斯对他的论断等。然而邵洵美在决定动手之时，发现翻译这部诗剧还有一个极大的困难，也是上世纪五十年代翻译一切外国古典文学所存在的困难，那就是缺乏参考材料。他想到，外国的古典巨著，尤其是年代久远的作品，不论在字义方面、句法方面，都可能已经起了相当的变化；当时流行的口头语很多已经失传；还有当时的风俗、习惯、服装、建筑等，在普通的辞书上不一定能找到解释，必须依靠各种专门的著作；翻译这部书的用心之处极多，甚至连标点也不能放过，那有关字义的阐明和句法的组织部署；而这部著作的排印错误一向是专家们争论的目标。雪莱自己的标点和诗句又素来不依常规，他的标点符号，与其说是服从文法的规定或是阐明词句的意义，不如说是供给诵读的参考，或是当作韵节和语气的标志。众多疑难面前他只有求助于老友。那个年月，我国各处图书馆所保存的关于外国古典文学的书籍，大部分只供给学校教材的应用；私人的收藏凭各人爱好，零碎而无系统。在邵洵美的"案头随笔"里有他的工作记录——

一九五五年五月十二日写道："今日收到人文（人民文学出版社）信，将翻译计划寄去……"

一九五五年五月二十日写道："我已决定译《解放了的普罗米修斯》，数日前曾专致信增嘏兄（全增嘏），乞伊将复旦藏书抄示。今日得回信，十分欣慰，增嘏诚老友也！目录如下……（共八本书）。"佩玉夫人称赞他："翻译这本书，他最最用功！"

新中国诞生后他结束了出版事业，译书成为他最后的谋生手段。可是他译书非为"稻粱谋"，即使在出狱后患着严重的肺心病，在呼吸困难的折磨下勉力工作还是如此。我们从施蛰存的《闲寂日记》读到，一九六二年那位真挚的老友多次去看望扶病译书的他，多次为他借书提供参考资料，包括"有关 Shelly 之书二册"、"J. P. Pater 所作《论存在主义》一书"、"Horace 集"等，可见贫病交加的邵洵美译书依然无比考究，还一如既往地认真做译前的功课。

翻译外国名著是他解脱肉体痛苦的精神享受,病魔捆绑他的躯体,捆绑不住他的思维。译书的过程支撑他贫病中脆弱的生命,精神得以升华。泰戈尔的《四章书》是他最后的译著,稿纸上不少涂涂改改,说明尚未定稿。扭曲的字迹看了令人揪心,他是在病痛的挣扎中一字一句地斟酌着。

感谢印刻出版社的热忱,这本最后的译著得以面世。这本最后的译著,伴随断续、窘迫的咳喘声,带着朝徐志摩挚情的回望,笔尖流洒出对自己生命的最后一点企望。他还想再梳理一遍——没有可能了!——就这样,奉献给读者,译者邵洵美,放下了他的笔。

(原载《文汇读书周报》二〇一二年二月十七日)

黄苗子和邵洵美图文同题《真心话》

上世纪三十年代的《时代漫画》沉寂了七十年后,影印出版了。它是当年发行量以万计的一份期刊。提到《时代漫画》,曾为之投入无数心血的老画家和当年喜读此刊的老人至今犹喜形于色。十多年前,我在图书馆也觅得此物,翻阅中独自偷乐。那时,我正为写《我的爸爸邵洵美》和出版爸爸的文集而搜集资料,匆促之间,只顾复印爸爸登在其中的三篇文章而没能仔细欣赏其他作品。如今,上下两册的选印本在手,我再细读第二十一期(一九三五年九月二十日)中爸爸那篇《真心话》,发现就在它后面的一页有一幅漫画,题目也是《真心话》!它是爸爸的好友黄苗子的作品。我实在好奇,不禁想问个究竟。去岁,我身怀此卷拜访黄苗老。他笑着回答:"时隔太久,记不得了。"

刊物同一期的作品,前后同题,为什么呢?这个问题一直在我心里盘旋。近日,我恍然大悟!

详读《真心话》这篇文章,作者先讲真心话与真话的不同,而后举例,从人际交往到要人言论。接着重点谈文学杂志上有人五论"文人相轻",又评说林语堂自我矛盾:他在《文饭小品》发表的《说本色的美》要求说真话;又在《人间世》提倡"特写"要求说真心话。文章看似针对文人,其实不然。

常读邵洵美的文字、熟悉他的文笔的人,可以了解他那种迂回笔法。这也是他后来在《论语》写"编辑随笔"所惯用的"春秋笔法":说东道西,点到主题,猛击一掌,转身而言他。譬如,一九三六年"西安事变"后的第一〇六期他的"编辑随笔"中谈到过年阴历阳历不能统一的问题,忽然接着说:"我想,或者会影响到那个'统一救国'吧?因为在这一点上我们便很不容易统一的。"当你还没看明白,他转而谈自己是"天天在过年三十"。自然谈起欠债,又讲到"亲兄弟,明算账","只要看前几天报纸上有大喊'清算张学良',而绥远那笔交易则大有情愿吃倒账的形势,便可以明白"。随后,他讲起"半本账簿治天下"。讲起治天下的人像是一爿公司的经理,"百姓虽有一股股权,却连发言权也没有"。刚触到政治,他又回过头来说,编《论语》是"一种快乐债"。他就是这样声东击西。到了一九四九年,在《论语》的一七三期"逃难专号",他写的《逃亦有道(复友人书)》,他还是圆兜圆转地写。先答复友人关于逃难的观念如何与时变更。"在抗战初期,政府搬到重庆,大家跟着一起逃,最先大家还觉得有些不好意思,后来才明白是长期抵抗,在大后方工作是最值得仰慕的英雄伟绩;胜利了,'重庆人'便大出风头。"

笔锋一转,针对当下:"只要看我们的蒋总统,在南京的最后一个月中,一般人都感觉到他的威风已远不如前。但是自从他'引退'以后,一般人又感觉他'余勇可怖',连最近共产党的宣传,也说他正在训练二百万新军,预备卷土重来,好像是一个莫大的威吓!"后面,他忽然大谈逃难于个人种种的好处。有幽默有讽刺,令人忍俊不禁。

这一篇文章的目的是什么呢?还是先来看漫画《真心话》。黄苗子画的是小记者在采访要人秘书。墙上挂着一幅人像,其下有文字,歪挂着。似乎是孙中山遗像和其遗嘱。秘书坐着,一副官架子。漫画有文字说明:

记者:请问某某的病状,最近有什么变化?

秘书:这两天因某项事件还未解决,故某某的身体并没有完全好。

这是指何要人?又是指什么事件?想到邵洵美在其《人言周刊》上的短评往往紧跟时闻,我找来同一时期的《人言周刊》,见二卷二十四期(一九三五年八月下旬)郭明(即邵洵美)的《汪院长辞职问题》一文。文后的"编者座谈"写道:"关于汪精卫先生辞职问题的稿件,本刊收到鸿章先生的《汪院长辞职》一文,据最后消息,汪院长已有打消辞意可能,故将该文抽去了,由编者写《汪院长辞职问题》一篇,以表示对此事之意见。"

稿件这样处理,可见事件至关重要。文章是这样报道和评论的:

蒋委员长于十九日凯旋首都;而屡次辞职的汪院长亦于二十日接蒋委员长来电当晚晋京。此次全国人之目光,无疑地群集在汪蒋会晤之结果上;盖汪氏若辞职实现,则对内对外之政策,多少有变动之可能,而各部人员亦必有所更动。——但读二十一日报,则中央社电谓政院各部会长官现决定,如汪氏仍不能打消辞意,即提总辞职,以示坚决挽留之意;记者不禁大骇。若政院各部会长官群以总辞职为要挟,则一方面不顾人家性命,一方面亦太嫌情感过于理智矣。大人物举足轻重,国事友谊,政见病状,务须分得清楚;此种坚决挽留之表示,实使我辈小百姓惶恐不知所措矣。但愿中央当局能迅速权衡轻重,决定行止;并望汪院长亦细量病体,弗过忧虑,为国牺牲,固大丈夫份内事也。

明眼人一看就清楚,汪蒋之间的矛盾,以及汪的作态背地里有意图。事态严重,不可等闲视之。

此漫画明显指的是这个事件。邵洵美的文章却没有明说,但图文同题,就告诉我们两个作品是同一题材的。邵文里涉及政治的只简略地说:"——再如申言为国为民,继以埋头苦干,这句话也可以当作真话;但若说出我们一举一动不过是掩人耳目,威信既失,大事也许反而不可收拾。"我明白了!邵洵美是轻轻几句揭示汪精卫的为官之道;黄苗子则是借那秘书之口吐露真情。

这样,我们就不难重现当时场景。时代图书公司几个刊物的编辑部是在一个大办公室里的。可以想象,那一天

(一九三五年九月二十一日),几个画家、编辑和邵洵美都在编辑部。众人读报,对这个议论得沸沸扬扬的事件很有看法,邵洵美决定在《人言》上做篇文章。黄苗子决定画张漫画来讽刺一番,邵洵美为之捧场,再来一篇呼应。《时代漫画》的主编鲁少飞颇有同感,特地把这两个作品编排在一起。如此,我就破解了这个"图文同题"的谜。

从图文同题的《真心话》,我得到启示:读者如果只看文章的文字描述、图画的艺术,而不去联系作品创作的时代背景、新闻人物、政局动态,是难以理解一些漫文与漫画个中的真意的。

邵洵美在这篇文章里何以写得如此含蓄?在《时代漫画》里的文章都不像他在《十日谈》和《人言周刊》上发表的文章那般尖锐。他是不想让心爱的《时代漫画》也受到像那两份刊物同样的伤害。在当时恶劣的政治环境里,刊物不时遭到新闻审查的刁难。《十日谈》和《人言周刊》都曾遭禁罚停;《十日谈》为此曾以"开天窗"抗议。他甚至为了保护时代图书公司其他书刊的正常发行,特地另设第一出版社来发行这两份言辞激烈的刊物。

《时代漫画》是轻松的读物。为了刊物的生存,主编鲁少飞不得不插入一些软性的作品,后来曾有人批评这本刊物带有色情内容。其实,这些人不了解这位备受漫画家尊重的主编。他当时编《时代漫画》的宗旨是:"有不平我们就要讲话,有丑恶我们要暴露,有战争我们要反对。""漫画是为正义活着的,为公道拿画笔是我们的天命。"历时三年出版三十九期的这份刊物,其中许多作品在引人发笑的同时,传播了艺术理念,发出了正义的呼声。一九三六年二月,鲁少飞因为在第二十六期的封面上,刊出他画的《晏子乎》,讽刺当局对日屈膝外交而被关押,刊物罚停三个月。大家一面营救他,一面把刊物改名为《漫画界》继续出版,由王敦庆主编。直到六月,《时代漫画》才复刊。

邵洵美在时代图书公司办了三份画刊:《时代画报》《时代漫画》和《万象》月刊。他欣赏画家的艺术、创意以及以画代言的各种风格,愿意开辟场地让那些有才有艺的画家任意驰骋。《时代漫画》是成功的,在它上面发表作品的有名的无名的画家多达百人。这些画家担负起当时筹备全国第一届漫画展和全国漫画家协会组织、参与的任务,同时也培养了许多漫画家,促进了漫画的发展。一九三七年,日本侵略者把战火烧到上海,他们义无反顾地组织起各地救亡漫画宣传队。邵洵美在"孤岛"上海出版的抗日杂志《自由谭》及其英文姐妹版 Candid Comment(《直言评论》)里都刊有这些艺术家的宣传抗日救亡作品。这些艺术家之间的友情一直维持到几十年后。一九八四年,他们聚会在老画家胡考家里,特地请了主编鲁少飞,共庆《时代漫画》创刊五十周年。

一份普通的画刊,七十年后重现,其价值不言而喻。它不仅记录着漫画的技术和艺术的发展,可供后来者学习参考和研究;也记载了上世纪三十年代的历史、人文、经济、道德各个方面,对当时的社会风貌、民间疾苦、官场腐败等的深刻描述,可供今人借鉴。

(原载《博览群书》二〇〇九年第九期)

邵洵美和漫画家们的渊源

今天的书店里有铺天盖地的漫画书。电视里的动画节目、电脑里的动漫游戏伴随孩子们成长。上世纪三十年代出生的一代,小时候大多数只能在小书摊上翻《三国》《水浒》《白蛇传》……不过,我家的兄弟姐妹得天独厚。那时风行的黄尧的《牛鼻子》、叶浅予的《王先生》、张乐平的《三毛》等漫画给我们很多欢乐。一九四〇年万籁鸣、万古蟾兄弟创作的动画片首映,我们一家人就被请去电影院观赏;拍照片,我们总是到他们兄弟开的万氏照相馆。而漫画大家张光宇、张正宇兄弟更是经常嘻嘻哈哈出入我家的常客。那些有名的漫画家的名字我从小就听爸妈提及,如王敦庆、鲁少飞、叶浅予、丁悚与丁聪父子。廖冰兄、黄苗子的名字我能记住,是觉得太好玩!我以为一个是廖冰的哥哥,一个是黄苗的儿子。

我出生到长大是在日本侵略我国的那些年,一九三二年"一·二八"事变的时候我来到这个世界,刚记事,"八一三"淞沪战役,我家匆匆逃难到租界。是日本兵打进上海,搅乱了我们的生活,毁了我们的家,毁了爸爸的出版事业。他的书店关门,出版的四本杂志全都停刊。在日本兵还没进租界的一段时间爸爸很忙,昼夜伏案。原来他是在偷偷地编辑出版一本宣传抗日的杂志,名字叫《自由谭》。我看见过,很大的一本,那时我才六七岁,不识字;只记得看到许多照片里有喊叫的人,有兵,打仗,轰炸,可怕的死人;还记得有许多漫画,也是喊叫的人,兵,打仗,轰炸,死人。一九四一年日本兵进租界了,弄堂里的英国人美国人走了,搬来了日本军官。粮食供应变糟了,霉烂的米粒夹杂玉米沙砾,我常常拉肚。家里日子过得更紧了。学校里停了英文课法文课,改成了日文课。小学毕业,我天天穿过兆丰公园,去暂借在圣约翰大学的圣玛利亚女中。可是气势汹汹的日本骑兵进驻兆丰公园,我害怕,只好停学。那个时候敌伪想叫我爸爸邵洵美做汉奸,想逼迫他联系在重庆政府里任高官的朋友与日本"和谈"。为了躲避日本军官的骚扰,爸爸和哥哥只好离家出走去内地。漫画家万籁鸣当时为生活,在"跑单帮"。他带领爸爸越过中、日、伪三不管地带。没想到半路上爸爸被人认出,误以为是为他的弟弟——当大汉奸的邵式军来"通关节",于是遭到了软禁。幸亏万籁鸣逃脱,赶紧打电报给在重庆的张道藩,爸爸才化险为夷重获自由。

一九四五年飞机来轰炸上海了,日本投降了!胜利后爸爸又办起了出版,他又昼夜伏案。他的幽默杂志《论语》

复刊了。我又看见漫画出现在《论语》的封面上。简单的几笔就看得懂它的意思。如第一一九期题目是"生活指数",丁聪画。第一四一期"病的专号"上的同病,第一五三期"睡的专号"上的《我醉欲眠君且去》,大多数是丰子恺的作品。妈妈急于让印刷厂复业,在爸爸赴美期间,为检验停歇多年的机器,她居然自己出版一本集电影明星照片的杂志《星象》,老朋友王敦庆帮了大忙。一九四九年春,长江以北几乎全是解放军的天下了,蒋介石把南京的总统府让给了李宗仁,自己回到浙江老家去了。一时间谣言蜂起,人心惶惶。政府要员、社会名流、有钱有势的都举家逃难。有的去美国,有的去日本,有的去香港,有的去东南亚;有的跟着国民党政府逃往台湾。没有动身的或计划出逃,或讨论对策。我爸爸不想离开上海,他写了篇《逃亦有道》。《论语》居然大胆地出了一期"逃难专号",封面上的漫画大概也是丰子恺的作品,题目是"城门失火",画了两条鱼,意思是"殃及池鱼",寓意老百姓遭祸。快解放,《论语》被迫停刊。那时候,家里还有一大叠丰子恺的漫画,后来不知去向。解放后政府要办《人民画报》,漫画家胡考和丁聪任编辑。他们是以前我爸爸办画报时经常投画稿的漫画家,很熟悉。他们知道当年时代图书公司的画报质量好,是因为我们时代印刷厂的机器好,所以他们向领导建议:《人民画报》必须影写版来印。那时候,中国仅有时代印刷厂这一部影写版设备。通过当时在上海任宣传部长的夏衍说服我爸爸出让这部机器,夏衍过去就是我爸爸的好友。买卖双方具体洽谈,政府方的代表就是丁聪。时代印刷厂十三名技术工人随机器迁京,而这部机器关键的一块照相网线版就是由丁聪当心地抱着坐火车去北京的。爸爸结束了他为之投入半生精力的出版事业。后来他以翻译外国文学作品为业。不料,一九五八年一场莫名的牢狱之灾落在爸爸头上,爸爸就此重疴缠身。一九六八年贫病交迫,含冤辞世。

半个多世纪以来,邵洵美在文坛几乎销声匿迹,这两三代人只是在他们高中语文课本里一篇《拿来主义》的注释里,看到邵洵美的名字。国家改革开放以后,我妈妈为了不让邵洵美的名字永远被湮没,她古稀之年动笔写《回忆邵洵美》,刊登在一九八二年南京师范学院的内部刊物《文教资料简报》上。自此报刊上出现不少回忆邵洵美的文章。我对爸爸的过去了解很少,带着无数疑点钻进图书馆,在故纸堆里寻找他的足迹。我这才认识爸爸。他,邵洵美,原来是个诗人,是个作家、编辑、翻译家、集邮家,也是一个出版家。我读到了他一百余首诗歌,五百余文章,翻找到他经手出版的十三份期刊,看到他的文笔、他的手迹。读到他的喜和忧,也看到他对画报的价值估量,与画人的友谊。我在图书馆觅得这份有趣的《时代漫画》,翻阅中独自偷乐。令我惊讶的是,在他的一生中,无论是他的爱好,他的作品,他的友人,他的事业成就,他的历险故事,乃至于他艰辛投入半生的出版事业打上句号,都跟漫画家们有密切的关系。

新娘子（洵美自制拼贴画）

邵洵美从小喜欢写写涂涂，十二岁出《家报》，十七八岁写诗作文。青年时期画了几张漫画，贴上自己的头部照片。题目有《吃大餐》《恭贺新禧》等。蜜月逗乐，剪下他和新娘子佩玉的照片，添上身体，画两人坐在屋顶上欣赏星空。上世纪三十年代，他发表的文章的插图也有他自己画的，如《晒书的感想》。和挚友诗人徐志摩、胡适之那些新月书店的朋友有次共聚在徐志摩家，写诗作画，后来陆小曼集成《一本没有颜色的书》。这里面就有邵洵美画的线条画，题的字是"一个茶壶 一个茶杯 一个志摩 一个小曼"。在孤岛上海租界编《自由谭》，有的文章题花他自己凑合着画。

邵洵美是什么时候开始跟这批漫画家结交的呢？读他那部因战争打断的半自传性小说《儒林新史》，估摸大约是在他二十岁时。他离国前，并没有画界朋友。到法国，结交了课余开玩笑组织的"天狗会"中国留学生。他们当中画家很多,有王济远、刘海粟、常玉、徐悲鸿、江小鹣等人。那个回国后一直在国民政府任职(相当于文化部长角色)的张道藩那时候也在法国学画。张道藩与在欧洲十多年,研究文学和戏剧的谢寿康,以及徐悲鸿蒋碧微夫妇跟邵洵美很投契,他们义结金兰。一九二六年邵洵美回国,第二天被张道藩拉到"一品香"饭店,像是刘海粟请客,来客多文学界美术界人士,在法国结交的徐志摩又见面,他刚刚和他的心上人陆小曼如愿结合。江小鹣自然也在座。一九二七年一月十五日邵洵美和他的表姐盛佩玉成婚。在他们结婚满月那天,朋友们来新房看新娘子。徐志摩带来他的老同学郁达夫。画家有法国认识的常玉、江小鹣、刘海粟、王济远,又来了新结交的叶浅予,丁悚,张光宇、张正宇兄弟。刘海粟第一个拿起毛笔画了幅松梅图。每个人都动笔志喜,有的作画,有的题字。张正宇发起,画在一起。于是在一张扇面上,每人画一笔,成了幅山水画。最后,徐志摩题字,学邵洵美称新娘"茶姐"。这件诗人与画家合作的扇面,邵洵美视为珍宝。可惜"八一三"逃难未及带出,丢失了。

邵洵美在英国剑桥大学修的是政治经济学,然而他生性喜爱文学。在法国,结识了诗人徐志摩。二人在路角咖啡馆的一席谈话,激起了邵洵美心底的诗,从此,他把课本扔在一边,决心步入文学道路。不到一年,他写了许多诗歌。家里的意外变故中断了他的学业。归国带来的诗文稿子,就出版了三本书。可以看到他的诗里洋溢着赞美生,赞美美,赞美爱,显现当时英法文学界盛行的唯美流派的影响。回来,他就参与到新朋友滕固、章克标他们狮吼社圈子的文学活动。原来狮吼社的那班人因各人的事难有机会聚在一起,加上办刊的经费有时没有着落,《狮吼》出出停停。洵美有的是时间,资金没有问题。《狮吼》的唯美正投其所好,于是他便接办了《狮吼》月刊第二期,那是一九二八年三月。他成立了金屋书店,独立创办《狮吼》复活号和《金屋》月刊。那段时间,他创作和翻译了许多诗文,乐在其中;并交上很多文学界出版界朋友。也就在同一个时期,一九二八年四月,张光宇兄弟和叶浅予等漫画家创办《上海漫画》。可以说是全国第一届美术展览会使这些文坛画界的人士密切合作,加深了友谊。这个展览会自一九二二年蔡元培、刘海粟、张君劢倡议,经过多年努力,终于在一九二九年四月在上海开幕。江小鹣负责陈列,张光宇设计大门装饰,徐志摩负责会刊的编辑、宣传事务;而编制目录、图片印行的工作由邵洵美等人完成。那时际,江小鹣和邵洵美时相交往。已经有名的雕塑家江小鹣为邵洵美塑的头像陈列在这个展览会上,会刊收入它的照片。邵洵美是个好客的人,朋友们也喜欢他。他健谈,也善于倾听。他性情随和,谈吐不俗,求知热诚,慷慨助人,出道伊始就赢得那些卓有成就的兄长辈朋友的交情。装潢雅致的金屋书店成了文人墨客聚会的热闹场所。

好端端在办着的《金屋》月刊怎么突然停刊?原因之一是徐志摩他们的新月书店资金短缺,来拉邵洵美入股。他们创办的《诗刊》,吸引了诗人邵洵美。几乎同时,张氏兄弟结束了他们辛辛苦苦办了一百多期的《上海漫画》,来办一本画报。其缘由是上海有本销路甚广的大开本画报《良友》,它的上海代销商王叔旸因为业务被别家书店抢走不甘心,怂恿张正宇另外编一份同样的画报月刊与之抗衡。一九二九年十月,《时代画报》创刊号问世,销路超过了《良友》。可是在得意之余,他们却尝到资金周转不灵的苦恼,陷于进退两难之中,就去求助于邵洵美,把《时代画报》盘给他,原有人马统统留下。邵洵美出于对美术由衷的爱好和对这班漫画家的欣赏,很乐意接办《时代画报》,搭救这批画家朋友。章克标当时说:"这像是一件湿布衫脱给他穿,邵仁兄倒很高兴地穿上了。"他们成立了上海时代图书公司。

江小鹣作洵美塑像,陈列于第一届全国美术展览会(一九二九)

邵洵美当初是个唯美派诗人,和徐志摩等悉心推动中国新诗发展。没料到一九三一年十一月徐志摩去北京,在济南飞机触山罹难。亦师亦友的徐志摩的逝去对邵洵美打击巨大,他失去了诗兴,从此不再写诗。次年"一·二八"的炮火血腥震惊了他,现实使他从唯美转身,自此他把全部精力投入时代图书公司。他相中了"时代"这个品牌:文学要贴合时代。五六年间,时代出版许多中外古今的书籍,前后

解读　237

出版了九份期刊:《时代画报》、幽默杂志《论语》、《十日谈》旬刊、《人言周刊》、《时代漫画》、《时代电影》、《文学时代》、中英双语的《声色画报》和艺术与装帧高雅的《万象》,一九三五年,时代公司鼎盛时期几乎每五天就有一种期刊与读者见面。邵洵美自己在这些刊物里发表许许多多文章。

张光宇是漫画界的"大哥",有他的号召力,上海乃至各地的画家漫画家给时代投稿蜂拥。他把当时在上海的漫画家丁悚、叶浅予、黄文农、鲁少飞、王敦庆等都带进了"时代"。他的漫画颇具特色,为"时代"许多书刊设计的封面让人过目难忘。他不仅是漫画家,也是工艺美术家,他不断创新,许多新颖的、奇特的创意都得到洵美的赏识,在"时代"得以实践。"时代"开辟场地让这些有才有艺的画家任意驰骋,邵洵美与他们同乐。一九三三年秋墨西哥"漫画王子"珂佛罗皮斯(Covarrubias)来上海,洵美招待,把他推荐给张光宇兄弟等漫画家。他是美国杂志《名利场》(*Vanity Fair*)的知名画家,长于画民间风土人情,风格特殊。他带来自己的画同光宇相互观摩,看得出后来张光宇的作品,包括其漫画《民间情歌》里都有借鉴。叶浅予也受其影响拿起速写本。邵洵美与画人合作愉快,相处融洽。张氏兄弟的作品在期刊里随处可见。画家们的佳作也得到出版,诸如叶浅予的《王先生》《浅予速写集》,张光宇的《民间情歌》,黄文农的《文农讽刺画集》等著作。还出版《曹涵美画〈第一奇书金瓶梅全图〉》,邵洵美亲自设计广告,并手书序言,对其精心设计的插图内容与精湛的工笔画赞美有加,他写道:"曹涵美创作了这本画册,使人觉得没有再去读原书的必要。"

邵洵美重视出版画报,一连出版三份。他说,办画报的目的是使人感觉到一种快乐。要增加识字的人对读物的兴味,使不识字的人从图画里得到知识;要养成读书的习惯,从画报着手应当算是最好的方法。他觉得,图画能走到文字所走不到的地方,写了《画报在出版界的地位》。为了画报的质量,他舍得拿出仅剩的一笔巨款,引进当年德国最先进的全套影写版设备,开办时代印刷厂,那是张正宇鼓动他的。印出来的图片确实好,这台机器全国驰名。时代公司的画家大多数是漫画家,一九三四年一月《时代漫画》自然应运而生。张光宇委托鲁少飞编辑《时代漫画》。这些漫画有毛笔画,也有钢笔画;有线条画,也有水彩画;偶尔也有些照片。《时代漫画》是轻松的读物。为了刊物的生存,主编鲁少飞不得不插入一些软性的作品,其实,上世纪三十年代西方艺术已经东渐,漫画家们思想很前卫,裸体画不足为奇(想不到六十年代的人们却以此批评这本刊物带有色情)。这些人不了解这位备受漫画家尊重的主编。他主张:"漫画是为正义活着的,为公道拿画笔是我们的天命。"这份刊物历时三年,其中许多作品在引人发笑的同时,传播了艺术理念,发出了正义的呼声。他们画生活里的乐事、趣事、丑事、不平事;也对不满的时局政令讽刺抨击。它是图文并茂的。有漫画,也有"漫文"。爸爸在《时代漫画》里刊过三篇"漫文"。读他的《几种赌与几个人》,就像看到徐志摩打麻将时眼睛发光,老虎发狂时尾巴竖起来般的一张漫画。让我深思的是,他的《真心话》的下页有黄苗子的漫画,题目也是

《真心话》。经过对照同时期《人言周刊》里邵洵美的一篇《汪院长辞职问题》,我才弄明白二者的关联。从中得到启示:读者如果只看文章的文字描述、图画的艺术,而不去联系作品创作的时代背景、新闻人物、政局动态,是难以理解一些漫文与漫画个中的真意的。《时代漫画》是成功的,同时也吸引了不少业余的漫画新手投稿。编者有心培养漫画人才,特地集稿,第三十五期出版"全国无名作家专号",附带赠送《时代儿童漫画》,鼓励年轻人学习画漫画的热潮。

《时代漫画》的诞生,还有一个机遇。一九三二年十位朋友在邵宅商议出版《论语》,意在效仿英国老牌幽默杂志 Punch(《笨拙》),商定半本文章,半本漫画。不料林语堂一时失着,宴请漫画家黄文农,把名字错写成王元龙(名演员),气得黄文农甩手辞请,半本漫画的计划从而落空。一

邵洵美夫妇与漫画家们

幅幅漫画只能填补留白或以封面做领地。正因为这一失误，造就了专门出一本漫画杂志的动机。《论语》里，漫画只是点缀，《时代漫画》却实践了半本漫画半本文章的梦想。漫画与幽默文章是同出一辙的，只是手法不同而已。作家海戈说："时代愈乱，《论语》愈能风行，材料也愈加精彩。"《时代漫画》也是如此。二者同样销路逾万。张光宇说："这是一个漫画的时代。"

鲁少飞的漫画艺术十分精湛，他画过一幅《文坛茶话图》刊在一九三六年的《六艺》月刊创刊号，戏称邵洵美是"文坛孟尝君"。这其实是鲁少飞的一件杰作，所画的二十多个人像，简单几笔，容貌神情个个对得上号。图画里邵洵美做东的大餐台周围坐的二十二个人，都是作家。其实画中人还只是他文坛友人的一部分，学术界、新闻界、出版界的尚未入座；其他如艺术界、音乐界、影剧界、金石界、摄影界还不在内。在上世纪三十年代的上海滩，邵洵美与他们共同为推动中国的文化进步，洒下无数心血。友人之所以誉他为"孟尝君"，不仅因其友人之众，其助人之忱，又诚心诚意帮朋友们发表作品，也有感于他为正义敢于出头。当年邵洵美开书店办杂志不断大量投入，他毫无赢利企图，一点也不懂得生意经。图书公司连年亏损，诗人卞之琳说，邵洵美"衣带渐宽终不悔，玩印刷技术赔光家业"。有人称他是"文学纨绔子"，实则他是个理想主义者，痴心想效仿英国新闻大王北岩爵士获得百万读者的成功经验，做"文化的班底"，实现自己推动文化发展的初衷，做文化的护法的决心。

一九三四年五月他们又想模仿美国一本大杂志，出版了《万象》，一本图文并茂的大开本。内容充实，外表精致，水准较高，介绍中西美术、古今名画、讽刺画，还有当时中国知名的作家画家的作品，由张光宇和叶灵凤编辑。大家看了都叫好，但是营业额欠佳。为采访吴稚晖，谈《世界画报》，二张和洵美去他府上，四人合影，刊在次年勉强出版的第三期。编辑说："我们冲锋太勇敢了！"第三期降价出售也"不叫座"，实在是洵美他们过高地估计读者的购买力和艺术鉴赏力。几十年后胡考说，时代图书公司别的刊物都赚钱，却因编《万象》垮掉了。画家们都为《万象》的失败惋惜。丁聪回忆光宇说，一九五七年，他一心想恢复《万象》，搞一本文图、摄影高品位的杂志，未获认可。一九五八年终于创办了《装饰》。《装饰》实际上是《万象》的变种和继续。

一九三五年九月张光宇和张正宇突然退出时代，去办独立出版社，创办《独立漫画》。叶浅予在他的自传里说，因为时代图书公司亏空太多。七十年后黄苗子回忆，或是因为画报里摄影占了太多篇幅。《独立漫画》第五期的封面可能有助破解这个疑问。汪子美画的彩色封面，题目是《诗人游地狱》：敌机、坦克的背景里，青面孔的邵洵美吸着烟卷，手持一书，书名"小品文"。这是不是影射邵洵美在战争的环境里还有心思在小品文上面？张光宇之所以离开时代，缘在对刊物出版的侧重有分歧？另立门户，谓之"独立"，顾名思义，股东间有矛盾。我们看《时代画报》的名称多次更迭：《时代画报》月刊—《时代》半月刊—《时代》图画半月刊—《时代》月刊—《时代》图画半月刊。反复更名，无疑存在争论和妥协。

邵洵美写了《一个艺术家的劝告》刊在《人言周刊》。他对《独立漫画》丑化他的形象并没有生气，只是善意地指出："忠实于艺术研究的张氏兄弟的刊物的封面上，有这样的表现，我心里确乎感到说不出的难受。无聊的诗与小品文是有的，正像无聊的漫画在市面上也数见不鲜；但是因此对诗与小品文或漫画，表示讥讽，似乎便失却了艺术家诚恳的态度。——万百事情，假使你没有能力去理解，你总会觉得可笑。但你假使有一个真正的艺术家的了解力，你便会看出他们各自的苦衷，而加以同情或怜惜。伟大的艺术家都有这种宽大的气量，只有被'名利'所指挥的艺术家才会固执或倔强。艺术的至高价值便在这种地方。"他自己也确有这个气量。

也就是一九三五年，陈望道出版了《小品文和漫画》。他认为，"现在是小品文和漫画在中国的流行期，也是二者在中国的转变期。种种争论，大概都由转变激成"。他以此为题集稿，为《太白》出本特辑，看看各位作者最近的见解。很快收集到五十八篇文章，其中不乏知名作家画家的作品。

其实张氏兄弟跟洵美的感情依然如故。盛佩玉在其回忆录《盛氏家族·邵洵美与我》写到自己三十岁生日（一九三五年冬，就在《独立漫画》第五期出版后没几天），"因为家住远了，亲友来聚不方便，倒是张氏兄弟起劲，主动要给佩玉做寿。他们送的那只生日蛋糕特别大，怕压坏，大老远的坐三轮车，兄弟俩托着蛋糕到杨树浦来"。她一直记得他们的盛情。

如此这般，人们或以为他们间的感情会不如以前，实则不然,艺文论争无损友情。抗战期间兄弟俩都不在上海。抗战胜利后不久,光宇和正宇哼哈二将来霞飞路洵美家。和以往一样,他们两位一到,家里就热闹,谈笑声震屋宇。他们拿出画册,三人凑在一起。听他们在议论一本叫《小姐须知》的书,头碰头地翻看一本新出的漫画书,漫画的笔法似是张光宇的《民间情歌》。

这本一九三〇年美术刊行社出版的《小姐须知》是邵张合作的结晶,浩文(邵洵美)作文,张光宇绘,别具匠心饶有趣味。一行行文字风趣地指点恋爱中的少女,幽默而隐晦,配上风格别样的一幅幅画,笔触动人,读来令人莞尔。这方形的小画册很精致,图画和花边全是粉红色的;黑色的字不是铅字印的,是请书店同人王永禄书写的小楷。他屏息聚神一气呵成,看不出一丝瑕疵。他们俩还有一次合作,张光宇作了一张画:一个阿拉伯人长着邵洵美的面孔,手里捧着一只鸡。这是他为邵洵美翻译的一本书设计的封面,刊在一九三四年的《美术》杂志第一期,书名是《逃走了的雄鸡》。那是英国著名小说家劳伦斯(D. H. Lawrence)的有争议的一本。一九二九年洵美在《新月月刊》发表过一篇书评,说起这本性题材的书,在英国被认为是淫秽作品;当时又因为有诋毁耶稣亵渎神圣之嫌,一度被禁。他对劳伦斯很感兴趣,一九三四年在《人言周刊》有一篇《读劳伦斯小说——复郁达夫先生信》,他和郁达夫讨论《却泰莱夫人的情人》*Lady Chatterley's lover* 版本的研究,小说的结构和文笔,以文艺眼光欣赏这部杰作,认为作者写这本书目的在宣扬他的哲学。他告诉达夫"前年秋天曾经翻译那篇《逃走了的雄鸡》"。可是我们直到一九三八年在徐迟编的《纯文艺》才看到他的译作,那段描写耶稣复活的文字令人战栗。可惜没能找到全文,更没法找到已经设计好封面的译本。

《时代漫画》生长在上海滩,人才相对集中,中西文化融合之地。《时代漫画》诞生于一九三四年,结束于一九三七年。一九三四年是"一·二八"事变之后,人们生活相对安定,文化开始繁荣的年月,书报杂志的出版犹如雨后春笋;邵洵美、施蛰存等出版人称之为"杂志年"。一九三七年"八一三"日本侵略者把战火烧到上海,时代图书公司那时尚存的四份刊物一夕之间被迫停刊,画人四散。《时代漫画》主编鲁少飞和助手宣文杰连夜把历年来投稿的作者名单制成一本通讯录,散发给各位,以便互相联系和帮助。这些漫画家火速在各地组成救亡漫画宣传队,发挥了很大的作用。邵洵美在上海孤岛借助外国友人的帮助秘密出版抗日宣传杂志《自由谭》和 *Candid Comment*。他知道,漫画和木刻具有的宣传力度比文章大。这些图片的稿子大多从他们那里获得。没能离开上海的画家江栋良等也经常来稿。

这些艺术家的友谊几十年如故,一九八四年,《时代漫画》创刊五十周年,共聚胡考家,宴请当年主编鲁少飞,大家笑谓"罗汉请观音"。想不到二〇〇五年上海社会科学院把《时代漫画》作为"老上海期刊经典"之一选编印行。一份普通的画刊,仅仅三十九期,七十年后重现,其价值不言而喻。编辑鲁少飞在八十六岁回顾当年"漫画不尽是雕虫小技,而是反映与记录了三十年代的时事与社会的百像图。斯可传于后世珍视之"。

解读 245

二〇一六年三月七日,在上海衡山和集书店举办"《一代出版家邵洵美》和他的《时代漫画》"讲座,邵绡红和上海图书馆研究员张伟主讲

黄苗子说:"《时代画报》《时代漫画》和《万象》对中国漫画的发展起很大的作用。漫画的发展也影响到绘画的发展。如果没有洵美,没有时代图书公司,中国的漫画不会像现在这样发展。"

我想,还可以这样说:"如果不是那样的时代,如果没有那样的一批才华横溢的漫画家,就不会有《时代画报》《时代漫画》和《万象》。"——我想,还可以这样说:"如果没有那批漫画家朋友,邵洵美的一生不会有那么多的精彩。"

(原载二〇一三年第十期《时代漫画——被时光尘封的一九三〇年代中国创造力》,《生活月刊》编,广西师范大学出版社二〇一五年出版)

主编的笔下

——看邵洵美的编辑随笔卷《自由谭》

邵洵美在文学领域的角色定位是诗人、文学家、翻译家和出版家。人说他最初涉猎的地界是诗歌,细细考来,其实不然。看他那篇《再函达祖》(邵洵美作品系列第一辑《不能说谎的职业》第二五九页)里忆起十二岁和弟妹办《家报》的细节,幼小的心灵就涌动着出版的兴味。一九二四年《申报》报道吴济柔和邵洵美创办的《济美社刊》第一期四月十七日出版。在他的《诗二十五首》自序述及"第一次的新诗创作——题为《二月十四日》"(《妇女杂志》十一卷五期商务印书馆一九二五年五月),那已是一九二五年。他弟妹成群,素有大哥做派与人分享的豪爽,因而以"为他人作嫁衣裳"的出版当事业,于他,确也适当。

本卷罗列他为自己的各份期刊所写的"编者的话"。为了便于读者了解邵洵美半生的编辑生涯,这里不得不啰嗦地讲述他办出版的经历。家庭意外事故中断了他在剑桥的学业,回国伊始就参与滕固的狮吼社。他们的同人刊物正想东山再起,邵洵美出资出力,《狮吼》月刊第一期一九二七年五月一日出版。第二期却迟至一九二八年三月现身,原来编辑"脱岗"了。当时国民政府成立南京特别市,刘纪文出任市长,友情特邀他去当秘书。仅仅四个月,邵洵美那片热心北伐的诚意因官场的丑陋大失所望,忿而弃职。那是在国民党内部宁汉纷争,蒋介石第一次下野的前一天。他认识到自己不是"官材",文学艺术的圣殿才是他尽情遨游的天地。在张景秋的鼓励下,创办了金屋书店(《上海画报》一九二七年十月二十四日),七月,《狮吼》以"复活号"面世。初执牛耳他没有经验,请章克标襄助。二十刚出头的他,创作欲旺盛,在那个小小的园地里,播种着各式各样的花种:诗歌、散文、小说、书评、翻译。文学界艺术界的人脉大多数是他在法国结交的朋辈延展来的,他们回国崭露头角。加之,他一脚踏进文人墨客纷至沓来的新雅酒楼。好学、好客、健谈、风趣、真诚的他,很快就结识了文学界、出版界、艺术界的前辈。金屋书店成了朋友们雅集的又一场所。《狮吼复活号》一年之后改为《金屋月刊》,二者风格相似。撰稿人增多了,即连徐志摩也有诗歌刊登。可是下半年起,这本月刊拖期或合刊,原本应当年底出刊的第十二期直至次年的九月方才露面。原因之一是邵洵美忙于入股新月书店,和徐志摩切磋诗艺,共筑诗坛,创办《诗刊》;其二,又去搭救画人张光宇兄弟与叶浅予的《时代画报》,他们出了三期就陷入资金短缺的困境。为了"新月"和"时代",他舍弃了"金屋"。亦师亦友的徐志摩扩大了他的交游天地,他成为笔会的骨干。可恨天妒英才,一九三一年十一月徐志摩云天夺命。失去了桂冠诗人和"新月"的领头人,《诗刊》《新月月刊》相继停刊;邵洵美也失去了诗兴,他把精力投入时代图书公司。他相中了"时代"这个品牌,又参悟到"画报在出版界的地位"(《邵洵美作品系列》艺文闲话卷《一个人的谈话》第七十三页)。五六年间,时代前后出版了九份期刊:《时代画报》、《论语》、《十日谈》旬刊、《人言周刊》、《时代漫画》、《时代电影》、《文学时代》、《声色画报》和艺术与装帧高雅的《万象》,其中画报就有三份。为了画报的质量,他舍得拿出仅剩的一笔巨款,引进当年德国最先进的影写版设备,开办时代印刷厂。《十日谈》和《人言周刊》笔锋过于犀利,为免于影响时代其他书刊的正常发行,一度设立第一出版社出版。这些期刊大多短命:或因资金短缺,或因期望高过现实需求,在那战争阴霾下的读者缺少情趣来消费如《文学时代》和《万象》般纯文学纯艺术的作品;或因过于横冲直撞冒犯当局,如《十日谈》,它不畏强权,大胆"开天窗",终因绕不过新闻审查,遭到查禁罚停;也有因他太忙,无暇顾及的,如与美国作家项美丽(Emily Hahn)合办的双语杂志《声色画报》。到一九三七年坚持发刊的尚有四份:《时代画报》《时代漫画》《时代电影》和幽默杂志《论语》半月刊,它们有大量读者。

《时代画报》的名称曾多次变更:《时代画报》月刊—《时代》半月刊—《时代》图画半月刊—《时代》月刊—《时代》图画半月刊,但作家、画家和读者习惯称这本刊物为《时代画报》,因而我们将该刊发表的作品出处也就统一列为《时代画报》。其间第二卷到第五卷邵洵美在编辑之列。"一·二八"事变,十九路军和驻沪日军在闸北交火,处于危险地段的时代印刷厂临时搬迁,画报暂时停刊。望着商务印书馆的纸灰在炮火中飞旋的邵洵美义愤填膺,独立出版了《时事日报》。这份仅出十六期、以照片为主报道战事宣传抗敌的小报,如今已了无痕迹,只留下家人和鼎力协助他的徒弟王永禄老来的回忆。局面平静之后《时代》方才复刊。邵洵美在同画家们合作的几年里他们相处融洽,张氏兄弟的作品随处可见。有一本浩文(邵洵美)文,光宇绘的《小姐须知》别具匠心饶有趣味(前两年,老画家黄苗子还特地委人去上海图书馆寻觅)。当年他极为赞赏光宇的才华,支持其各种创意,时代出版的许多书刊独特的设计均出自光宇。他支持画家们的佳作出版,诸如叶浅予的《王先生》《浅予速写集》,张光宇的《民间情歌》,黄文农的《文农讽刺画集》等著作,张乐平的《三毛》,黄尧的《牛鼻子》也长期连载于《时代漫画》。他支持开办美术培训班,举办第一届漫画展览会等活动。《时代漫画》的新老作家达百余,是后来抗日救亡漫画队的骨干。一九三五年或因图书公司连年亏损,张光宇和张振宇退出时代,去办独立出版社出版《独立漫画》。一九三六年时代出版《曹涵美画〈第一奇书金瓶梅全图〉》,邵洵美亲自设计广告,手书序言,对其精心设计的插图内容与精湛的工笔画赞美有加,认为:"曹涵美创作了这本画册,使人觉得没有再去读原书的必要。"

《论语》也有曲折,当初十位朋友在邵宅商议出版《论语》,意在效仿英国老牌幽默杂志 Punch(《笨拙》),商定半本文字,半本漫画。岂料林语堂一时失着,宴请漫画家黄文农,把名字错写成王元龙(名演员),气得黄文农甩手辞请,半本漫画的计划从而落空。一幅幅漫画只能填补留白或以封面做领地,其中许多丰子恺的作品,笔触朴素意味深长。漫画与幽默文章是同出一辙的,只是手法不同而已。作家海戈说:"时代愈乱,《论语》愈能风行,材料也愈加精彩。"《时代漫画》也是如此。二者同样销路逾万。那些年邵洵美在美术界、影剧界、音乐界、摄影界、金石界都有好友。文学界的朋友里有《新月》一班人、《天下》一班人,有《论语》朋友等等。他融入诗坛、笔会,跻身新闻出版界、学术界,他们为他的书刊丰富了内容和色彩,他则热情地为他们施展拳脚提供广阔场地。

"八一三"事变,突发的战役使邵洵美损失惨重。他的家和印刷厂位于日军登陆上海的东北角,实因手头拮据的窘境,直到战火打响前一刻,才慌慌张张携家眷和工人逃离杨树浦。半壁江山落入敌手,亿万同胞惨遭蹂躏,蜗居法租界的他决意拿起笔做刀枪。当时租界里日本人还没有权势可以明目张胆地迫害中国人。他们利用敌伪势力在极司非尔路(现万航渡路)76号的特工总部关押杀害爱国人士。在"孤岛"的爱国人士想办抗日报刊,又想免受迫害,只得借洋人的名义。挂上洋招牌,就像有了"护身符",可以不受日伪检查。但由于反对日伪的文章口气尖利,报馆收到附有子弹的信函,《大英夜报》就是一例。它是中文报,由洋商出面办,实际上办报人是中国人翁率平、储东郊,邵洵美也参加股份,经济支援者是平祖仁。邵洵美每周为该报写三篇社论,因为不署名,没能收入本卷。他很想再度奋起,拥有自己的刊物,可战争毁了他的出版事业。生计全无,靠变卖细软度日的他却依然不轻言放弃。他争取到外国朋友的同情,在《大美晚报》主人史带(Starr)等朋友的资助下,一九三八年他和美国作家项美丽合力创办了中英姐妹版刊物《自由谭》和 Candid Comment（《直言评论》）。遭到敌伪的恐吓，两份宣传抗日的杂志都只出了七八期。一九四一年太平洋战争爆发，上海孤岛也陷入敌手。

抗战胜利后，英文的《自由西报》(Shanghai Herald)①聘请他任顾问，他推荐许国璋、张培基、郑少云和宋衍礼当编辑。同时他自己又编辑一本从封面设计到内部编制都模仿美国《时代周刊》(Time) 的《见闻》时事周报。他想把《见闻》办得跟 Time 一样出色，简洁易读，条理清晰，为忙碌的读者群盘点一周国内外新闻。可是 Time 以侵犯版权要跟《见闻》打官司。邵洵美觉得那样更好，可以增大名声增加销路，说"摹仿是最诚意的恭维"。他以为中国向未加入版权公约，法律上有充分保障。第四期出版时邵洵美去美国了。孰知发行人顶不住压力，第五期封面就改了颜色，未待邵归国，《见闻》只出了十六期就停刊了。当洵美年底回来，夫人盛佩玉已独当一面，聘请李青崖执编，使《论语》复刊。李青崖忙于宁沪两地教务请辞，洵美便接手编辑。与此同时，他与人合资重建了书店——时代书局。直到一九四九年五月上海解放前夕，《论语》被迫停刊。后来时代印刷厂由人民政府收购，影写版全套设备连同十三名技术人员迁京，创办《人民画报》。时代书局继而停办。邵洵美结束了他的出版事业。

在诸多出版的期刊里他自己任主编的有《狮吼》《金屋》《时事日报》《论语》《人言周刊》《声色画报》《自由谭》和《见闻》。参与编辑的有《十日谈》、《时代画报》、《诗刊》、《新

---

① 后改名《自由论坛报》(Shanghai Herald Tribune)

月》、《诗篇》、*Candid Comment*、*Shanghai Herald* 等。从一九二七年的《狮吼》月刊到一九四九年的《论语》，可以看到一个编辑的成长史。在不同时期"编者的话"里看得到他的编辑手法与文笔从生涩逐步老到，看得到他从唯美、纯艺术转身，面对现实，进而执着地与时代气息相通。虽然因为他的出身，他的观点或有所局限有所偏重；但看历年出版的一本本书刊，不能不说他为推动新诗、新文学和漫画的发展是尽力的。在他动荡的一生中，努力进行诗歌文学的创作和理论研究，勤奋钻研学问的同时，他发声呼吁抗日救国，为民众的生活艰难、为言论自由被钳制鸣不平；用他的笔写下读者想说的话。从纯文艺创作扩大到关心社会、分析时事，《时代》二卷一期的《编完以后》可说是他明志的宣言。他是一个理想主义者，一个完美主义者，从书刊的装帧、编排，乃至页码的位置都要考究一番，每一种期刊里"编者的话"的题目各不相同，早期《狮吼》的"我们的话"并不署名，有的难以区分哪篇是他所写；"金屋谈话"、《时代》的"编者"明显都是他的手笔。《人言周刊》没有"编者的话"栏目，他以笔名郭明写许多评论，用化名"记者"写《人言周刊》的"一周间"。《论语》用"编辑随笔"，《声色》用"编辑者言"，《自由谭》用"编辑谈话"，《见闻》用"见闻的见闻"。其内容从编辑琐语逐渐转到与读者互动：《金屋》专设"金屋邮箱"，《人言周刊》有"读者邮箱"，《论语》有"群言堂"。

一九三五年，时代公司鼎盛时期出版着七份杂志，几乎每五天就有一种与读者见面。邵洵美正忙着周旋于各编辑间，忙于资金周转，忙于为徐志摩续写小说《珰女士》（《邵洵美作品系列》小说卷《贵族区》第一七二页），《论语》的编辑陶亢德被林语堂拉去办《人间世》和《宇宙风》了，年底，他不得不搁下小说，把《人言周刊》完全撂给别人，亲自出马，担起《论语》的编务。起先请郁达夫帮助，郁达夫远在福建又忙于政务，自八十二期他只有单枪匹马全身心投入。他为编辑《论语》是煞费苦心的。到———期为了要添加幽默意味，诚邀国学功底深厚的读者林达祖协助。他始终重视这本具有特殊功能的杂志，它是唯一不赔本的一本。"幽默"这个点子，当初就令他心动，可以借幽默，意在言外。战前，随着时局的变化，新闻审查的收紧，《论语》不得不改换手法，借喻反讽，迂回点击，"编辑随笔"的笔触也由直率变为隐晦，他说"'编辑随笔'既叫随笔，为自己把范围放得很宽，写些编辑的分内话可以，写些对时局的印象也可以，或是写些对于一本书一篇文章的意见也可以；总之想到什么写什么，就说把自己的日记信札抄上几段，也没有什么不可以。"在他的手上《论语》的发刊宗旨"论语同人戒条"，逐渐随形势蜕化，战后变身为"论语征兵歌"了。

人说邵洵美是"文坛孟尝君"乐于酬应，言外之意是他办出版只是玩票；其实，在他，真有如《游山日记》里的舒白香一般，蒙承不白之冤。他对出版计划、编辑方针、编辑手法，乃至营销手段，真可谓处处积虑用心考量。给林达祖的两封信可见一斑（见《邵洵美作品系列》随笔卷《不能说谎的职业》)，"编辑随笔"里也不时读到他出的点子。他为刊物扩大销路煞费心计：设专栏、出专号动足脑筋。设计专栏是他的乐趣：《狮吼》复活号和《金屋月刊》有"金屋谈话""介绍批评和讨论"等；《时代画报》有"时代讲话"等；《人言周刊》有"短评"、"评论"、"七日日记"、"中国始终是中国"、"艺文闲话"、"附刊"（包括文坛、现代政治、国际评论、时代知识）、"一周间"等。编《论语》他更是用心，有"你的话""论语""群言堂""雨花""半月要闻"等。当年《论语》创办，一炮打响，"幽默"二字在群众中成为流行词，然而人们不能真切地了解其意味，纵使论语同人写了那么多文章，还不断有读者来信求答。邵洵美接手之后，一再在他的"编辑随笔"里解释"什么是幽默"，还用案例说明，如《幽默与长寿》《领袖与幽默》《英国幽默与中国幽默》等，也用心地写大块文章，如《一个真正的幽默作家》《幽默的来踪与去迹》《幽默真谛》（《一个人的谈话》第一五九——一八九页）等，并出版《论语丛书》，编撰《幽默解》。待到战后，新一代的读者更想要明白"什么是幽默"，他不得不登广告征求《论语丛书》，因为原有的纸版都在战争中散失了，他重新出版《论语丛书》，编撰《论幽默》。他每隔一时便动足心思编期专号，甚至在蒋家王朝覆没前夕，竟冒天下之大不韪，敢于出一期"逃难专号"。除此之外，逢新年，又要出加多分量的"特大号"。结合时事他专门出版两本"论语小册子"——《和议不屈》和《〈蒋委员长西安半月记〉、〈蒋夫人西安回忆录〉读后感》，免费赠给订户。战后为扩大《论语》的影响，特地制作供读者记日记的《论语日记》，每页附有"每日一笑"，刊载中外幽默小品。

国民党政权到了最后阶段，高压专权，民不聊生，《论语》的"编辑随笔"分内话越来越少，写得越来越像《人言周刊》的短评（邵洵美作品系列时评卷《时代讲话》）。他的笔从幽默转向讽刺，乃至率性地调侃，指名道姓地抨击。《论语》是他引以为傲的，是用足心思编撰的，除了抗战时期停刊从不脱期。一篇篇"编辑随笔"里可以看到许多故事，从时局的变幻、社会的动态、民众的生活到各种人与事;他的笔始终紧跟时事、国内政令、国际政局,淋漓尽致地描绘历史的一幕幕情节;在他的笔下,介绍和评述的中国作家多达八十多位。令你不由得想去寻觅这本幽默杂志,一品老作家当年为《论语》写的妙文,一品当年文坛趣事轶闻以及当年他们的艰难。你会认可他们的文章紧贴生活,《论语》岂尽是一批清客闲适地在清谈。现实使这班"论语朋友"创造出"乐而不淫,哀而不伤,谑而不虐"的技能,以"春秋笔法"书写"论语文章"。

编辑生涯的苦乐尽在他的笔下。一九二六年回国时,他还是个出手阔绰的富家子,原本不会那么快散空钱囊。可是为了他的爱好,故意"逃避了自己的环境"(《一个人的谈话》第十七页),立誓做"第六种人"——看书而做书的人。"一方面接受遗传的收获,一方面又去制造将来的光荣。古往的文化能不溃灭是他们的功劳;古往的文化能得发展是他们的努力。"(《儒林新史》卷《晒书的感想》第五十七页)他开书店办杂志大量投入,有人称他是"文学纨绔子",实则他并非恣意挥霍,在《再函达祖》道出了他"效仿英国新闻大王北岩爵士成功经验的痴心",《文化的班底》(《一个人的谈话》第九十七页)说明了他推动文化发展的初衷,做"文化的护法"(《一个人的谈话》第七十九页)的决心,说明他办出版从最初的"兴趣"进而成为"责任"。虽然邵府到他这一代家道中落,"黄金变泥土"(《儒林新史》卷第一三九页),此中有他家庭的因素,有战火的毁噬;也由于他实在经营无方。佩玉指出他"摊子铺得太大",他总是为读者着想,出版刊物"加量不加价":或者增加页数,或者把字缩小。新月书店的经理就说过:"真是一班诗人,一点生意经的常识都没有!"他确实也感到"从人编杂志到杂志编人"的困惑。借"珰女士"之口说到自己"人说他做生意像做诗,目的在抒情"。到后来,经济状况已日见窘迫,还不清的债;他还笑言自己"和伍子胥一般的命",编《论语》是还"快乐债"。他不折不挠办出版的决心其来有自,起意是在巴黎形成的。《儒林新史》(《儒林新史》卷第九十三页)里提到那些"天狗"们向往学习法国的交际社会,回国后推动中国的文化发展。他和谢寿康、徐悲鸿、张道藩义结金兰。没料到后来分道扬镳,谢张二人以政治为业;徐邵二人则坚守信念。

借卞之琳语怀念他:"恕我这个也喜爱而无力玩印书花招的'小巫'就这样嘲弄一下'衣带渐宽终不悔'玩印刷技术赔光家业而给新中国留下印《人民画报》的第一台影写版印刷机的'大巫',遵'祭如在'的古训,轻轻松松,'如'隔世相对一笑,俨然见他在我面前音容犹在吧。"[1]

(注:此文系邵洵美作品系列编辑随笔卷《自由谭》的编后小言 上海书店二〇一二年出版)

---

[1] 卞之琳:《追忆邵洵美和一场文学小论争》,《新文学史料》一九八九年第三期。

《半部自传》

不少朋友劝邵洵美写自传,说他的生活里趣事太多,写出来一定精彩。他自己也说过:"假使把一切的经过写部自传,我相信一定很有趣。但是我总觉得年纪还轻;这世界上有趣的事情尽会接二连三地发生……"有人说,那是因为他的优越的环境提供给他那些机会。他却说:"我现在所得到的一些快乐,完全是我故意逃避了我的环境而得到的。"是啊,如果邵洵美不是选择逃避他的环境,他的一生或许是另一张图画:他可以安于享乐。他有足够的钱财和时间去过他那大少爷的闲散的糜烂的生活;他用不着费那么多心思,花那么多力气和钞票去写文章,办出版,去推动新诗、新文学发展,去忧国忧民,去呼吁抗日救国,去冒着危险办抗日宣传杂志……但是,邵洵美就是邵洵美,正如画家黄永玉所说的:"他和别的文人不一样。他不像别的文人只写文章。邵先生不只写文章,国家、事业、文化进步一直在他心里。"

这本集子的十几篇文章,似乎可以作为他前半生回忆录的一部分：有幼年生活的点滴回忆；有欧洲留学时结识文友的经过，特别是那连载的《儒林新史》中点出奠定他终生从事文学事业的起因——与徐志摩的一席谈；有描述他在书斋里日常写作的活动；有他与文友交往的趣事，等等，最重要的是那篇《一年在上海》。文章不仅讲述传统教育使他在大家庭中为尽孝悌而受的委屈，致使他未到"八一三"就已经在经济上处于拮据状态；也讲述了日寇突然进犯杨树浦，使他一夕之间几乎成为"无产者"。文章明确指出自己没能及早离开上海，在外埠的朋友们应当相信他的品格："假使我十几年的文章、谈话、行为、态度，没有给人比较深刻的印象；至少我的不爱金钱爱人格，不爱虚荣爱学问，不爱权利爱天真，是尽有着许多事实可以使大家回忆的。"他直言不讳地陈述自己亲弟弟投敌当了大汉奸来拉他下水，被他严词拒绝的经过。他更加坚定地说到自己的信念："惟其在这种大变动中，我们格外应当管住我们的情感与立定我们的主意。"

下续的故事他没有成文的叙述。但我们可以从他所做的事和发表的文章里了解他。如果读过他发表在《人言周刊》《时代画报》和《论语》半月刊的大批时事评论性文章，那么，"八一三"后在"孤岛"上海，他出版中英文两份抗日宣传杂志——《自由谭》和 Candid Comment（《直言评论》）便不足为怪了。然而，一九三八至一九三九年间，他一气发表了三十一篇探讨新诗理论的文章，实在令人惊讶。因为他的大批藏书和研究资料与他的家产一起，在"八一三"当天就被留在了敌占区；在手头没有资料的情况下，能够引用大量中外诗人的学说写成这一系列诗论，可见这些内容早就在他心中反复琢磨,酝酿成文了。

一九四三年间,他钻进了一个陌生的领域——邮学,一气写了近七十篇邮话。抗战胜利后,我们在复刊的《论语》半月刊中又见到他那些笔触犀利的幽默文章。不过,邵洵美始终是个诗人:解放后通过他的外文专长,他成功地翻译了英国诗人雪莱和拜伦及印度诗人泰戈尔等著作,深得业者的赞誉。晚年他唯一发表的一篇文章——《读了毛主席关于诗的一封信》,就是一篇议论新诗与旧诗的专著。

他没有写自传,我们也没有能力为他写传记。但正如他说的:"可以像绪尔斯·罗曼的《好人》一般,跟随着记忆写出许多段似乎是断片的东西,汇合起来是一个整个的人生。"如今,我们只有尽全力收集他的作品,让人们读着他一篇篇文字,把从中看到的,集合起来,化成一个完整的邵洵美,这便是我们的希望。

(本文系邵洵美作品系列回忆录卷《儒林新史》的编后小言,上海书店二〇〇八年出版)

诗人不能只生活在诗里

三年前,我们推出的《邵洵美作品系列》第一辑五卷,读者品评了他的诗歌、小说、随笔和文艺评论,也从回忆录卷对他的前半生有所了解。当时我们还编制了一份《著译年表》。这三年在好些朋友的帮助下,我们又收集到不少资料,当陆续奉献给诸位。今年这第二辑四卷收罗的是另一些领域里的作品,让我们领略到他作为翻译家、出版家、集邮家的才华。人们翻到这时评政论卷——《时代讲话》,或许没料到会看到一个别一样的邵洵美。他用笔名"郭明"写了大量时评政论,这些文字与其文学作品内容既不同,文笔又相异,难怪跟他同时代的人,包括许多文坛老将也不知情。其实他早有表白:"你须用各种的文体来表现各种题材。我个人就曾经有过这种尝试,而且还认识它的必须。我写诗时是一种文体,写《贵族区》又是一种文体,用了浩文笔名写短篇小说时又是一种文体,写《珰女士》时又是一种文体,用了郭明笔名而为《人言周刊》撰文时又是一种文体。"就因为他有很多笔名,有可能有的笔名我们不知道而在结集时有所疏漏;也因为他用笔名写作,也就有可能误会而张冠李戴,写文章的郭明的确不只是邵洵美。还有他不具名的文章,譬如"孤岛"时期为《大英夜报》每三天写一篇社论,我们无法确认。

他说,"现在所得到的快乐,完全是我故意逃避了我的环境而得到的。"他不愿跟自己的家族里那些富家子弟一般,依赖祖上留下的遗产过奢靡的生活,一生碌碌无为。不过,正因为他生于富裕之家,没有柴米之忧,这才可能心无旁骛地读书著文,成为诗人、文学家,这才可能悠然自得地广交文友,出书办刊。他追求美,追求真的文学,向往大办出版事业。可是他无法逃脱命运的嘲弄和时代的打击。战争夺了他的财富,毁了他的事业,可以说,是时代摧残了邵洵美;然而,时代也造就了邵洵美:正因为他处于那个时代,上个世纪三十年代的上海滩,正是新文学兴起,期刊出版繁荣,文化艺术硕果累累。他参与其中,才铸就了他的文才,才满足了他的理想。正是当时内忧外患压力下,当政者攘外安内布局混乱,人民生活于不安之中,不平之中,邵洵美跟所有的知识青年一样,忧国忧民,呼吁言论自由,呼吁抗日救国,这才锻炼了他的文笔,这才洋洋洒洒地发表如许耐人赏读的文章。诗人的敏感,以小识大,从国内外时事的变幻中捋出对我国我民的影响,写了这大量的时评政论,企图提请当政者与民众的警觉,有个时期,几乎每周几篇。也正是外侮当前,考验了他的意志,考验了他的人格:对周遭的世界,他始终清醒,他始终坚持做自己,幽默、达观、洒脱,安于清贫,埋头读书;他始终恪守自己做人的原则,竭尽一个公民的爱国热诚,保持中国人的气节。在上海孤岛的艰难岁月他已不再有资本办出版,但心犹不甘,自发担当起抗日宣传的使命,争取外援,出版了中英文姐妹版杂志《自由谭》和 Candid Comment(《直言评论》)。

值得向读者介绍的两本鲜为人知的作品——一九三七年幽默杂志《论语》半月刊夹带的两本文字迥然不同的"论语小册子"。熟悉那幽默读物的订户也正处于那时代的风暴中,也和这位捧着炽热的心的编者一样,心头沉重,他们很自然地接受这两份赠品。

一九三六年"双十"节,正是"国事紧张,杀机已伏"之时,也是"和议的风声极其紧张"之际。他翻出家藏古籍南宋郑忠愍公的《北山文集》,发现这是千古不朽之作,文章不但言之有理,而且有先见之明。他觉察当时的局势与彼时的情景何其相似乃尔。郑公反对秦桧与金议和,冒死一再奏谏,主张"议和不屈"。因而他写了一篇文章刊在《论语》,发表自己对国事的意见。次年翻印了郑忠愍公十四篇奏疏和两篇传记出版论语小册子第一种《和议不屈》,此文作为序。

"对日和议"是他多年来关注的一个问题。

"一·二八"事件之前,邵洵美正埋头读书著文,乐在诗坛文坛,满怀信心操办他的文学事业。日本侵略者别有用心地在闸北挑起事端,残暴的行径、炮火的血腥令他发指。这突发事件惊醒了他,他义愤填膺,自发出版《时事日报》。事件平息之后六月一日《时代画报》复刊,他认识到自己不能离开时代,从此在关注他书桌书店以外的社会生活、文学艺术的同时,格外警觉国内外的事态与动向。一九三二年七月十六日发表的《容忍的罪恶》是他第一篇政论文。他指出我们不能容忍敌人的侵犯,气愤地说:"人家把闸北轰个精光,我们还是笑逐颜开地和他们饮香槟酒;人家把东三省抢得精光,我们也不过用一个不抵抗的口号对付——容忍是错了的!容忍是懦怯者的遁词!"

一九三四年他写的《"日本通"通不通》说道:"平津通车,新税则都在微弱的反对中实行了,——于是有大批所谓'日本通'者都应时而出,'共赴国难'。在强国的欺凌下的忍辱求和,也许就是'日本通'的唯一法宝吧。——在第二次世界大战爆发的前夜,我们应当怎样定我们的阵线,以求民族永久的解放!但是事实就叫人窒息,我们最后还得问:'日本通'究竟通不通?"

一九三七年他在《论语》的"编辑随笔"写道:"芦沟桥事件发生以后,每个人都带上一张探听消息的脸。哪怕平素见面不打招呼的人,一见到你也总马上会跑上来问:'你看,这次会不会真的打起来?'——他问话的意思我是明白的。他所要知道的是,这一次会不会又像上几次一般起先是'刀枪相接',经了许多'日本通''支那通'在中间通来通去,到后来却变成'觥筹交错'——"

一九三九年在《自由谭》的"自由谭"专栏,他写道:"这时日本早在中国开火,肆意轰炸,大事杀戮:攻城以抢掠为目的,占地则奸淫为要着。国际信义,人类道德,已破坏无遗。……汪精卫把口来淫,这便是汪精卫的和平论。……中日的战争已不仅是两兵的相杀:一方面是毁灭人道的残凌,一方面是为国家民族生存而抵抗。所以和平便是出卖国家与民族。凭了他在'艳电'前后的种种言论与举动,可以相信他也一定做得出如此卖国卖民的勾当。他的和平已决计不是一种不同的政见,而是一个阴谋。"

"对日和议"也是邵洵美一直以来的心头之痛。

中国近代史里留给国人的一个最大的创伤是清末中日甲午战争,那丧权辱国的《马关条约》的签订。清军败北之后,朝廷派总理各国事务大臣、户部侍郎张荫桓与湖南巡抚邵友濂赴日议和。他们到了广岛,日方故意作难,拖延了十天,日本全权议和大臣伊藤博文方才接见他们,但又借口张、邵所带的敕书里有"请旨"字样,认为"不足全权委任状",不与谈判,将他们送回长崎。日方傲慢地提出:"须另派十足全权,曾办大事,名位最尊,素有名望者方能开讲。"暗示非得要清廷派北洋大臣李鸿章亲往谈判不可。那时的李鸿章正在接受朝廷的停职惩处,被剥下黄马褂,夺去了翎领。但是在日方的压力下,清廷无奈,只得对李鸿章"开复革留处分",赏还翎领、黄马褂,奉旨前往日本商定和约。头等全权大臣却意外遭到浪人枪击,伤口并心口淌血的李鸿章由是成为被国人唾骂的千秋罪人。这个卖国条约是中国人的耻辱,也丢尽了邵洵美的祖先的颜面:邵友濂正是邵洵美的祖父,而李鸿章的侄女作为他的千金嫁入邵府,正是邵洵美的嗣母。

人们更不知道,"对日和议"这个问题,也正是为什么邵洵美在沦陷时期,会抛妻儿于危难之中,决然离家内地行的缘由。一九四一年日本人进租界,上海完全沦陷了,邵洵美隐居家中。附逆的亲弟弟邵式军几次拉他下水,他严词拒绝。日本人想利用"遗少",遣人来联系,要他出马,他借病推脱。一九四四年秋,苏联军队攻克柏林,德国法西斯撑不住了,日本的败绩已露。日军在沪的宪兵队长冈村适三通过与敌交战吃了败仗投降的中国游击队司令熊剑东来邵宅,游说邵洵美。他们知道,在重庆的中国政府部门有邵洵美的老朋友。他们要邵洵美出面去沟通,以求"中日议和"。邵洵美怎么能干这等事!他耻于充当外公李鸿章曾扮过的角色。想到敌人垂死挣扎之时不会善罢甘休,定会再来纠缠,甚至会逼迫自己就范,那又如何是好。他暗中与妻子佩玉反复商量对策,决定"走为上计",带着长子祖丞随万籁鸣铤而走险,偷越封锁线去内地。佩玉与洵美信念相同,危难与共,她说:"人只一世,名节第一。"她情义兼顾,不畏艰危,独自挑起抚养六个儿女的生活重担,支持他的正确选择——出走。

这本《论语》小册子第二种《〈蒋委员长西安半月记〉、〈蒋夫人西安回忆录〉读后感》,如果不细读,会以为邵洵美在奉承蒋氏,殊不知他与新闻审查的周旋可以说经验丰富:他的《十日谈》不畏强权开天窗,终遭查禁罚停;他的《人言周刊》秉笔直言对当局多有冒犯,曾经抽去文章,也曾罚停一月;他的《时代漫画》讽刺对日的屈膝外交遭到罚停,主编鲁少飞一度被拘,不得不临时改为《漫画界》度过三个月;一九三一年他就曾为《新月》月刊的文章犯了忌,两度斡旋解困。为《论语》,他想出"乐而不淫,哀而不伤,谑而不虐"的点子,以春秋笔法来争取发言。如今面对这两本国内外影响重大的文件性册子,他岂能掉以轻心!既要吐露心声,又能回避惩处,只得给二人贴金。熟悉《论语》文笔者,必能领会"过誉即讽刺"。他在《前言》故作重要声明,不希望"引起人误会"和"神经过敏者的联想",就是有所指的。

《〈蒋委员长西安半月记〉、〈蒋夫人西安回忆录〉读后感》书影

他特地强调八条研读方法。作为写作家,肯定了蒋氏夫妇二书的互相证实,互相补充,相得益彰。他认为:"几十百年后,当一切的事情都成为历史上的过去,政治的效用随着时代淘汰了,这两部书也许便会靠了他们的文学价值而存在。"作为出版家,他对版本进行研究的深入,或许令当时读者惊讶。原来这两部书都有英文版和中文版。二书首先是在美国的《纽约时报》英文连载,后由中国出版公司发行合刊本,据说二者词句有相当的出入(英文的合刊本今天在旧书网上有售：中式线装，宣纸印刷，红色硬面，烫金字样，上方有英文字："SIAN: A COUP D'E TAT"，中文书名下有"中正题"）。而中文版，据说蒋介石在国民党三中全会上印送的《半月记》和后来由正中书局出版的合刊本里的完全一样，但两稿均非最初原稿。《回忆录》原稿是英文的，他研究认为：其汉译稿和《半月记》从修辞上看出是经过同一人整理和润饰过的，那梁任公派的近代文言，一定出于名家手笔。二书合一的英文版，他也在修饰方面看出有共同点，认为润饰者一定是那位写序言的史道德先生。

当时他参考邵元冲的研究，以为蒋氏的《半月记》是逐日记载的，自己备忘性质，不是专门预备发表的，然而他所以大篇幅讨论"日记"的性质，笔下就透露出疑问："假使你的日记是真为自己写的，它的真实性便绝对可靠。"那时他自然不知道该书与大众见面的背后的确花费了作者许多心计和编者许多辛苦。他也参考邵元冲介绍蒋氏治学之勤，专门写一节议论其读书融会贯通，学以致用在《半月记》的体现，达到了"不战而屈人之兵"。今读《陈布雷回忆录》和《陈布雷大传》证实蒋氏作为著作权人的作品代笔人是陈布雷，《半月记》亦然。从《国民党"军机大臣"陈布雷》一书可知《回忆录》也经其修饰；之所以二书先现于国外，中文版迟迟面世有其内情。

邵洵美指出要注意作者的注重点、文笔的含蓄处、旁衬的显示、文字的晦涩处等，其实我们读他这《读后感》也宜如此。他称赞蒋，正是旁衬张学良，前者绝食，拒绝化装的作态，笔下道貌岸然，盖不住张将军为国为民的大义；前者训斥，感化的告诫，笔下正气凛然，难掩饰其利用张学良对人真诚对他尊重的天真诱出口供的老谋深算。张学良实在天真,竟忽略了兵谏情同威逼,罪不可恕。《回忆录》里宋氏评说张学良的一段话增加了世人对张的了解,也表露了她对张的态度异于蒋氏,这是邵洵美解析二书之谜的另一个要点。

当时他在《论语》的"编辑随笔"里有不少关于"西安事变"的文字,这震惊世界的事变发生时,他静观待变;达成国共联合抗日的结局时,他欢庆拥护。事后,他恢复了冷静,期待中透露担心和不安。他期待对日战争的开打;他担心张、杨的安全;看到有报纸"大喊清算张学良"令他不安;他预感下文不妙,潜伏危机。邵洵美当时忧心读二书,不无道理。从《半月记》里完全拒绝讨论"八项主张",蒋氏离开西安,在三中全会就不谈"八条"协议,他察觉到蒋氏日记留下的伏笔。我们读《读后感》觉得到他的忧虑。邵洵美不是政治家,也不是史学家,当年,作为文学家,他从文字语句里品出滋味;作为出版家,一个局外人,不知内情,然从版本的研究里发现疑点。历史翻转到今天的一页,他所质疑的均有史实作出解答。张学良陪蒋返回南京却遭军事审判,虽获特赦,但遭软禁。张将军为此失去自由达五十载,是始料不及的。"西安事变"促成国共联合抗日的佳果,蒋氏实乃迫于军民的呼声,迫于战局的发展,或者也迫于国际影响;然而八年抗战一夕胜利,"复员""接收"甫定,中华大地复又燃起熊熊战火。这本《读后感》其实是一本学术研究性的作品。

战前战后的《论语》半月刊许多"编辑随笔"里,他假借幽默写时评。但战后的形势令敏感的诗人再也无法容忍,后期一改《论语》的口吻,换成《人言》严正的笔触。安于现状,安于小百姓生活的邵洵美不能再冷静,不再回避"开口惹出是非来"的风险,他反讽借喻,乃至指名道姓地讽刺,单刀直入地抨击。《论语》的宗旨在他手里从"同人戒条"转而演变为《论语征兵歌》了。

在《论语》"你的话"专栏小序里他说道:"要研究一个时代的文化、政治及社会状况等,每每注意到那个时代所有发表的言论。一个时代的言论,有时简直可以代表一个时代的历史。所谓'言论',当然范围极广:象征的或抒情的如诗;寄托的或叙述的如文;冠冕的或形式的如公事文件;通俗的或片断的如民间歌谣的征集,时人言行的记录——不论积极或消极,它们都正面地或是反面地显示着人类被当时的一切所引起的心理反映。"

我们如今翻出邵洵美当年写的这些文章,意在有助于当今世界研究过去的历史。希望这些读来乏味的时评政论对研究者有所参考,也希望历史能够作为现实的镜子。

(本文系邵洵美作品系列时评卷《时代讲话》的编后小言,上海书店二〇一三年出版)

邵洵美的文学史观

一

邵洵美是个爱读书的人。他手不离书，读了书报杂志，还喜欢联想，发表他的观点，因而在他初执牛耳主编的杂志《狮吼》复活号就专门设了一个专栏"介绍批评与讨论"。他也在《新月》月刊的"书报春秋"专栏发表好几篇书话，一九二九年《小说与故事——读郁达夫的〈薇蕨集〉》里他讲道："达夫在本书的卷首，原有题辞一篇，但是为了措词的关系，出版者临时抽去。听说有题辞的只剩二十本是给作者自己的。"他抄录了那篇题辞原文，其后写道："作品题辞不过是历史的叙述，毫无触犯当道处，北新书局的老板何以这般畏首畏尾？觉得这一个文坛消息很有趣；附录于此，以作几百年后文学考据的材料。"

在他的文艺评论《一个人的谈话》里，他说道："人总是半神半兽的：他一方面被美来沉醉，一方面又会被丑来牵缠。"他又说:"多读书,的确可以养成高尚的趣味。——无论你代表哪一个阶级说话,低级趣味总是要鄙弃的。""但是现在的文化是堕落了,我们已蔑视我们传统的光荣,观众所需要的只是颓废的享受,作者便以低级趣味来眩奇。——雕刻家都变了裁缝,这是中国文学的根本症象。"

在中国版画的发展问题上,他也思考。一九三三年他跟墨西哥漫画家珂佛罗皮斯谈到,木刻起源在中国,但是现在几乎失传了;反而被日本得到了极大的收获,他深感遗憾。在《木版画》一文提起他一九三六年参加苏联木版画展览会的筹备工作,说道:"木刻的发明乃是印刷术的起源;而我国印章的运用,远在秦汉,印章上也有龙蛇鸟兽之类的图形;所以要探求木版画的始祖,又应当说是我国的出产。——我国现存的木版画,除了一些书本的插图便只有信笺的花样或神道的画像;而在日本则我们可以看见有几十色套版的浮世绘。——我们的国粹,往往由日本来收藏保存,发扬光大,这又是一例子。"

"西安事变"之后,他写了《〈蒋委员长西安半月记〉、〈蒋夫人西安回忆录〉读后感》,特地强调八条研读方法。他作为出版家,对版本进行研究的深入,或许令当时读者惊讶:原来这两部书都有英文版和中文版。二书首先是在美国的《纽约时报》英文连载,后由中国出版公司发行合刊本,据说二者词句有相当的出入。作为写作家,他肯定了蒋氏夫妇二书的互相证实,互相补充,相得益彰。他认为:"几十百年后,当一切的事情都成为历史上的过去,政治的效用随着时代淘汰了,这两部书也许便会靠了他们的文学价值而存在。"这是他很独特的观点。

一九三七年,"八一三"淞沪战争爆发,邵洵美匆忙中携妻儿逃难到租界,失去了家,失去了他的产业,他的出版事业毁于一旦。但他立定主意拿起笔做刀枪,在外国友人的帮助下创办抗日杂志《自由谭》,在《自由谭》发表了一篇《战争文学》。他说:"因战争而兴起的文学,有两种是我们最容易接触到的。一是国内报章杂志上的宣传文字,目的在鼓励民众的情感;一是用外国文字来著译的宣传文字,目的在提醒国际的注意与引起他们的同情。——我所注重的是真正的战争文学。它们虽在战争中产生,但是它们并不有要在短时间发生效果的宣传性质。概括说来,也可以有两种。一种是主观的作品:他们或则是前线将士雄心的流露与义愤的发泄;或则是后方平民热情的表现与痛苦的寄托。还有一种是客观的作品:这是赋有文学才能与技巧者,在前线后方,所耳闻目睹的经验之忠实的叙述与记载,这两种文字,我们并不一定能在报章杂志上见到。它们有详细的描写,但是没有炫耀的辞句;因为作者的目的本不在于宣传,他们竟也许只是在满足他们当时个人的要求。而这种战争文学却能在文学上占有永久的位置。——它们在目前或许受不到人们的注意,但是在将来,文学线索之延续却会完全是它们的功劳。而在千百年后,要想明白这一次大战的真相时,或当我们失望于历史的刻板式的记载时,这一种的战争文学便会表演使时代重现的奇迹。"他说,"在战争中,正是我们产生史诗的好机会,我相信,真正的文学天才是决不会把它轻易放过的。"

《一年在上海》,是他在《自由谭》连载四期的一篇回忆录性质的文章。他在发表前就考虑:这篇描写自己那段时期危难生活的作品"有没有价值"？让人家读了"究竟能得到些什么"？他说："这些要等将来才会明白。"

回首看，那确实也是"战争文学"的一种，它具体描述了他目睹"八一三"那场战役的部分场景；记载了他自己因战争遭受的不幸及如何克服困难；也看到当时在上海的一部分文学界人士因各种原因没有跟他们的朋友一样到香港、汉口、云南、四川去。他自己也和他们一样，并不是"自愿在孤岛上做饿孚"，或是不愿意到后方去抗日。他道出自己的为人宗旨："假使我几十年的文章、谈话、行为、态度，没有给人比较深刻的印象，至少我的不爱金钱爱人格，不爱虚荣爱学问，不爱权利爱自由，是尽有许多事实可以使大家回忆的。"并且他确实言行一致：夫妻俩宁愿艰苦度日，坚守气节，决不受金钱的诱惑，拒绝日伪（包括其亲弟弟）的拉拢落水当民族的叛逆。他激励自己"惟其在这种大变动中，我们格外应当管住我们的感情与立定我们的主意"。他居然冷静地"忽略着现在，清算着过去，和等待着将来"。定定心心写下几万字的英文诗论《孔子论诗》。①

在《金曜诗话》里有一篇《抗战中的诗与诗人》，他说："在这抗战中，诗的确是可以深入人心的宣传工具。——我们可以说：发生宣传效用的诗便是好诗。"他在《自由谭》第

---

① 我们后来搜寻到他同时期刊在《中美日报》"集纳"专栏竟有诗论《金曜诗话》三十一篇。更可贵的是他竟然无畏地争取到《大美晚报》的主人 C. V. Starr 资助，并说服他的密友美国作家 Emily Hahn（项美丽）与他合作，在孤岛秘密出版中英文姐妹版抗日杂志《自由谭》与 *Candid Comment*（《直言评论》）。为掩护邵洵美，两份杂志的编辑人与出版人都具名项美丽。

一期以笔名"逸名"发表了首《游击歌》。让人们看到：所谓"唯美诗人"的邵洵美在这一个特殊的时期，写出如此接地气的抗战诗，真的是一个时代有一个时代的诗。

抗战结束之后次年，邵洵美写了篇《赶快写定我们的战史》，发表在他主编的《见闻》时事周报第一期，提到写战史，"——吾非官史家，吾非官方史论家。以抗战的时代性而言，我们的'抗'，抗之能持久，抗的区域之广，不输给当今任何国家。以抗战的永恒的可宝贵性而言，前有晋人、宋人、明人的南渡，都未能北返，而我们于不十年间，河山还我，风景不殊，似亦可较诸历朝历代为无愧。明乎此，吾人实无理由觉得沮丧。哀莫大于心死：不知认识战争的，莫谈建设和平；所以我们要呼喊'写定战史'，而且要赶快地写定"。

"为什么要赶快呢？因为我们到现在一部战史也没有，同时也没有听说有谁在那儿着手写，或准备写。第二次世界大战史，自然可以不用我国人费心。我们自己的总该负起责来编纂。我们看到审讯汉奸的草率，调查日战犯罪行证据的简略，不由不担心我们对战史没有充分准备，而汉奸和战犯的罪行应是全部战史中重要的一部分。须知战史是中华民族的战史，单讲战役，或单讲自由区抗战的设施和事迹，是不够的。"他知道，我们的抗战是军民齐上阵的，是全民族的，是国共合作抗日。所以，写战史必须全面地写。

"我国历朝史书的体制，在世界历史文献中，能完整无缺，蔚为奇观，真是我民族文化最可自傲的一件事。然而'周虽旧邦，其命唯新'，我们不但要据往以知来，抑且要稽今以述古。二十五史之对于我们，撇开它永恒的文学价值不谈，只是史料，只是死的史。——近代史呢？近代史的重心是中外交涉史。"他指出,"国内一些史家,仅是罗列,直抄,不得谓之史;倒是几个外国史家,如毛斯(H. B. Morse)、告帝蔼(Gordier)切切实实做,写了巨著。他们很少用中国史料,因为不足凭信。使我们多惭愧!中国最详细的地图,是外人测绘的;最伟大的矿产,是外人估定的;最珍贵的古藏,是外人发现的。在华日寇的孽绩,现在也差不多在靠盟友在调查了;难道我们的战史,也要待外人来写定吗?"

战史谁来写,怎么写?他以为:"吾人当能记忆这回事。纵已忘却,犹可访诸父老口中,但吾人如何能忘却,又如何能忘却得了?况且,'国家不幸诗家幸,赋到沧桑句便工',有血有肉的人,写血与肉的史实,是用不着踌躇的。""有没有读者,全看你能不能客观,能不能把握着个'正'。"

那是一九四六年。邵洵美太性急了!直到如今,六十多年之后,人们方才开始客观地评述这一场惨烈的战争。

二

邵洵美是个出版家,也是新诗新文学发展的推动者。他始终有个清醒的头脑,常常思考什么是新文学发展的阻力。

关于旧文学和新文学,指的是传统文学和现代文学,涉及文言文和白话文,他有一篇《文学的过渡时代》,说得比较详细。那当然是针对当时(按:一九三六年)文坛的情况。那时"新文学家"尚未成熟。五四以后提倡新文学的几位老先生为要使人对新文学感兴趣,强调"旧文学是死文学"。他指出:"其后果大概是他们始料未及的。一般'畏难'的青年,一方面'白话'当然容易写,一方面又可以得到个最好的借口不必再读古文,于是兴高采烈地把旧文学都丢进字纸篓里去了。新文学家多半从未见过旧书,他们对于文字的知识既然全从新式教科书及新的文学作品里得来,于是技巧便有了限制。新文学极少完美的作品。再有一般沉湎于旧文学中的,一切新作品大半使他们失望,于是把新文学的功绩一笔抹杀。青年失却理性的指导,新作品永没有机会可以使旧作者领略;旧作品便也缺乏人为他们作新价值的估定:双方的发展都有一种停顿的可能。这中间缺少一座桥梁。"

他谈到那时还有"一般声言整理国故"的学者,"他们都用了考古学家的身份去做这项工作,只在考据作者身世、作品年月,以及鉴别版本上用功夫。譬如俞平伯先生对《诗经》的研究;郭沫若先生对屈原的研究;郑振铎先生对曲本的研究,结果都没有把文学作品本身的美点指示给我们看。所以我们不得不佩服周作人先生,尤其是林语堂先生;他们至少使我们领会了明末诸文人作品的风趣。他们的工作能立刻发生影响,乃是必然的现象。"他说,"新文学运动到现在已这许多年,留学国外专事研究文学批评的也有这许多人,但是,我们始终没有对旧文学的系统的研究,及透彻的欣赏,真是新文学界一个最大的羞耻"。

那个时候他觉得,新文学的出路是:一方面深入民间去发现活辞句及新字汇,一方面又得去研究旧文学,以欣赏他们的技巧、神趣及工具。他说:"我们要补足新文学运动者所跳越过的一段工作:我们要造一个'文学的过渡时代'。"

邵洵美早年是个诗人。上海"一·二八"事变的战火使他从唯美从纯艺术转身,面对现实。他不再写诗,在大办出版的同时,埋头研究新诗理论,并一直在关注诗友的作品。虽然在他的心目中,新诗坛的"桂冠"毫无疑义地应当归于徐志摩,然而他用历史的眼光分析,一九三四年写道:"新诗的技巧,进步是显然的,可见有不少诗人始终不被环境所支配。读卞之琳先生的《鱼目集》,我们便能知道初期白话诗的秧苗已成熟地结实了:形式已更丰富,意境已更扩大,技巧已更完善了。之琳先生的诗,在技巧方面,可以说比徐志摩先生的已更进了一层;形式已不仅是结构上词藻上的美丽,而是有意义的美丽了;意境已不仅是有含蓄、有动作、有图画,而是更能与诗人自己的人格合拍的表现了。韵节已不仅以悦耳为满足,它已被利用为传达及点示的力量。新诗已不再是对旧诗革命的产物,它本身已成为一件新艺术了。试将之琳先生的《距离的组织》(《鱼目集》第十四页)与适之先生的《第五十九军抗日战死将士公墓碑铭》(载《自由评论》第二期)一比,便可以知道。"

一九三六年在英文学术性刊物《天下》月刊他发表英文文章 *Poetry Chronicle*(《新诗历程》),介绍他不惜赔本出版的《新诗库》,为十位诗人各出版一卷(包括他自己的《诗二十五首》)。一九三七年他又以同一个题目写了一篇,写到这一年里新诗的花朵再度繁盛,有十种以上的诗歌杂志出版了,不下二十卷的诗集问世。然而,日军肆虐以来,所有的杂志已停刊,或者改换形式或者变质,现在大家多谈及战争文学。

《金曜诗话》是他比较详尽的一部巨作,论及新诗的方方面面:新诗是什么、新诗的术语、新诗的技巧(谈到格律与押韵的变化和"肌理"texture的运用。他说我国的唐诗里，李白的《天马歌》、张祜的《集灵台》等都有肌理的运用），新诗的发展与现状，新诗的问题和出路等。他提出中国新诗界有个特殊的情况，写了《诗派在中国》："文学进化是有一定的路与步骤的，那么中国现代的作者有些非特'抄近路'，简直都应用着'缩地之方'。只要翻开外国的文学史一看，我们便可以见到，他们从古典派到浪漫派，到象征派，直到现在的新象征派，都好像有着固定的程序，是一种必然的合乎逻辑的变迁。甚至中国的旧文学史，我们也可以用同一种的方法来分门别类。但是中国的新文学史，却大有一日千里之势，人家须经过几十年或几百年，我们却只要几年几月或几天。

在近几年中，即普罗文学最热闹的时期，我们却又几乎是在同一个时期，有了梁实秋的古典派，梁宗岱的象征派，《现代》杂志的意象派，水沫书店的新感觉派；北平几位青年诗人的新象派。有的只介绍了理论，有的只介绍了作品：他们的影响未必走出了他们自己所有关系的刊物或作品。而普罗文学的热闹，也不过是因为主动者方法高明，从另一方面得到了许多青年的同情。人家的普罗文学是社会现象的产物，我们的却是几个'先知先觉'的努力。只有这一次因抗战而兴起的所谓'抗战文学'，倒是一种社会现象与大众意识的要求，虽然不能成为一种学派。"

在当时，新诗已经存在二十年了，可是依然有很多人不接受新诗，还要问"新诗是什么？"有人以为新诗只是分行写的白话文而已；连林语堂先生还说新诗"看不懂"。在这部诗话里许多篇文章议及新诗与旧诗。他一再提到"新诗是时代的产物,——应当把新诗看作旧诗的进化。——为了新旧诗起辩论的,似乎更注重形式。他们愿意接受题材和气质的现代化,而对于传统的格律和文字舍不得放弃。这完全是习惯的关系:耳朵与眼睛的成见。我却始终以为诗不在乎形式。说句笑话,我们尽不妨用白话写律诗,或是用文言写自由诗。——新诗的敌体不是旧诗。新诗的敌体,和旧诗的敌体一样,是散文。"

在《诗与散文》里他写道:"其实诗与散文的对立或分野也还是近代的事。我们在无论哪一国的文学史里去看,开始有诗的时代是没有散文的。再有一个很长的时期,著书立说,发号传令,都用诗的体裁。在当时,我们可以说,只有诗才是'文';和它对立的则是'白话'。而所谓诗,又是有一定的格律与规则的。到后来,把这种格律与规则解除了,于是便有了散文。在有诗而没有散文的时期里,无论什么东西,我们都用诗来表现。在中国不必说,在西洋,柏拉图的《政治与哲学》等的论文都有着固定的诗的格律。——在封建时代,诗或韵文是代表着高雅的文,而散文则代表着鄙俗的文。在当时中国的剧曲里,在西洋如莎士比亚的戏剧里,上等人(也即是高雅的人)说话用诗或韵文,下等人(也即是鄙俗的人)说话便用散文。"

关于阻碍新诗发展的问题,他认为:"要知道我们用白话文最大的原因是为了'文言文是死文字,白话文是活文字'。文言文所以死了,是因为字眼已缀成了句子,而应用的句子,又极有限;一方面许多字眼因搁置起来了,连他们的解释都已模糊,一方面句子的应用已使每个句子代表的意义狭隘起来。旧句子难以使人有新感觉,所以是死了的。——但是现在的白话文正因为普遍的应用也有了死滞的现象。

不过我们新的字汇,不应当自己创造。自己创造除了自己便没有人懂得。每个字都有它历史的根据和意义。方言是新字汇的财源,这是真正的白话,是真正的活文学。从方言里去采集新字汇是最合逻辑的方法,这便是胡适之等所未完成的工作。"

这部诗话刊了三十一篇戛然而止,读来觉得意犹未尽。现在寻求个中缘由:可能与《中美日报》又一次遭到停刊,或是因"集纳"编辑更换? 然而,这些年我们到处搜寻,没有再见到《金曜诗话》的续篇,想来他并没有继续写。回想当时,邵洵美出版的抗日杂志正在那个时候出了问题。在项美丽的畅销书 China to Me 里面提到有日本军官为《自由谭》找她,想追究谁是她的中国编辑,表示可以出钱在杂志上刊登广告,利诱她,胁迫她合作。在洵美夫人盛佩玉的回忆《盛氏家族·邵洵美与我》书中说到日伪"不准印刷厂再为我们排印"。接着项美丽得到巡捕房朋友告知,日伪有命令要暗杀邵洵美。——在这种情况下,他哪里还有心思写诗话? 我们如今找到的《自由谭》只有七期,第七期正是一九三九年三月和《直言评论》一样。还有一个情况,加拿大作家 Ken Cuthbertson 为项美丽写的传记 Nobody Said Not to Go 中写道"一九三九年六月项美丽和邵洵美到达香港",他们去香港的缘由是项美丽被要求写一本宋氏三姐妹的传记,她苦于无法得到资料,而邵洵美却有捷径:三姐妹的大姐宋霭龄原是他五姨妈孔盛关颐闺中的英文家庭教师,这几十年二人一直往来密切。姨妈约好他们到香港见孔夫人,果然孔夫人被他们说服,信任项美丽,并拿出许多照片和家庭资料,还答应劝说两个妹妹也配合这位女作家。秋天他们回到上海,邵洵美又收集了大量书报杂志上的有关资料,为她翻译成英文,并帮助她写了初稿的头几章(曾经由陶秦译成中文,刊于陈蝶衣主编的《万象》杂志)。他们一直忙到冬天,项美丽去重庆(那时三姐妹在重庆相聚)。她在空袭警报声中频繁出入防空洞的间隙写作,终于完成她的成名作 *The Soong Sisters*。在前言里首先提到"感谢邵洵美为我收集资料并译成英文供我写作"。

可以说盘旋在他脑际的那部诗话的最后一篇直到十八年后才有机会让我们读到。一九五七年诗友臧克家来访,给邵洵美看新出版的《诗刊》,邵洵美无比欣喜。《诗刊》由中国作家协会创办,毛泽东诗词十八首及《关于诗的一封信》就发表在《诗刊》创刊号上。

上海《文艺月报》一九五七年七月"诗专号"刊出了邵洵美的《读了毛主席关于诗的一封信》。去他家约稿的编辑郑文渊写了《邵洵美的最后一篇文章》,文中说到请邵洵美写这篇重要的文章,"点子好像是唐弢同志提出并经以群同志同意的,或者说是他们共同商量的。文中他高度评价毛泽东诗词创作的成就,说十八首里面,'有几首是极好的好诗,造意新奇,不落旧套,句法自然,毫无造作,处处显出炼字功夫',他对七律《长征》尤其赞赏"。邵洵美写道:

（那封信）虽然只有寥寥几行,字数不多,但是毛主席却对新诗今后在诗坛上的位置作了一个非常明确的指示。里面有一段说:"诗当然以新诗为主体,旧诗可以写一些,但是不宜在青年中提倡,因为这种体裁束缚思想,又不易学。"

到了今天不应当再有新诗同旧诗的争执。新诗是用白话写的,白话是人民大众所熟悉的语言、是人民大众日常运用着的语言、是第一手的语言、是不断地在发展着的语言、是活的语言。我们的文艺首先是为工农兵服务的,诗当然必须以新诗为主体。

……

我的目的只想说明:新诗发展的幅员是如此广阔,大家对新诗的要求又是如此迫切,可是新诗人到现在为止所尽的力量是不够的,他们的作品在质和量上都远远地落后于时代和现实,也远远地落后于时代和现实所给予他们的机会。

当然,我们的新诗到目前还没有什么一致公认的形式或技巧,可是我们并不需要有定型的限制。新诗也应该"百花齐放"和"百家争鸣"。我们决不要让某几个人凭着个人的主观来订出许多清规戒律,这同新诗的精神是根本不相符合的。我们可以创造许多种新的格律,但是决不要认为是金科玉律,强迫大家接受。最好的办法是根据我们所已经拥有的许多具体例子——许多新诗集、新诗选集,和散见在各报刊的成功的作品——加以分析和批评;可能的话,让诗人自己来解释和说明,叙述他们本人的经验,提供他们对新诗有建设性的意见,从而发现出几条康庄大道,使大家有所遵循和选择。至于诗歌创作落后于时代和现实的原因,"缺乏新诗的理论文字是一个很大的因素",而且"新的诗和新的批评是分不开的"。

在如何接受诗歌的民族遗产上（包括古诗、旧词、民歌、俗曲等），我们所化的力量也不够。有许多位旧诗家对我们指点出何者为我们诗歌的优良传统，这是值得感谢的。不过我们更应从历史的发展方面去着眼。我们的诗歌，从最早的时代起，中间也经过了多少次的改革，每一次的改革究竟从它前期的旧诗里继承了些什么，扬弃了些什么，我们也应当作一些详细的分析和研究；进一步再在里面去发掘，看看有多少东西可以被我们的新诗来接受和发展。

对于毛主席说"旧诗可以写一些"，他认为"非但可以写一些，而且如果能写的话，不妨多写些。就一般对旧诗有修养的人说来，这是他们所已经熟练的技巧，这是他们表现他们'诗意'的最适宜的工具，他们可以用这种形式写新事物，也可以用这种形式写旧事物，要是能多写些文情并茂的好诗出来，同样也值得鼓励。倒是旧诗的词藻极为麻烦，简直同搬用典故一般地费周折，几乎每个字汇都要有些来历，非有相当功夫的不敢任意改动或配搭：因为旧诗旧词好像不是用'单字'来制作，而是用'成语'来缀合的。——旧诗所留传给我们的丰富宝贵的文化遗产，是一个取用不竭的泉源；我们应当从里面汲取些什么精华、扬弃些什么糟粕，乃是一个非常艰难的课题。我们要充分利用这笔巨大的遗产，必须对它有充分的认识，要对它有充分的认识，便非得虚心学习和深刻研究不可"。

这一篇其实是《文学的过渡时代》的延伸，经过他深思熟虑的剖析,对新诗的发展提出具体措施,实质上这也是《金曜诗话》的增补篇。关于"旧诗可以写一些"那一段,他自己就是一个实例。

三

解放以后,邵洵美以翻译外国文学著作为生。他曾告诉家人,自己写过许多诗,每一个阶段都写过。可是经过多次抄家,除了家书中看到的几首,只有贾植芳先生记得的《狱中遇甄兄有感》的一句:"有缘幸识韩荆州。"

一九六八年三月家书里抄录了两首旧体诗悼念老友庄永龄与陆小曼,他的妻儿觉得奇怪:他一生为推广新诗竭尽心力,为什么老来写起旧体诗来？他的回答是:"我的东西只能起一个作用,留作一种资料,说明中国历史上曾经有过这样一种东西。它反映了某些人的思想——将来或者把它们拿给'文史资料参考'编辑去看看,有没有用。"

那个时候他三餐不继,重病缠身,连一呼一吸都十分困难,他还能冷静地思考自己的诗的历程:"从旧诗到新诗,又回到旧诗",这可以作为《金曜诗话》的末一篇的题目;而回顾他一生文学活动的内容,他这样说"我的东西",可以说是他的文学史观的一个篇章。至于将来怎么来评论,他连评论的名称都写得那么精确！

看如今,被他言中,历史的筛箩留下了他的笔迹和心血。

他的诗集《诗二十五首》和《花一般的罪恶》被影印出版,护封上印有"中国现代文学史参考资料",早在一九八八年和一九九二年就影印出版;他说过:"编诗选文选的是最好的批评家。"《新月派诗选》一九八九年由蓝棣之主编,人民文学出版社出版。二〇〇〇年周良沛编辑出版了《中国新诗库》；接着张伟在二〇〇二年主编《花一般的罪恶——狮吼社作品、评论资料选》作为"中国新文学社团流派丛书"出版。《论语派作品选》一九九五年由庄钟庆主编,人民文学出版社出版。上海书店继一九九七年完颜绍元主编出版十本一套的《论语选萃》之后,二〇一五年影印了《论语》半月刊全套一七七期,还编有《论语文丛》六卷、《大画论语》三卷。时代图书公司另一本畅销的刊物《时代漫画》二〇〇四年由上海社科院出版了选印本,二〇一四年也重新由浙江人民美术出版社全套出版。《生活月刊》特别欣赏这本刊物,二〇一三年出了本"别册",其重刻版也在去年出现,由广西师范大学出版社出版。

错 会

《小姐须知》不是诗

《一个人的谈话》,爸爸写的。多怪的书名!我翻过,只记得半句:"烟囱里冒着黑烟……"十年前,找到了这本书,原来是文艺评论。读到最后,居然有"……从此地的窗口看出去,白云和着黑烟,黑烟接着烟囱,烟囱下更多我幻想的资料……"回想当初看到这本书时,家里有好些客人,谈笑风生声震屋宇。可见那时日本军官还没住到我家贴隔壁来,定是在一九四一年上海租界沦陷之前,我只不过八九岁。我便相信:童年的记忆真会惊人的正确。

然而,那种"自信"却误导了我!……在我的记忆里还看到过一本小书,方方的,一页页画的是大姑娘,或坐在床上,或倚在枕上,线条简洁,配上横写的一行行字。写些什么,我不记得。看大人边看边议,不时爆出笑声。似乎听他们提到"小姐须知",以为就是书名。记得那天,张光宇和张正宇两位嘻嘻哈哈的漫画家在座。六十年后,我在上海图书馆见爸爸的出版物里登着《小姐须知》的广告:"张光宇绘,浩文文。"(浩文是我爸爸的笔名)想找那本书,却不见索引卡。倒是找到了赵景深的《文坛回忆》,其中有一段讲述一次笔会活动:"林语堂与他(指邵洵美)唱了一段对口相声,语堂把洵美介绍给某洋女士:'他是《小姐须知》的作者。'那洋女士便嫣然一笑,一个兰花指的姿势,娇声地说:'那末我想写一本《少爷须知》。'"读了这段,我想《小姐须知》一定是一本不太正经的书吧。于是,在《我的爸爸邵洵美》第一一四页写上:他们合作编了本《小姐须知》,"用动人的漫画笔触,配上民歌般的小诗,描述少女的心,入木三分,令人莞尔"。

去年八月,苗子叔叔高兴地告诉我,他托朋友在上海图书馆找到了那本《小姐须知》,不料,苗叔拿到的复制件只有图画没有字!我正忙,没去他家看。九月里我去上海,再一次去上图"淘宝",一心要找到《小姐须知》。通过工作人员的帮助,找到了。翻开书一看,我惊呆了!画的不是我小时候看到的那种画;写的倒的确是描写少女的心,但并非无聊打趣之作,而是比较正经地指导少女,如何应对现实生活里遇到的种种问题,文笔幽默,的确读了也令人莞尔。然而,《小姐须知》不是诗,是散文。真糟糕!后来,遇见王文祯,他听说这本书找着了,特别高兴。因为这本书有趣,我爸爸为让它具有独特的风格,特地请他爸爸王永禄用毛笔手书。啊!全书那么多字,看上去真像是铅字排的。若不是王永禄功夫深,聚神屏气一气呵成,绝不可能成此佳作。

那么,诗歌配的小画册又是什么呢?回到北京,读到毕克官的《中国漫画史话》,其中"老大哥张光宇"一节,有张画,似曾相识的那个大姑娘赫然在目,她坐在床沿,若有所思。啊!就是它!原来它是张光宇三十年代在《时代漫画》连载的《民间情歌》。嘿!《时代漫画》,我早就全部翻过,但只注意目录,见到爸爸的文章,就去复印回来读,从没有去看图画!年初,又在谢其章的《漫画漫话》里看到那个熟悉的大姑娘,有画也有诗。最近的《装饰》杂志刊有《张光宇年表》,在他精彩的作品中,有《小姐须知》,也有《民间情歌》的画面。我去请教作者——研究张光宇的唐薇。她告诉我,《民间情歌》里有几首诗歌是明代冯梦龙的作品,其他的还没找到。但我已找到答案了——《民间情歌》里的诗歌不是邵洵美的作品。唉!我把两本书完全搞错了。错得那么离奇可笑,我自己可笑不出来!如何是好?

想到一九二七年,爸爸出了第一本诗集《天堂与五月》。赵景深在《一般》杂志上发表《糟糕的〈天堂与五月〉》批评他。其实,我爸爸在一九二七年十月二十日的《申报》就发表了一篇《〈天堂与五月〉作者的自供》,他说这本诗集里"除了曾在'晨副'(《晨报》副刊)登过的'我只得也像一只知足的小虫'比较过得去些外,其余的都是我自己所不满意的"。但滕固说:"第一本诗集不过是为孩童时代的过去留些痕迹的,何必选择。"爸爸最后写道:"我实在对读过我《天堂与五月》的,尤其是出了钱买了来读的一班读者抱歉。我现在力求将我以前的过处改去。我已将我的第二本诗集《花一般的罪恶》编好。等我的书店办来,即能出版。那时,我想总能赎我的罪愆于万一吧!"

在这里，我也只好套用爸爸的话，向读过《我的爸爸邵洵美》的读者致歉。我这本书里错漏之处很多。《小姐须知》和《民间情歌》的混淆只是其中一例。我只有等拙作有机会出版修订本。那时，我想总能赎我的罪愆于万一吧！

（原载《文汇读书周报》二〇〇七年十月十九日）

此画像非那画像

大约是一九五二年春，我因病休学期间，和爸爸闲聊时，他曾经告诉过我，他把自画像做成藏书票贴在他喜欢的书里。没想到几年之后，爸爸身系囹圄，他的满壁藏书也遭到厄运——被人堆放在漏雨的木板房里霉烂殆尽，哥哥在剩下不多的完好的几本书里挑出三本给我留念。我意外地在一本小小的《渤朗蒂之姐妹的诗》的扉页发现了一张有爸爸画像的藏书票。当时我不太相信是爸爸自己画的，因为我见过爸爸用简洁的几笔勾勒出的"茶壶茶杯"和他为自己的文章《晒书的感想》的插画等。后来，我在《上海画报》第二八四期见到一篇"浮云"写的《记淘美的书》，说到他将开设金屋书店："……闻发行之书，以君之自著者为多，封面皆印自画之像，故曰淘美的书，如上图。"报上印的就是我在那本小书里见到的那张画像，其下也一样地印有"淘美的书"四字。于是，我确信这张藏书票就是爸爸提起过的那张，我就将它贴在《我的爸爸邵洵美》的扉页上了。

书出版之后,我再次细读我妈妈的回忆文章《盛氏家族·邵洵美与我》,查找其中有些记述与我的回忆异同之处,发现第六十九页,妈妈讲到爸爸当年赴欧,暑期住在巴黎。"那段时间,洵美曾寄给我两张小的半身素描画,一是悲鸿为他画的……另一人画的那张画采用细线条,头发疏而细,又长,仅眼睛、鼻子、头发一些细条而已,画得老而瘦……"妈妈用几句话就勾出了另一幅画像的特点。我读了心中一格愣:那不就指的是这张藏书票上的画像吗?我再度去翻《上海画报》核对没错啊!……但是,就在其后的第六天,第二八六期,读到一条更正:"二八三(注:印错,应为二八四)本报所刊邵洵美君画像",乃某人"在巴黎为邵君所作,君为文学家,藏书甚富,即以此画像制版,印成书标(bookplate)每册贴一枚,以资识别,非印于其著作中也……(梅)"可见是《上海画报》搞错了,我也搞错了。那么,爸爸所说的自画像作的藏书票又是哪一张呢?

邵洵美自画像藏书票

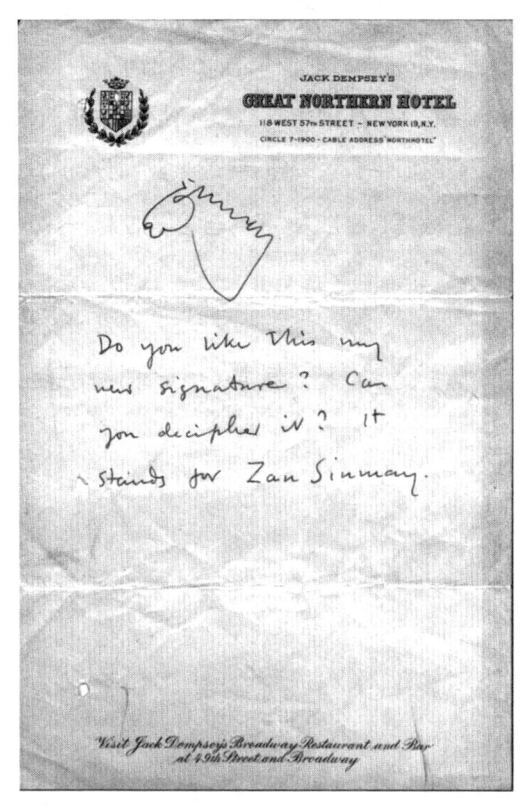

邵洵美英文手迹

今读张伟先生的《洵美的书》一文(刊于《新民晚报》七月八日)提到李欧梵先生曾评价其作为藏书票的那张自画像:"有趣味的是他极为'洵美'的自画像,特别突出他自认为是'希腊式'的鼻子,加了鬈曲的头发,颇似一个法国人。"读到这里,我猛然忆起妈妈一九八二年刊于南师《文教资料简讯》第五期的一篇《忆邵洵美》,妈妈写道:"洵美爱书,视书如珍宝。他在藏书的扉页上,往往盖一个马头像,由他的名字Zau Sinmay英文字母组成是他自己设计的。有时还贴上一张自画像。他的许多藏书,在艰辛的岁月里都散失了。"这里印了一张"邵洵美自画像",就是有"希腊式鼻子,鬈曲的头发"的那一张。现在,我附上此画像,供喜爱收藏藏书票的读者鉴别,也作为《我的爸爸邵洵美》一书的更正,对读者表示歉意。

(原载《新民晚报·"夜光杯"》二〇〇六年九月十九日)

听杨绛忆邵洵美

爸爸和钱锺书是挚友。我写这本书,不可以不提钱叔叔的。然而,爸爸和他往来较多的上世纪三四十年代,我还年纪小,上学住校,从没有机会见到钱叔叔,也说不出他们之间交往的细节。只知道爸爸提起他时,跟提起全增嘏叔叔一样,口气带有亲切和尊敬。我知道他们同属"《天下》[①]那班人",都是学贯中西的饱学之士。哥哥祖丞长我五岁,为了帮助我写这本书,他精心地写满一个笔记本,提供资料给我;又因为我们不在一地,他回答我疑问的信件近百。许多重要的资料我都经过核实,没想到,关于钱叔叔的一段竟然出错!

收集邵洵美的文章五百多篇,唯有他的幽默杂志《论

[①] 《天下》月刊(*T'ien Hsia Monthly*),一九三五至一九四二年在上海、香港出版的一份英文的学术性杂志,旨在促进中西文化交流,由温源宁、吴经熊、全增嘏、林语堂、姚莘农编辑。

语》(《论语》半月刊,一九三二——一九三七年,一九四六——一九四九年在上海出版的一份幽默杂志。)第一五二期的"编辑随笔"里提到钱锺书和他的夫人。他说杨绛的《听话的艺术》,"真是一篇不易多觏的优秀散文。杨女士和钱锺书先生,这一对夫妇,有修养、有才情,而最难得的是两个人都有浓厚的幽默感。他们会写引经据典的论文,会写俏皮活泼的喜剧,会写曲折缠绵的小说,又写短小精致的散文。而杨女士的笔调风格却比她丈夫,更自然、更天真。正像是戴着一滴水般透明的玻璃翠戒指洗手,你要依旧能不受拘束,不慌张;你要依旧能随随便便地动作。这篇小文章里到处是警句,可是作者像在无意间透露了真理,而读者却在无意间长进了智慧。"

二〇〇五年拙作出版的时候,我来北京居住。杨苡先生指点我找爸爸的旧友。知道杨绛阿姨年岁大了,未敢登门打搅老人家的清静,倒是她收到我的信就亲自来电话。听她那清脆而亲切的低语难以相信她是位高龄的老人。她说现在九十五岁了,血压高,闭门谢客了,耳朵也背了。于是我只有洗耳恭听,听杨阿姨沉浸在回忆中的趣谈——

她先解释我信里的误会:"《听话的艺术》不是一本书,是一篇文章,收入《杂忆与杂写》,现在人文出的《杨绛文集》第二卷有,你可以去翻翻,不用去买。你爸爸的字好。他为我写的字不是摘录我的文章,而是给我写的一封信,称赞我那篇文章。我一直保留,作为墨宝。一是因为,是邵先生的信;二是因为他的书法很美,大大的字,写在方格纸上,我一直珍藏。可惜,来北京时一只箱子丢了,里面有这些东西和我的诗稿,全都丢失了! 现在没法找了。

锺书和洵美是因《天下》结识的。他是全增嘏的好朋友。一九三五年我和锺书去英国,朋友们在岸边送别,惟独你爸爸和温源宁跟我们一起乘小船,一直送上邮轮。我现在还记得你爸爸坐在小船上的样子:身穿淡颜色的长衫,小胡子,很秀气。

胜利后,我们在上海,藏书无多,我想看书,你爸爸书多,一壁大书架,到顶,全是书。我们俩常常晚饭后散步到你家,来借书,还书。"

"记得项美丽(Emily Hahn,美国作家),我见到过两次。一次是一九八二年左右,一天,她和 Boxer(Charles Boxer,项美丽的丈夫)来我家。Boxer 是牛津大学的 professor of history,那时项美丽已经老了。Boxer 来找锺书,他跟锺书谈话,项美丽跟我谈话。我们很谈得来,她拿出一张名片给我。我递给锺书,锺书一看是 Emily Hahn,说:'哼,我认识你!'Boxer 在旁说:'She's quite honorable now.'后来,我去英国,在中国驻英大使馆的一次宴会上看到她,好像是为一位专写中国的英国人李约瑟授奖。客人好多,我坐着,她没看见我。那时她上年纪了。她年轻漂亮时我没见过。项美丽,大家喊她 Mickey,你爸爸翻译成'蜜姬',呵,呵——"电话那头传来她的笑声。

"第一次到你家,锺书和我是随一位容太太去的。锺书的《围城》里的范小姐有她的影子。她的丈夫是在美国做股票生意的,离了婚,当时每月给她一百美金,她很阔气。她是全增嘏的朋友,很有天才,中英文都很好,留英的。她两个女儿都是怡和洋行老板的秘书。容太太跟你妈妈很熟,在楼下喊'茶——茶——'她正要上楼,你妈妈下来了。这是我第一次知道你妈妈的名字——茶。见你妈妈从楼上下来,很美!你爸爸妈妈很美,你也一定很美。你声音好听。祝你新年万事如意!"那是二〇〇五年的一月。

我曾把自己写的那本书寄给她,又写信请她写些回忆邵洵美的文字。三月,她又来了电话。她说自己老了,不动笔了。她又像上次那样回忆往事。她轻声述说的那些,我深深感觉得到,她和钱叔叔跟我爸爸之间并非泛泛之交。虽然事隔半个多世纪,时代变迁,物换星移,他们和爸爸有几十年没有联系,但是,往年深切的了解和挚情在他们的心里一如既往。

老天爷真是眷顾,我这古稀之年的老妪居然学会了电脑。去年我上网,去看看读者对刚刚出版的《邵洵美作品系列》五卷书的评价。不意,读到陆灏先生看了《我的爸爸邵洵美》产生了疑问,写信去求证于杨绛。杨阿姨否定了我写的那些关于钱叔叔的内容。这使我惶恐之极!我细细寻思,哥哥说的有错误有夸张,但是最为重要的是:钱叔叔和《自由西报》的关系,这是不可以无中生有的!我必须找到知情人搞清楚。

知情人应当就是当年《自由西报》的编辑:许国璋、宋衍礼、郑少云和张培基。前三位我见过。但是如今,我最熟悉的许国璋先生已离世。郑少云回他东南亚的故国,我们都知道。至于宋衍礼,他去香港任《虎报》编辑前来向爸爸辞行的那天,我正好在家。那么,第四位,张培基先生呢?记得,我在整理先夫夏照滨的藏书里翻到过张先生著的《英汉翻译教程》。然而,何处去寻张先生呢?灵机一动,上网!——张培基现任《英语世界》的顾问。

锺书和洵美是因《天下》结识的。他是全增嘏的好朋友。一九三五年我和锺书去英国，朋友们在岸边送别，惟独你爸爸和温源宁跟我们一起乘小船，一直送上邮轮。我现在还记得你爸爸坐在小船上的样子：身穿淡颜色的长衫，小胡子，很秀气。

胜利后，我们在上海，藏书无多，我想看书，你爸爸书多，一壁大书架，到顶，全是书。我们俩常常晚饭后散步到你家，来借书，还书。"

"记得项美丽（Emily Hahn，美国作家），我见到过两次。一次是一九八二年左右，一天，她和 Boxer（Charles Boxer，项美丽的丈夫）来我家。Boxer 是牛津大学的 professor of history，那时项美丽已经老了。Boxer 来找锺书，他跟锺书谈话，项美丽跟我谈话。我们很谈得来，她拿出一张名片给我。我递给锺书，锺书一看是 Emily Hahn，说：'哼，我认识你！'Boxer 在旁说：'She's quite honorable now.'后来，我去英国，在中国驻英大使馆的一次宴会上看到她，好像是为一位专写中国的英国人李约瑟授奖。客人好多，我坐着，她没看见我。那时她上年纪了。她年轻漂亮时我没见过。项美丽，大家喊她 Mickey，你爸爸翻译成'蜜姬'，呵，呵——"电话那头传来她的笑声。

"第一次到你家，锺书和我是随一位容太太去的。锺书的《围城》里的范小姐有她的影子。她的丈夫是在美国做股票生意的，离了婚，当时每月给她一百美金，她很阔气。她是全增嘏的朋友，很有天才，中英文都很好，留英的。她两个女儿都是怡和洋行老板的秘书。容太太跟你妈妈很熟，在楼下喊'茶——茶——'她正要上楼，你妈妈下来了。这是我第一次知道你妈妈的名字——茶。见你妈妈从楼上下来,很美!你爸爸妈妈很美,你也一定很美。你声音好听。祝你新年万事如意!"那是二〇〇五年的一月。

我曾把自己写的那本书寄给她,又写信请她写些回忆邵洵美的文字。三月,她又来了电话。她说自己老了,不动笔了。她又像上次那样回忆往事。她轻声述说的那些,我深深感觉得到,她和钱叔叔跟我爸爸之间并非泛泛之交。虽然事隔半个多世纪,时代变迁,物换星移,他们和爸爸有几十年没有联系,但是,往年深切的了解和挚情在他们的心里一如既往。

老天爷真是眷顾,我这古稀之年的老妪居然学会了电脑。去年我上网,去看看读者对刚刚出版的《邵洵美作品系列》五卷书的评价。不意,读到陆灏先生看了《我的爸爸邵洵美》产生了疑问,写信去求证于杨绛。杨阿姨否定了我写的那些关于钱叔叔的内容。这使我惶恐之极!我细细寻思,哥哥说的有错误有夸张,但是最为重要的是:钱叔叔和《自由西报》的关系,这是不可以无中生有的!我必须找到知情人搞清楚。

知情人应当就是当年《自由西报》的编辑:许国璋、宋衍礼、郑少云和张培基。前三位我见过。但是如今,我最熟悉的许国璋先生已离世。郑少云回他东南亚的故国,我们都知道。至于宋衍礼,他去香港任《虎报》编辑前来向爸爸辞行的那天,我正好在家。那么,第四位,张培基先生呢?记得,我在整理先夫夏照滨的藏书里翻到过张先生著的《英汉翻译教程》。然而,何处去寻张先生呢?灵机一动,上网!——张培基现任《英语世界》的顾问。

《英语世界》转达了我的心意。张培基先生欣然打电话给我,他证实了当年和许国璋等三人共编英文的《自由西报》那段经历。更重要的是:他否定了钱锺书曾任该报主编的说法,于是破解了那个压在我心头的疑题。不过,钱锺书先生的确和《自由西报》有一层关系:钱锺书曾为《中国年鉴》(*China Year Book*)写过一篇文章。

原来,事情是这样的,张培基先生回忆:他一九四五年自上海圣约翰大学毕业,经朋友介绍,认识了当时任上海那份英文的《自由西报》(*Shanghai Herald*)顾问的邵洵美。我爸爸识才惜才,将他和许国璋、郑少云、宋衍礼四位年轻人推荐给《自由西报》的主编桂中枢。编辑主任是李才,广东人,华侨,是位老报人。桂中枢是位名律师,是我爸爸的老友,同时也是英文杂志 *China Critic*(《中国评论周报》)的主编。当时张培基也受邀任《中国评论周报》的特约撰稿人,为该报写过十多篇散文。他说我爸爸不常来《自由西报》编辑部。(爸爸当时在编辑《见闻》时事周报。)

谈到钱叔叔,他讲起《中国年鉴》:"编辑《中国年鉴1944—1945》,好像是外交部交给《自由西报》的任务。总编辑是外交部派来的,姓张。我和郑少云任副总编,许国璋任编辑。我仅做一些修改和翻译工作。《中国年鉴》的办公地点在《自由西报》办公室的旁边一个厅里。那本年鉴需要一篇论中国诗歌的文章,我去找邵先生。邵先生认为请钱锺书先生写,更为得当。我就去辣斐德路钱府约稿,(在中学时我就认识钱先生的,他的堂弟钱锺鹏是我的同学。)钱先生一口答应。不几日他就寄来一篇长长的英文文章。此文先后发表在《自由西报》和《中国年鉴上》。"

张培基又谈起一九四六年他去日本不久《自由西报》改为《自由论坛报》(*Shanghai Herald Tribune*),他去日本是任东京远东国际军事法庭翻译。在日本期间,我爸爸和他时常通信,他曾为我爸爸购买《中国历代名画汇集》,一套有十多本,他觅得后寄回上海。解放后他回国,曾到上海看望我爸爸。他说,"'文革'前我再次去看邵先生,那时他住在老家隔壁,家里空空荡荡。见他一个人坐在床上,呼吸困难,阵阵喘咳。有两个出版界的人在座,在跟他联系工作。我没多谈就告辞了,这是最后一面。邵先生离世太早,仅仅六十二岁!是'极左',把他糟蹋了!很高兴现在能联系上你——邵先生的后人。现在获赠《邵洵美作品系列》五卷,打算翻译一篇邵先生的散文,以怀念先生当年对我的扶掖。"[1]

幸而找到了张培基先生,否则拙作《我的爸爸邵洵美》里那段述及钱锺书的情节,误导读者的错误将延续世世代代,永远也说不清了。得悉事情真相,我马上写信给杨绛阿姨致歉,为我的未经证实而轻率下笔,为我的想当然的不审慎。并承诺有机会出版增订本时,一定更正。

怀着不安,我等待告罪函发出后的反应,没料到她老人家宽容大度。九九高龄的杨阿姨居然第三次亲自打来电话。她高兴地读到了我摘抄下的那段文字,说:"你爸爸给我的墨宝就是《论语》这一段!他这样称赞我,我当不起。他写的就是这些,全对!"她连连说:"你真好!我真为你爸

---

[1] 张培基先生英译了邵洵美的《我的书斋生活》,刊于《英语世界》二〇〇九年第九期,题为 *My Private Library*(*Excerpt*)。

爸开心,有你这样的好女儿。真好,我为你爸爸庆幸。"她这么夸我,令我越益自责。她含笑轻声说来的寥寥数言却重重地打在我的心上,像是母亲的关照,母亲的期望。

三年来,我发现这本回忆爸爸的书里错漏累累,我正在为争取出版增订本(《天生的诗人——我的爸爸邵洵美》,二〇一五年五月出版)努力。当下,我得郑重地向翻过《我的爸爸邵洵美》一书的读者说声:"对不起!"

邵绡红在上海(二〇一四)

《邵洵美作品系列》去岁出版了五卷:诗歌卷《花一般的罪恶》、随笔卷《不能说谎的职业》、小说卷《贵族区》、回忆录卷《儒林新史》和艺文闲话卷《一个人的谈话》。今年年底前再争取出版六卷(二〇一二年出版了编辑随笔卷《自由谭》、时评卷《时代讲话》、译作卷《一朵朵玫瑰》和邮话卷《谈集邮》;尚有诗论卷《火与肉》及书评卷《逃走了的雄鸡》待出)。包括:新诗理论、书画评论、编辑随笔、时代讲话、翻译作品、邮票讲话和属于前五卷的补充内容。如此,我就把目前收集到的作品都集合在一起,供有兴趣的读者和研究者翻阅。对于近八十的老人来说,这些工作是繁重的,我得格外仔细才好。

(原载《文汇读书周报》二〇〇九年八月七日)

《赌国诗人》之说

曹聚仁先生在《天一阁人物谭》一连四篇短文回忆老友邵洵美。在《再谈邵洵美》里说道:"志摩,洵美但有两点不同:一是洵美好赌,而志摩不会赌。洵美好酒,而志摩一杯面孔就红。他们二人在上海,常聚一处,大有'焦不离孟,孟不离焦'之致。"还有人著文说到:邵洵美的父亲是盛宣怀的女婿,邵洵美是盛宣怀的孙女婿。盛家子弟豪赌,邵洵美父子似舅家。父子对赌,各以地契为注。——邵洵美边赌边作诗,自己说"你叫我'赌国诗人'吧"。

作为后人,的确听到过父母和亲眷说起邵盛两家前辈好赌的往事。哥哥祖丞长我五岁,他听得的故事很多,爸爸亲口讲的一些情节印象很深,如,爷爷和好婆都爱赌,好婆有时赌输了,就从香烟罐里倒出金刚钻来赌。我们家原来房地产很多,过去南京西路路北,从邵家老宅(现新华电影院以西的同和里)一直往东快到跑马厅都是邵家的产业。老作家施蛰存也提起过,"——一直到过去的'鸣玉坊'"。

哥哥说，"这'鸣玉坊'原是邵家的，因为爷爷和舅公常在一起赌，爷爷输了，就变成盛家的了，舅公便将此弄以其亡故的爱女鸣玉命名。"爸爸和美国作家项美丽合作写的短篇故事 Mr. Pan 里就有一篇谈到爷爷偷偷拿地契去赌，赢家带了地契上门，爸爸方才知道，用钱赎回的故事。

邵绡红与弟弟小罗在太外公盛宣怀北京故居竹园（二〇一二）

自我记事，一直住在霞飞路那带花园的二层小楼里，我常常看到妈妈从首饰箱里挑珠宝首饰去换钱，却从未听到过妈妈抱怨爸爸赌博。妈妈回忆说，她嫁到邵府时，邵府已家道中落。后来因书店开销周转不开，她把陪嫁也贴了进去。妈妈说："夫妻不分你我，你爸爸又不是去吃喝嫖赌，办书店是正当事。"抗战八年直到后来时常拮据，变卖细软、典当首饰是常事。爸爸为出版赔尽家当，妈妈的结论是："他不善经营，又铺得太开。"他前后出版十四份杂志，书店总亏本。爸爸好交友,旧识新友接踵来访,小楼里谈笑风生,爸爸健谈,天南地北古今中外地聊几个小时无倦容。几十年来,从旧社会到解放初期,节假日偶见亲友在我家打麻将扑克,从未见爸爸在一方坐下。楼下骨牌声喧,爸爸兀自在楼上那兼书房的卧室,沉浸在书的世界里。

一九二八年到一九三〇年间,爸爸在他的《狮吼》复活号和《金屋月刊》里,曾一连发表过四个关于赌的短篇小说:《赌》《赌钱人离开了赌场》《三十六门》和《输》。从赌博的技术到赌徒的心理活动,描写得又生动、又深刻。或许,是"文如其人"之想,让人不由得会认为作者定是精于赌技出入赌场的常客。一九二九年他连载在《时代画报》上的长篇小说《贵族区》里也有大户人家亲眷聚赌的情节。在他身边,这些素材随手可拾。他亲生父母嗜赌成性,万贯家产因而流失,弟弟们都怪他迁就父亲,但传统礼教的束缚,使他始终尊重父母,加之他反对"遗产制"的观点,以致"黄金变泥土",爸爸深受赌博的危害。

爸爸虽是富家子弟,却不是纨绔子弟,听说过,朋友有难他乐于仗义疏财;朋友相聚,笔会活动时常是他埋单;办出版他不善理财,遵循传统的孝悌害他不浅。他不是个完人,正如他自己所说:"我也觉得人总是人,而人又总是半神半兽的……"然而他从不花天酒地。有人说我爸爸喜欢跳舞。跳舞,非爸爸所好,他也不擅此道,看他装模作样打拳的笨拙可以知道。我曾随爸爸看电影,观独舞表演,却从未听到过他或家人谈论他去舞池"探险"的故事。至于人称他好赌,有边赌边写诗,越输,诗写得越好之雅,那种阿Q似的自诩,或是朋友间的笑谈戏言。爸爸是一个风趣的人,谈吐幽默含蓄，意味深长。听他讲侦探故事头头是道，后来发现他是在即兴创作；他和项美丽合作写的 *Mr. Pan*（《潘先生》），素材大都取自他自己的生活，但其中不乏他加油加酱的编造。那是小说，不是新闻。如若有人留存他的"赌诗"，望能不吝赐读，收入他的作品集倒也有趣。作为长房长子，他与其父本应平分家产，事实上，直到最后处理仅剩的"同和里"那一角住房，父子方才分家。所以手里有地契的时光不曾分家，父子二人又如何能以地契作赌注？他在《一个人的谈话》中表露："寻快乐，恐怕很少人比我有过更多的尝试；这个，我当然得感谢我的环境。假使把一切的经过写部自传，我相信一定很有趣。我的自传的结论是'利用了环境未必得到快乐'。因为我现在所得到的一些快乐，完全是我故意逃避了我的环境而得到的。"他的快乐就是：读书，写书，出书。

不过，年轻时他并不是完全不沾麻将扑克。上世纪三十年代有位与冰心齐名的女作家黄庐隐，她不幸中年离世，爸爸为她出了本《庐隐自传》，特地为她写了篇序，其中就有和庐隐打麻将的描写；在《时代漫画》里他写的一篇"漫文"《几种赌与几个人》里有徐志摩打麻将总赢的生动叙述，也有李青崖创新桥牌语言的笑话。打桥牌倒曾是爸爸的一个喜好。抗战前李青崖、温源宁、全增嘏一度每周六总到我家打桥牌，有时打个通宵。战后也常在张嘉璈弟兄的俱乐部打桥牌，在那里，他和自幼的朋友张氏兄弟及叶公超、胡适之常聚。

但他反对身边这种以搓麻将、打扑克作为社交应酬的方式，专门写了篇《谈话的衰败》，究其缘由，其一为"麻将扑克——从前朋友聚会大都饮酒品茗,促膝谈心,谈话的艺术便进步了。现在人相见之下,寒暄几句,便叉起麻将打起扑克来,纸牌到,精神便灌注在手里,赌到天亮,也有一声口都不开的;久而久之,嘴巴除了吃饭便失掉其他的效能了"。

早在他青年时期在法国,和一批中国留学生组成的半开玩笑性的"天狗会"朋友们,羡慕法国社会沙龙里的文艺性谈话,认为是推动文化进步的好方式。他们决心回国后也来效仿。他在《文化的护法》一文说得明白:要提倡文化,须先有一班"文化的护法"(即文化的班底)。要组织"护法群",方法之一就是兴起交际社会里的文艺性谈话。然而中国本没有所谓的交际社会,"有之不过是友朋的宴席罢了;每每因为缺乏谈话的资料,或是寒暄几声天气的话,或是传播些人家的隐私,否则便叉麻将打扑克了"。他想把人们从麻将台边拉到文艺沙龙去,竭力组织"文化的班底"。为此,他积极参加笔会活动,精心办出版事业。一九三五年他说:"第一便是要设法去养成一般人的读书习惯,要引起他们的兴趣,于是从通俗刊物着手,办画报,办幽默刊物,办一般问题的杂志;五年来,总算合计起来已有近十万的读者。这近十万的读者,无疑是一个极大的'文化的班底'了。我希望他们把看杂志当作娱乐以外,再能进一步去探求更深的修养,那么我初步的计划便成功了。"然而战争打破了他的理想。

他厌恶父母及继母嗜赌的恶习,又无可奈何。爷爷才是十足的纨绔子弟,有名的"上海滩最有风度的绅士赌客"。看着爷爷赢了不动声色,输了谈笑自若的派头,爸爸不禁去探究:为何赌博毁家毁人,而又使人沉湎其中?他细心观察分析,进而把赌博写进他的小说,揶揄一番。在《三十六门》里甚至还引用了奥地利作家显尼志勒的长篇小说《破晓》(*Day Break*)。可见他是认真用了功的。据说这本书原属爸爸所有,后来发现在施蛰存老伯的藏书中,书里还有爸爸加的批语。爸爸一向有心得乐于和友人共切磋,有好书好画赠同好共欣赏。这是不足为怪的。

(原载《文汇读书周报》二〇〇八年十二月二十六日)

同名同姓的误会
——"郭明"考

这些年,我收集到邵洵美的文章五百余篇,其中直指鲁迅先生的不下十篇,有文学论争、有解释误会、有揶揄、有影射、有评说……如《一个人的谈话》《谈翻译》《劝鲁迅先生》《新罪恶》和《论语》中的"编辑随笔"《林语堂与鲁迅的刊物》《鲁迅的造谣》《满口绍兴话》《名作家与无名作家》《鲁迅不是思想家》以及为徐志摩续写的小说《珰女士》等。这些都是在战前发表的,语词多有冒犯。近日读张新民先生刊在《新文学史料》二〇〇九年第一期的《也说鲁迅与邵洵美》,他觅得一篇署名"郭明"的文章,一九四五年发表在《时代文艺》第二期,题目是《鲁迅的诗和其它》。他认为这是邵洵美的作品,这篇文章结束了二人文字纠葛的是非恩怨。我读后眼前一亮。

一开头,它以雪莱的《西风歌》为序,很像是向来崇敬雪莱的诗人邵洵美的手法。读下去,作者盛赞鲁迅先生文学创作的成就和文化事业上的功绩。

我心想,这些观点似乎与父亲战前所写的并不一致,或许是因为他经过了民族危亡的灾难,经过了战争的洗涤,化解了与鲁迅先生的不和吧。正如他在一九三八年《自由谭》里那篇《中国新文人统一的力量》说的,"这次的战争促成了中国内部的统一,这已是全世界公认的事实。中国的文人原和世界各国一般,也有各种的派别,也有各种的团体;但是'七七'爆发,他们不约而同地,完全都向汉口、广州、香港去了"。我不禁雀跃,父亲他消弭了与鲁迅先生的芥蒂,著文给予鲁迅先生正确的评价,着实可喜。

对鲁迅,邵洵美后来的确也曾冷静地分析过。友人为我查到一九三八年他在上海《中美日报》发表的《访华外国作家之五——史诺夫人印象》中写道:史诺夫人一再追问他,"为什么鲁迅不是中国最伟大的小说家?"想了半天他方才想出一句:"鲁迅的确是中国文学界一个力量,可是不能算最伟大的小说家;他的成就并不在于小说。"

"郭明"的确是邵洵美的笔名之一,他自己在《文体与题材》一文写过:"我写诗时是一种文体,写《贵族区》时又是一种文体;用了浩文笔名而写短篇小说时又是一种文体;写《珰女士》时又是一种文体;用了郭明笔名而为《人言周刊》撰文时又是一种文体……"邵洵美从事写作近四十年,他使用的笔名化名达二十多个,用得最多的是"郭明"。他最早用"郭明"发表的文章是《从部长到小姐》,刊于一九三二年《时代画报》第二卷第十期,是一篇带有讽刺性的人物描写,讽刺的对象包括蒋介石等人。而后,他用"郭明"发表的大都是时评政论,如第一篇呼吁抗日的《容忍的罪恶》就刊于一九三二年初《时代画报》第二卷第十期。除刊在《时代画报》，还有刊在《十日谈》旬刊、《人言周刊》的。特别在一九三三年至一九三五年间，一连发表六十篇之多。在幽默杂志《论语》半月刊用"郭明"发表的，只有一九三三年的一篇用苏白翻译的小说《碧眼儿日记》和胜利后的两篇书评。

这篇评论鲁迅先生的文章如若真的是出自邵洵美之手，那可是一件大好事。我正好在编辑《邵洵美作品系列》第二辑，可以将之收入。然而，我再三翻读，心存疑虑。

我忍不住去查阅"谷歌"网，竟然发现另有一位郭明！见《丁景唐八十纪年》一文：

> 一九四五年八月抗日战争胜利……又与郭明，陈绐，董乐山，董鼎山等支持圣约翰大学毕业生张朝杰创办《时代文艺》……

据此，我多方托人查询，有了点结果：
之一，经李辉先生求证于董鼎山先生，他说：

> 丁景唐我知道，当时地下工作领导。乐山和我以及那时写文者都用笔名。因此，丁文中所提的"郭明"，与二董一样，必是真名。而我只能以笔名认人。但我不信那是邵洵美的笔名。邵比我们早一代。我也不信他会参加地下活动。

之二，经吴立岚先生求证于丁言昭先生（丁景唐的公

子),他说:

父亲和郭明是同事,一起办杂志。郭明是撰稿人,共产党员,后牺牲了。

之三,年初,有机会见到袁鹰先生,他回忆说:

我有个地下党的同志郭锡洪,上海之江大学外文系毕业,我们一起为杂志撰稿。——他有个笔名叫"郭明"。他英文很好,可惜解放后分配在上海滑稽剧团。后来因肺结核病故。

于是,我又查询"百度"网,见《郭锡洪与上海滑稽剧团》一则,摘要如下:

郭明,革命烈士(一九二一——一九五〇)原名郭锡洪。祖籍福建,生于上海。一九三八年在青年会中学读高中时参加地下党组织的"上海学生界抗日救亡协会"。一九三九年参加共产党,一九四〇年考入之江大学。一九四六年调中共上海文委系统工作,任上海文艺青年联谊会执行委员。

解放前夕,党为加强戏曲界工作,由郭明领导一个党小组,联系滑稽、沪剧和评弹。他深入滑稽界,和艺人交朋友,劝说知名演员不去台湾,为迎接上海解放做了很多工作。上海解放后,调上海市军管会文艺处,仍联系滑稽界。和汪培合作编导大型滑稽戏《大快人心》。由于工作繁忙,夜以继日,致使肺结核复发。他还抱病坚持工作,以致英年早逝。一九五三年四月一日上海市人民政府批准郭明为因公牺牲的烈士。一九八三年六月二十二日,国务院民政部发给烈士证书。

综上所述,那篇《鲁迅先生的诗和其它》可以肯定是这位郭明,而决非出自邵洵美。

(原载《新文学史料》二〇〇九年第四期)

感 悟

乐爸爸所乐

——读书

爸爸,你走了四十年了,我和你最后的一面是在病室里,陪伴你和死神搏斗通宵之后的第二天黄昏,我来向你告别。你急促的呼吸趋平和了些,脸瘦得变陌生了,眼梢挤出一丝熟悉的笑,勉强欠起身来伸出手,与我轻轻地一握,轻得只有我听得见地说了声:"谢谢你。"

父女合影(一九五五)

手是冰凉的,但你的手心里有股暖流涌入我的心间。你那瘦得只剩下皮遮着筋和骨的手背,昨夜,我曾轻轻抚摸,想以此缓解你喘不过气来的苦痛。正像一九五六年,玉姊突然窒息亡故,天崩地裂了!妈妈号哭通宵。第二天我走进你的房间,你呆坐窗前凝望天空,左手放在译稿上。你我一样,心头的剧痛刀般地绞。我伸手轻轻抚摸你的手背。你厚实的手背上青筋微露,这是我第一次触摸。不记得从小到大你握过我的手;过马路是妈妈的手牵着的,烧得滚烫的额头是妈妈的手轻轻拂过。然而,爸爸,你的手我再熟悉不过。

几十百次我端详过你的手:磨墨时的韵味,执笔时的力度,在空中写字笔画的顿挫,谈笑间比划的夸张,剪玻璃纸包邮票的精确;最深刻的印象是:你食指中指夹着书页翻动时透出的领悟和意会。自我有记忆,我们已住在霞飞路那两层的带花园的小楼。放学回来总见你手捧着书报杂志。你喜欢躺在床上看书,也难怪,屋小人多,没有一间书房,床就是你的活动场所。靠在枕头上边抽烟边看书是你的一大乐事。有一次,你书看得忘乎所以,烟灰落在棉被上,差点酿成火灾。你一边看书会一边沉思,时常眯着眼笑,那墨西哥漫画家珂佛罗皮斯为你作的画像正提到了你

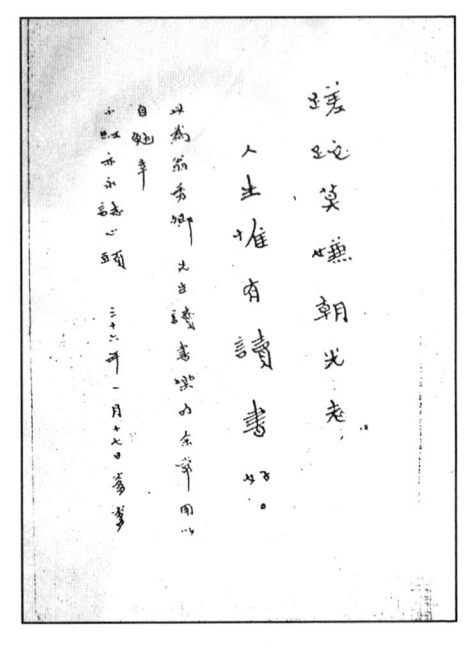

勉小红读书乐(一九四七年)

的神情。你的四周总是堆着看不完的书,正像你在《我的书斋生活》里描述的那样:"书架上放不下,便放在桌子上,桌子上放不下,便放在椅子里,椅子里放不下,便叠在地上——"

在我的感性认识里,爸爸是一个沉湎于书的读书人,又正如他在《晒书的感想》一文里所说的那第六种人:"看书而做书的人";也听说他曾经是个写新诗的诗人。近一二十年,我读了他几百篇诗歌文章,回顾他的一生,对他有了理性的、较全面的认识:他原来是个理想主义的读书人,执着地为实现理想而付出一己之力的读书人。在他春风得意时,在他艰难困苦时,他总是洒脱达观幽默,他也还总是立定自己的主意。看他在上世纪三十年代,时代图书公司的兴旺时期,他并不是兴之所至地盲目地扩大出版计划;他是为推动文化艺术的进步,为组织"文化的班底"而大力办出版,是有步骤的。"第一便是要设法去养成一般人的读书习惯,要引起他们的注意,"因为"图画能走到文字走不到的地方"。他用足心思办画报,从《时代画报》《时代漫画》到《万象》,当时为时代作画的漫画家就有一百多。他再办通俗刊物幽默 杂志《论语》。但日军猖狂进犯而国军步步退让的局势打乱了他的计划,他结合国际国内形势专门办了份《人言周刊》,一连发表五十多篇评论,表述他内心的忧患,提醒人们警觉,呼吁抗日救国。待到"八一三"事变,他遭战难损失惨重,退到"孤岛",并没有气馁,自己经济上捉襟见肘,就争取外国友人的帮助,办抗日的杂志《自由谭》和英文的 *Candid Comment*(《直言评论》)。

他在热闹中总能够冷静思考,认真做学问。战前十年里,他写文章办出版,为的是发展新文学。他用史家的观点看问题,提出"新文学的出路是一方面深入民间去发现活辞句及新字汇;一方面又得去研究旧文学以欣赏他们的技巧、神趣及工具。我们要补足新文学运动者所跳越过的一段工作:我们要造一个'文学的过渡时代'"。他还说"文学艺术,须先得到普遍的认识,再从头作高深的研究,必须先有一班'文化的护法'"。并强调要追求"真的文学","伟大的作品一定是对人性深刻了解的表现,决不能归入某种主义、某种意识的旗帜之下,读这种'对人性深刻了解的表现'的作品,才会读了一次再想读一次,读一次有一次的新发现新经验。"

战争摧毁了他的理想之花,"当中国从北到南不再和平,所有的杂志都停刊了,现在更多的是战争文学"。他提出"在抗战中,发生宣传效用的诗便是好诗"。《自由谭》上那首《游击歌》完全没有了他过去的诗的唯美。一九四一年,上海沦陷了,他不能再挥毫抒发心头的愤怒,只能在方寸之中释放自己的压抑。看儿子集邮,品出邮票里的艺术,从而滋生集邮的兴味;从集国邮,复习中国的历史,他钻进了邮学,写出的集邮文章近七十篇。

抗战胜利了,一有机会接触报刊,他便发表《赶快写定我们的战史》,读这篇文章,看得出他已经为如何正确写抗日战争史翻阅过不少参考资料。战前他主编的幽默杂志《论语》半月刊复刊了。内战,劣政,物价飞涨,民不聊生——他万分不满。然而在国民党当局钳制新闻自由的恶劣环境下,刊物既要生存,他又要对时局、政令、官场的腐败、社会的弊病表述自己的观点,还要和读者互通心声,他不得不动足脑筋大做"论语文章",鼓励作者运用"春秋笔法"。利用幽默的手法,抨击政府的反动统治,假民主,"新经济政策"背后的勾当,官商勾结下政府假"打老虎",乃至议会选举的丑剧,到最后,随着"蒋总统"的引退,国民党政府逃台——在他的"编辑随笔"里讽刺得淋漓尽致。假借幽默写时评,那也是他钻研的一门学问。"何为幽默?"他写了不少文章,如何"乐而不淫,哀而不伤,谑而不虐"他再三阐述。在他的手里,办《论语》的宗旨从《论语同人十戒》发展到了《论语征兵歌》。

他说:"我是一个天生的诗人。"他是从写新诗开始他的文学行程的。不过,写诗,只是在他青年时期。亦师亦友的徐志摩空难的打击,使他难有心思再写诗,后来他就没发表多少诗。他是个太热情的人,热衷于忙各种事:因大办出版,于是结交许多朋友,又热心帮朋友的忙;自己抽空写文章,还不时得为朋友的刊物写几篇捧场;帮忙举行木版画展览会,迎接冼星海归国,张罗"笔会"的工作,参与"人权保障同盟""文艺救国会"的活动,抗议特务绑架丁玲、潘梓年等,忙得不亦乐乎;当然他也得时不时为资金周转去筹措。但他在《一个人的谈话》里说自己"是一个从没有一忽疏远过诗的人。——爱忙也是我的天性,——忙尽忙,可是我的记忆里早积上了几千百行,我相信我随时可以写下来"。遗憾的是,这"千百行"诗一直留在了他的心田里而未见诸报刊!这篇文章看来像是随口闲聊,实则做了许多功课的,所引用的中外书籍作家文章多达五十多篇。一九六八年,在离世一个多月前,他在给我小弟弟小罗的信里写道:"最近寻到许多以前写的诗句,每首记录一个时期的历史,句子有的很新鲜,又反映出当时的思想情况。抄给你和妈妈看看,不知有何意见?"可惜啊!那些诗稿,在妈妈仙逝后,我们遍寻不得!所幸他用心撰写的新诗理论研究的著作留存于世。一九三四年至一九五七年共有四十篇之多。

我惊讶地发现"八一三"后最艰难的两年里他居然能定下心来写诗论,继英文写的 Confucius on Poetry（《孔夫子论诗》）之后,他在《中美日报》的"集纳"专栏一连发表三十一篇之多。谈到的中外古今作家的资料有六十多处。那时际逃难来,书籍都已丢失,可见他熟读的许多书牢记在心,才能如此挥洒自如,涉及什么是新诗,新诗怎么写,新诗与旧诗,诗与散文,诗与音乐,新诗的发展与现状,抗战时期的诗与诗人,新诗的病根,以及中国的诗派与美国的诗坛,等等。难怪一九五七年臧克家会拿着新的《诗刊》的第一期来找我爸爸;《上海文艺月刊》的编辑又会特地登门请爸爸写一篇专稿评说毛泽东《关于诗的一封信》,谈谈新诗与旧诗的问题。那是中国诗坛对邵洵美在新诗理论研究工作的肯定。

上世纪五十年代初,爸爸转而从事外国文学作品的翻译,发挥他中英文俱佳之长。翻译,爸爸是有经验的,但他翻译从不草率从事。他认为:翻译是一种运用两国文字的文学工作,缺一不可。所以第一个条件应当是对于原作的文字要有彻底了解的修养;同时对于译文的文字要有充分运用的才能。译者得知道原作的每一句话或是每一个字的正确解释,力量与神韵;同时又得知道怎样用另一种文字去表现。翻译出来的作品要能和原著一样,神韵是互相吻合的;要能像是把原文重生在另一种文字里,他的翻译是在再创作。在翻译他所崇敬的诗人的作品时,他迷醉于他们诗里的意境之中。纵然那时他已不像当年著文全不为稻粱谋了,但他还是字斟句酌地慢慢译。从他翻译雪莱的《解放了的普罗密修斯》,看出他如何用功。在决定翻译时,他发现翻译这部诗剧有个极大的困难,也是上世纪五十年代翻译一切外国古典文学所存在的困难,那就是:缺乏参考材料的问题。他想到,外国的古典巨著,尤其是年代久远的作品,不论在字义方面还是句法方面,现在都可能已经起了相当的变化;当时流行的口头语很多已经失传;还有当时的风俗、习惯、服装、建筑等,在普通的辞书上不一定能找到解释,必须依靠各种专门的著作;甚至连标点也不能放过,而这部著作的排印错误一向是专家们争论的目标。雪莱自己的标点诗句又素来不依常规。他的标点符号,与其说是服从文法的规定或是阐明词句的意义,不如说是供给诵读的参考,或是当作韵节和语气的标志。

众多疑难面前他只有求助于老友,复旦大学外文系主任全增嘏。那个年月,我国各处图书馆所保存的关于外国古典文学的书籍,大部分只供给学校教材的应用;私人的收藏凭各人爱好,零碎而无系统。在爸爸的"案头随笔"里有他的工作记录。

一九五五年五月十二日写道:"今日收到人文(人民文学出版社)信,将翻译计划寄去。"

一九五五年五月二十日写道:"我已决定译《解放了的普罗密修斯》,数日前曾专致信增嘏兄,乞伊将复旦藏书抄示。今日得回信,十分欣慰,增嘏诚老友也!目录如下……(共八本书)。"

可以想见,得到了全伯伯的帮助,他方才敢动手。在他的"译者序"里写道:"多亏各方面的同志的帮助,为我借得了好几种不同的版本,和几部重要的传记,使我总算得到了一些摸索的门径。可是有不少地方,依旧只得穿凿附会,这个也许不能专怪参考资料的缺乏,而应当承认是自己能力的薄弱了。"

爸爸译这本诗剧是成功的。后来他又译了雪莱的《麦布女王》、拜伦的《青铜时代》、泰戈尔的《家庭与世界》等。邵洵美的译作不多,但得到较高的赞誉。秦瘦鸥评说:"——邵洵美写过大量新诗,然而比较起来,他在翻译方面的贡献更大。翻译诗歌难度更高,但他译的拜伦、雪莱、泰戈尔诸人的诗作,都能符合'信,达,雅'三项要求。"赵毅衡提到邵洵美说:"雪莱的几部长诗,难读,更难译,但他译笔华美而熨帖,才气纵横。与专事翻译的诗人查良铮(穆旦)并世无三,'南邵北查'。笔者少年时最喜读这二人的译文,后来读原文,反没那种美的战栗。"一九五三年后爸爸曾译过再版三次的《汤姆·沙耶侦探案》和后来列入《外国文学名著丛刊》的《玛丽·巴顿》。

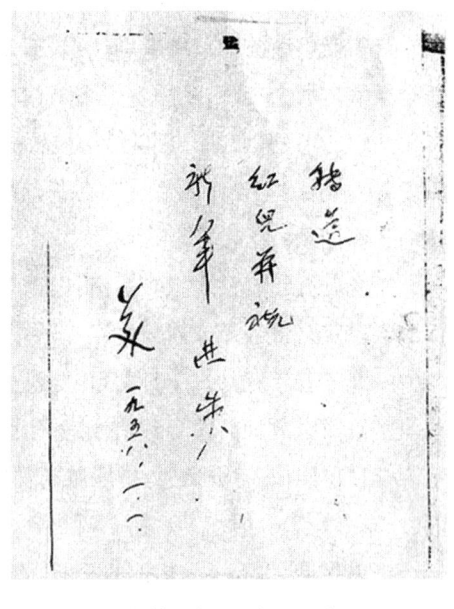

爸爸的祝福(一九五八)

回顾爸爸这动荡的一生,他终究是一个认真做学问的人,一个诗人,一个读书人。我如今古稀之年,居然也日日埋头文字堆。这是爸爸无声的教导,是爸爸在我幼年时的训诫留下的印迹:一九四七年,我刚十五岁,爸爸在我的纪念册上题词有:"磋跎莫嫌朝光老,人生惟有读书好。"

自幼耳濡目染,而今我依然乐爸爸所乐。

(原载《博览群书》二〇〇八年第十一期,刊出后略有修改)

一张牛年贺卡

这是一张牛年的贺卡,夹在妈妈的笔记本里。淡黄色的卡纸,面上是简洁的黑线勾勒出的一头牛的漫画。翻开来,上面三个艺术性的草体字"春长在";下面手写的三行字:"佩玉先生 新年快乐 苑兴华"。这是妈妈留下的唯一的一张贺年片。她留下是为了这贺卡印得雅致?妈妈是喜爱收藏美丽的图片的。还是因为和送卡人有特殊的关

盛佩玉晚年开始写她的三十万字回忆录(一九七五)

系？我们从来没听说过苑兴华此人。他不是亲戚，也不在妈妈记下的爸爸旧友的名单里的。再一看，下面印有三联书店字样，看来这是三联书店特制的。三联和妈妈有什么关系？这一时起的疑窦瞬间就消逝了，我随手把它归在纪念妈妈的物品一处。

年前，翻东找西的时候又见此物。啊！又到牛年了。卡上竟没写年月。掐指算来，前一个牛年是一九九七年。妈妈已不在人间。只能是再前一个牛年，一九八五年。对！一九八五年。妈妈八十岁。她执笔写第一篇回忆爸爸的文章《忆邵洵美》刊在南京师范学院的《文教资料简报》的"邵洵美研究资料"专栏，是一九八二年。第二篇《我和邵洵美》是一九八五年刊在《湖州师专学报》的"邵洵美研究专辑"。同题的第三篇刊在一九九二年刊在《浙江文史资料选辑》第四十七辑。那正是"实事求是研究现代文学史"的头几年。妈妈的第一炮，引来了不少报章杂志上关注三十年代老文化人邵洵美的文字（有爸爸的老友写的，也有读者和研究者写的）；妈妈也不时收到一些称呼她"盛佩玉先生"的信件。上海书店一九八八年与一九九二年先后影印了爸爸的两本诗集——《诗二十五首》与《花一般的罪恶》。中国现代文学馆的刘麟与妈妈联系编撰《中国现代作家大辞典》；《中国文学家辞典》现代第五分册的主编阎纯德也来向我妈妈收集资料（二者都在一九九二年出版）。上海图书馆的张伟来信向妈妈提供他找到了爸爸一九三六年编的《新诗库》十种已出齐的目录。武汉大学的杜显志老师为收集资料编撰《邵洵美文集》来宁看望妈妈——也是那些年，妈妈执着地向译文、人文两家出版社争取重版爸爸的译作和寻找爸爸已完稿的稿件要求出版。每出一本,妈妈都会把稿费换成书分送给爸爸的老友。一九八五年,正是文学界、出版界频繁与妈妈接触的年头。三联的编辑给妈妈寄贺卡是有可能的。但是,二人有什么文字之交呢?如今只能存疑。是年逾古稀的妈妈引发了邵洵美研究的第一波。

仔细端详这张卡。原来,牛的作者是黄永玉,字的作者是黄苗子。明白了,妈妈是为了苗子的字才珍藏这张贺卡的!早先,为写《我的爸爸邵洵美》一书和出版爸爸的作品,我在图书馆收集资料时,在《时代画报》《时代漫画》等出版物里常见苗子和郁风的画作。郁风是爸爸的挚友郁达夫的侄女,我是知道的,但从不知道苗子和我爸爸间源远流长的深交。还是老友杨苡提醒我,到了北京我应当拜访画家黄苗子,他可能以前和爸爸是旧识。她和哥哥杨宪益与他们夫妇是好友,给了我地址。

果然,一进苗子家,我就像见到了自己的长辈。他二人兴致勃勃地向我谈及和爸爸的交往;谈及当年一批漫画家和爸爸出版的《时代画报》《时代漫画》《万象》;谈邵洵美对中国漫画发展的重要意义;还谈郁达夫、邵洵美和他们俩的种种故事。苗叔对邵洵美友情是那么深:背诵六十年前爸爸为他写在扇面上的散文(那是录自爸爸的文章《一个人的谈话》);他捧着爸爸一幅画像和郁姨跟我一起拍照,说:"我们四个人一起照相。"

黄永玉是晚一辈的画家。我知道爸爸的好友沈从文是他的表叔。没想到这位画家对邵洵美的了解、尊重和惋惜之情是那么真诚。他画了被踩碎的蝴蝶并题诗《像文化那样忧伤——献给邵洵美先生》,后来专门为我再画了一张,加了三只脚印。

今年是牛年,我请侄子为我把那张牛画贺卡复制了三份,分别把他们赠送给二十四年前创作它的两位画家,第三张赠给来京为她老哥祝寿的杨苡老师。

(原载《扬子晚报》二〇〇九年二月二十四日)

一幅揪心的画

"永玉先生特地为我画的'蝴蝶'……大大的一张,原诗书在上端,下面那只蝴蝶更加美丽,但它和原来诗集里画的(右图)不一样,多了三只脚印。苗叔在电话里笑着告诉我,'上面的脚印是黄永玉自己穿了鞋子踏上去的'。"

画家黄永玉去年又出了一本诗集——《一路唱回故乡》,里面有首诗是

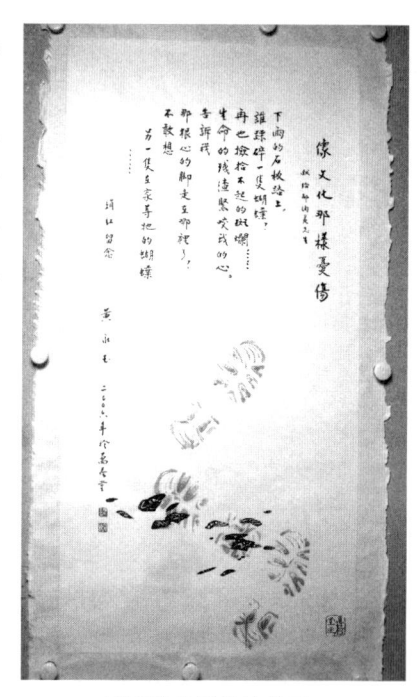

画家黄永玉作诗作画纪念邵洵美(二〇〇六)

献给诗人邵洵美的。《新京报》记者采访时问:"你喜欢新月派的风格吗?"黄先生说:"我看书不分流派,文化人在大时代里被忽略或践踏都让人难过,比如陈寅恪,他连水都挑不动,长得也不好,但是人可爱得不得了。我们国家这样珍贵的人还有邵洵美、吕荧等。他们不见得有多伟大,但心胸宽广。我不时要点一点他们,要让人们记得他们。"

在涵芬楼书店举行的诗歌朗诵会上,年过八旬的黄永玉首先朗诵的便是他那首《像文化那样忧伤》:

> 下雨的石板路上,
> 谁踩碎一只蝴蝶?
> 再也捡拾不起的斑斓……
> 生命的残渣紧咬我的心。
> 告诉我,
> 那狠心的脚走到哪里了?
> ……
> 不敢想
> 另一只在家等它的蝴蝶……

有记者报道说:"黄永玉以这首诗,表示自己对故友的深切怀念,他那苍老、低沉而又饱含忧伤的音调,让听者无不动容,掩面唏嘘不已。"

这首诗、这幅画,几天几夜在我脑海中盘旋——画,淡淡几笔,色彩斑斓的蝴蝶只剩下几片残翼;诗,短短几句,揪住了我的心!

痴迷于出版的邵洵美被画家喻为蝴蝶,真是再贴切不过的了。为推介中外名家,为展示新老作家、画家、诗人的拳脚,忙忙碌碌之中邵洵美也增添了自身的学养,他的彩翼也更加亮丽。回顾他的人生路,怎能不为他丰硕的成就赞叹;又怎能不为他贫病交迫的凄苦晚年鸣不平?这是"文化的忧伤"!

努力了十余年,我写就了《我的爸爸邵洵美》一书,但资料的堆砌、语句的回忆只能塑其形,难以还其神。所幸,丰富的事例、大量的文字记录吸引了人们:年轻读者对被"一条注释掩埋"了几十年的邵洵美产生了去探究的兴趣;年老读者忆及当年读过的书刊,忆及当年那些作家画家的作品,回味无穷;而研究文学史、艺术史的中青年学者则从我这本书的字里行间抓住线索,钻进图书馆,在泛黄脆残的故纸堆里寻觅邵洵美和他的文朋画友们的足迹……

黄永玉先生的诗与画又勾起了我对爸爸的思念,压抑不住的泪水浸湿了白纸。啊,爸爸,您是被踩碎的。三十八年了,那斑斓的碎片咬噬着我的心,让我把压在心底的哀号释放,变成歌曲伴你度过百岁寿辰:

> 你在花丛中徘徊低吟,
> 扑向朵朵花芯;
> 纤脚上沾了这一朵的香,
> 又去拨弄那一朵的心。

> 诗坛文坛画坛繁花似锦,
> 花结了果,
> 树成了林,

时间忙碌着迷醉的知音。

风吹散了你的须发,你悄悄整理
依旧那么潇洒;
雨打湿了你的衣衫,抖落了雨珠儿
你还是如此奋发。

冷不防
一只脚刻意把你一踩。
头颅踩扁了,身躯踩烂了,
纤肢踩断了,你被深深地踩进了污浊的泥里!

我无声地哭泣,默默地追忆,
小心翼翼拾起一片又一片粉碎的残翼。
洗净污泥,重现了你的绚丽,
可拼不出你彩翼曲线的神异。

一遍又一遍我努力拼,
拼成了你原来模样,
你再也不能在花间徜徉,
但果树的张张叶片都留有你的芬芳。

果园里散发出甜的喷香,
蜂蝶簇拥争先品尝,
摘果子的人儿笑颜和熟果子一样,

踩碎了的斑斓留在咬不动果子的老人心上。

不再要叹息!
花儿又开放,
那斑斓的一摊已然升华到天堂,
化作诗雨重又被人们传唱。

我急切地想见黄永玉先生。去年八月二十七日,从黄苗子叔叔那儿获知了电话号码便贸然拨打。永玉先生一听是我,就说:"我一直想见你。"约了第三天去万荷堂。

我们一见如故。本来就不是陌生么——永玉先生的表叔沈从文是我爸爸最好的朋友之一啊!对于从文伯伯的才学,我爸爸一直十分钦佩,竭诚推介:一九三四年,为他出版了《从文自传》;一九三五年,爸爸在《人言周刊》专门写了篇《不朽的故事》,高度评价他的小说《边城》,称之为"不朽的中篇:这是中国近代文学里第一篇纯粹的故事";一九三六年,爸爸和美国作家项美丽合作翻译了这篇小说,刊在上海的英文刊物《天下》,以小说女主人公"翠翠"("Green Jade and Green Jade")为篇名。从文伯伯经常在我爸爸的刊物上发表作品。一九四八年连载于《论语》半月刊的《收拾残破——文物保卫一种看法》就是一篇极有价值的文章。从文伯伯和我爸爸有终生之谊,虽在南北两地,仍不时通信。一九八二年,已经因脑栓偏瘫两次住院抢救的从文伯伯,还由张兆和女士笔录了他口授的给我妈妈的信,感谢我妈妈把爸爸遗译《拜伦讽刺诗》见赠。

我和永玉先生一见面,自然就谈到他诗集里的那首诗、那幅画。他说:"我真的有一天早上,开出门来,见到台阶上一只蝴蝶,一只被踩死的蝴蝶,心中一跳——啊,这是邵洵美!"

我拿出自己的诗。他神情严肃地默读着。大约读到凄楚处,他摇摇头,叹息一声。读完他说:"有意义的人不一定灿烂,但邵洵美的一生那么灿烂,那么美!他和别的文人不一样。他不像别的文人只写文章。邵先生不只写文章;国家、事业、文化进步一直在他心上。"他又说:"邵先生有那么多好朋友,对人那么慷慨,受惠于他的人那么多,有的人因他而有名。后来邵先生的遭遇那个样,很少有人伸出援手!"叹了口气他又说:"的确,许多朋友的处境也不好!"吸着烟斗,黄先生沉思着:"人生就是如此!这几十年被压,现在,还是有价值的总是有价值。"

我问永玉先生见过我爸爸吗,他笑了笑说:"报上写错了,我从未见过邵洵美先生。解放初期我在上海,原来可以有机会见到他的,但那时候年轻,'左'得莫名其妙,连丰子恺都没去见!"他又谦逊地说:"我是晚辈,不敢称老太爷是朋友。在老太爷面前,我们算什么!"我说起读过他的文章,"有的有《论语》的幽默味道"。他笑了,"我读过他的文章,读过他编的《论语》等杂志,或许因之受到影响。当时没有政治性的"。

这天,黑蛮和黑妮都在家,黑蛮有事先走,黑妮一直和她爸爸陪我谈话。他们领我去画室参观。我惊讶于他的画室之大:放了那么大的画桌,那么多的艺术品,还有那么大的空间!中国古建筑高大的厅堂与其中陈列的书画物品是多么协调。我惊讶于长我十岁的永玉先生如此灵活地跪在地上卷起碍事的画卷。他笑笑说,他现在还和以往一样画长卷,自如地上下梯子。他们领我去庭院,看那些任其自然生长的各种树木;去万荷堂看满池生意盎然的荷叶和四周古式亭楼,他们热情地款待我吃了顿别致的午餐,美丽的大鹦鹉和不时说话唱歌的鸟儿陪伴我们。

临别,永玉先生让黑妮上楼去,捧下许多书赠我,六本诗集,还有一本硕大精致的画册《黄永玉八十》。他和黑妮捧着这些重书送我到大门口。他说,他会另外为我画一张蝴蝶送给我,"放在家里"。我好欢喜!

九月我去了上海,十月初才回京。到家,见永玉先生特地为我画的"蝴蝶"早已快件送达。大大的一张,原诗书在上端,下面那只蝴蝶更加美丽,但它和原来诗集里画的不一样,多了三只脚印。

苗叔在电话里笑着告诉我,他见过永玉先生为我画的这张,"上面的脚印是黄永玉自己穿了鞋子踏上去的"。多么有趣!

真是一幅揪心的画引出一段感人的情!

(原载《文汇读书周报》二〇〇七年三月十二日)

记忆中的诗词意译之美

一九三八年九月,邵洵美在"孤岛"上海创办了一本抗日杂志《自由谭》,为了避免敌伪的破坏,他请美国作家项美丽(Emily Hahn)出面充当杂志的编辑人和出版人;与此同时,他又和项美丽合作创办了一本英文的抗日杂志 *Candid Comment*(《直言评论》)。

那一年八月十三日,在淞沪战役打响的前一刻,他才从杨树浦的家几乎空手匆匆逃出。战争使他的出版事业损失惨重,他的时代图书公司出版的杂志全部停刊。半壁河山遭日军占领,亿万同胞过着亡国奴的生活,他一心再要在手里攥上一份出版物,倾吐自己的满腔愤怒。项美丽同情中国人民遭受日军的蹂躏,愿意挺身而出。美国朋友,《大美晚报》的老板史带(Starr)出资,保险公司的董事长石永华也热情资助,这两份抗日杂志方才能够问世。

编《自由谭》他得心应手;稿件自己一挥而就,还有些当时滞留在上海的作家援手;时代的老伙伴王永禄担负所有的事务工作;发行原有老关系;封面设计绘画和文章插图有画家朋友们帮忙。那份英文姐妹版《直言评论》就比较吃力,项美丽是作家,担当编辑工作却是生手,每一期的出笼须得仰仗邵洵美腾出手来协助。在华的洋人中间能动笔的不多,稿源不足,常常得编辑自己凑。项美丽不得不求邵洵美"恩赐",把《自由谭》里的文章翻译了给她。邵洵美倒也真尽心,翻译之外自己也撰稿,甚至为了篇幅凑不满,临时翻译几首诗词填空档。

我看到《直言评论》第一期就有四首没有署名的英译的诗词。经过反复核对,发现有两首是他熟记在心认真译的;另两首明显是意译,其中一首题目忘记了,还有一首题目和作者都弄错了。因为翻译得实在美,我特地抄录下来,与各位共赏。

春　望

杜　甫

国破山河在,
城春草木深。
感时花溅泪,
恨别鸟惊心。
烽火连三月,
家书抵万金。
白头搔更短,
浑欲不胜簪。

Worry

by To Fu

The Country is torn to pieces, but
   Rivers and hills
And cities are like the wilderness in
   Spring.
The flowers shed tears for my sorrow;
While birds remind me of hateful
   Partings.
For the months the fight has been
   Fighting on,
A letter would now be dearer than
   Thousands of gold pieces;
Alas, I have been worried! My hair
   Is white,
And much too short for flowers or
   Hairpins.

此诗题目翻译成"Worry",意思是《忧虑》。他把内容点题,也直述己怀。这首翻译得很用心,每一句都很精彩,如"感时花溅泪,恨别鸟惊心"他翻译成"花朵为我的哀愁洒泪,鸟儿提醒我别离的伤怀"。

蝶恋花

李清照

永夜恹恹欢意少,
空梦长安,认取长安道。

为报今年春色好，
花光月影宜相照。

随意杯盘虽草草，
酒美梅酸，恰称人怀抱。
醉莫插花花莫笑，
可怜春似人将老。

The Butterfly's Love

by Li Ching-Tsau

The night was long, though happiness
   Was short;
Dreaming of Chang-an, I tried
   To recognize all its songs and streets;
Should Spring come with good news,
And the moon and the flowers lead
   Me to him.
Dinner is lovely, though the dishes
   Are simple;
Wine is a beauty, and the plums are
   Intoxicating.
Let everything happen as I wish!
Let the flowers not laugh, when I
   Drunkenly kiss them.
Pity us, who will soon be as old as
   Spring.

他添加了"我",使客观的事物添加了人气。"花光月影宜相照"他翻译成"花光月影引我来到";而"恰称人怀抱"翻译成"愿事事如我意";"醉莫插花花莫笑"成了"醉后吻花花莫笑"。他为译作添加了色彩,但不失原意。

吉祥寺赏牡丹

苏东坡

人老簪花不自羞,
花应羞上老人头。
醉归扶路人应笑,
十里珠帘半上钩。

Poem

by Su Dung-po

I am an old man, and yet I wear a flower in my hair!

I am not ashamed, because I have a thick-skinned face!

But I see the flower is blushing on my head,

To find itself in such an unfitting place!

I am drunk, and need someone to lean upon as I walk home;

It will give the pedestrians a pleasant surprise.

At least half of the window-curtains will lifted up,

And pretty girls will peep at me with admiring eyes!

这首诗的题目他记不得了,只写了一首《诗》。它原来是四句,他翻译成八句,每一句变为两句。意思并没有改,只是加了些词来伸长,有些许再创作的墨迹。我试着重新翻译成中文：

>   头插簪花一老头，面皮真厚不觉丑；
>   花儿羞涩红了颜，只因错插老人头。
>   醉归行路须人扶，路人惊讶齐莞尔；
>   十里珠帘半上钩，美女含情珠帘后。

木兰花

晏　殊

燕鸿过后莺归去，细算浮生千万绪。
长于春梦几多时？散似秋云无觅处。

闻琴解佩神仙侣，挽断罗衣留不住。
劝君莫作独醒人，烂醉花间应有数。

Spring in a Jade Pavilion

by Ou-yang Seu

When the swallows and wild ducks fly over
The spring too passes,
As I think of my drifting life, thoughts crowd my heart.
By how many hours is this life
Longer than the spring season?
How are they scattered? Like autumn clouds: how soon they disappear.

Oh, I have heard the violins; I've loosed the girdles of the sacred girls,
I pulled at their sleeves, even tearing them, but I could

not hold those maidens…

Let us not be the only ones who awake,

It is better to lie drunk among the flowers

And leave the rest to Fate.

这首全凭他的记忆,内容大部分是对的,但题目连带作者都错了。他写了欧阳修作的《玉楼春》。他也把句子伸长了,翻译得很美。但是从他最后两句所改的词,可见他心底的彷徨:虽然他以笔作刀枪,对着敌伪口诛笔伐,但是抗战结局的不确定性使他只好把未来托付于命运:

劝君莫作独醒人,

莫若醉卧花丛,听由上天作结论。

这也许是他当时的心情,因而他背出这首诗放进这份杂志的角落。

我不是诗人,不是翻译家,英文也不好,因而我以上所作的翻译和解说必定不会令人满意,恳请诸位指正。

(注:诗词原作者的英文译名是当时惯用的拼法。)

(原载《新大陆》二〇〇九年第二期,《译林书评》二〇一〇年第一期)